소박하지만 가치 있게 나이 드는
삶을 위한 통찰

내면의 빛을 찾기 위한

지혜의 조각들

내면의 빛을 찾기 위한 지혜의 조각들

초판인쇄	2025년 02월 07일
초판발행	2025년 02월 14일
지은이	김태진
발행인	조현수
펴낸곳	도서출판 프로방스
기획	조영재
마케팅	최문섭
편집	이승득
디자인	오종국 (Design CREO)
주소	경기도 파주시 광인사길 68, 201-4호
전화	031-942-5364, 031-942-5366
팩스	031-942-5368
이메일	provence70@naver.com
등록번호	제2016-000126호
등록	2016년 06월 23일

정가 18,000원
ISBN 979-11-6480-382-8 03800
파본은 구입처나 본사에서 교환해드립니다.

소박하지만 가치 있게 나이 드는
삶을 위한 통찰

김태진 지음

내면의 빛을 찾기 위한

지혜의 조각들

P 프로방스

프롤로그 | Prologue

따뜻한 가슴으로 영리하게
삶을 걸어가는 일

　온통 나의 삶이 막막한 안개와 짙은 어둠으로 둘러싸여 아무것도 보이지 않을 때가 있다. 그 안에서 두려움과 불안함에 떨며, 어떻게 살아가야 할지 갈피를 잡지 못하고 눈물을 떨구는 시간. 그럴 때에는 마치 이러한 상황이 영원토록 이어질 것만 같다는 생각에 좌절과 허무의 늪에 빠져서 헤어 나올 수 없는 침잠을 경험하기도 한다. 도저히 해결할 수 없을 것만 같은 막막함에 영혼이 빛을 잃어버리고 눈동자에 모든 힘이 빠져나가서 서있는 것조차 힘이 드는 삶. 시시때때로 크건 작건 시련과 고난 앞에서 갈피를 잃어버리고 방황하게 되는 것. 그것이 우리가 늘 마주하는 인생의 여정이 아닐까 싶다.

　나 또한 그리 인생을 살아왔다. 숱한 인생의 롤러코스터에 탑

승하여 환희와 좌절의 여정 속을 걸어왔다. 누구 못지않게 열심히 공부하는 착한 모범생. 부모님의 자랑스러운 아들로서 그 경쟁의 시기를 부단하게 걸어왔다. 나의 미래는 분명 밝을 것이라고 믿어 의심치 않으며 맞이했던 사회는 그야말로 상상이상의 전쟁터였음을 어린 시절에는 미처 알지 못했다. 대학을 졸업하고 사회인으로서 나아갔던 시기에 난 그 변화에 적응하지 못했다. 때론 냉정해야 했고 또 어떤 날은 비굴해야 했으며, 남들처럼 유연하게 비위도 맞추며 살아야 했거늘. 난 그 모든 순간이 그저 고깝게만 여겨졌다.

그때의 나는 그것이 당당하고 떳떳한 신념의 일부라 여겼다. 틀린 말을 하면 아니라고 주장했고, 나의 감정을 가다듬지 못해서 종종 터트리고는 했다. 약자를 보호한다며 어줍지 않은 '톨레랑스'를 발휘하여 적절치 못한 행동도 많이 했다. 그 판단들이 모두 부적절한 것은 아니었으나, 어디에 뿌리를 두고 행동하였는지 돌이켜 보면 그저 에고가 시키는 대로 나의 상처에만 집중한 채 걸어갔던 시간이었음을 인정한다.

버티지 못하고 모든 것을 놓아버린 채 깊은 좌절과 체념의 시간 속을 거닐었다. 인생의 하강국면에 돌입하면 언젠가는 바닥을 칠 거라고들 생각한다. 그러나 그 바닥은 결코 외부에서 주어지지 않음을 깨달았다. 움츠러든 마음으로 꼼짝하지 않은 채, '이만하면 되었다'고 누군가가 추락의 끝을 정해주는 일은 결코 일어나지 않는다. 과연 무엇 때문에 내가 이런 고초를 겪고 있는지 통렬한 자아성찰이 없다면, 그 고난의 끝은 결코 가늠할 수 없다. 괴로운 마음을 달래려 회피하면 할수록 점점 더 추락의 깊이만 깊어질 뿐이다. 스스로를 고요히 바라보면 지금껏 나라고 알고 있었던 자아의 본 모습을 마주할 수 있게 된다. 이대로 삶을 지속해서는 안 되겠다는 깊은 마음의 울림이 귓가에 닿을 때. 바로 그 순간이 인생의 마지막 바닥국면임을 깨우치게 된다.

비커 속의 개구리 실험이 있다. 천천히 가열하면 위기를 느끼지 못한 채 서서히 죽어가는 개구리. 현재 상황에 안주한 상태로 살아가다가 결국 비참한 최후를 맞이하는 것을 보여주는 유명한 실험이다. 만일 지금 나의 삶이 나다운 방향으로 걸어가고 있지 못하다 느낀다면, 참 다행한 일일지 모른다. 진정 나다움은 무엇인지, 나는 어떤 것에서 행복을 느끼는지 진지하게 고민할 수 있는 상태이기 때문이다. 나의 인생을 주체적으로 살고 싶은 마음으로부터 우린 나를 알아갈 시도를 하게 된다.

30대의 시작으로부터 10년에 가까운 기간 동안, 나는 인생의 깊은 수렁을 맛보았다. 적지 않은 나이에 물류센터의 아르바이트로 시작하여 육체노동을 7년 넘게 이어왔다. 그리고 회사 내에서 흔하지 않은 사례로, 여러 승급과 전환 과정을 거쳐서 다시 정규

직이 되었고 중요한 프로젝트와 업무를 맡아서 사내의 핵심 자원으로서 자리매김을 하였다. 어느새 경제적 자유까지는 아니지만 나만의 시간투자를 할 수 있는 여건을 만들고 이리 책을 집필하는 시점까지 인생의 흐름을 이어왔다. 그 긴 십수 년 동안 수백 권의 책을 읽어오며 내가 깨우치고자 했던 삶의 해답을 찾기 위해 고군분투 하였다.

지금의 나는 두려움과 불안감 보다는 평안함과 잔잔함이 마음을 지배하는 삶을 산다. 그것은 미래에 대한 막연한 희망이라거나 낙관주의 때문이 아니다. 나의 삶을 살아가는데 있어서 착각하고 있었던 중요한 사실들을 깨달았기 때문이다. 그 사실은 바로 '현실적으로'라는 말의 폐해와 '완벽한 준비'를 통한 자유의 허구성이다. 우리의 미래는 알 수 없기에 '현실적으로 완벽한 준비'가 불가능하다는 것을 알아야 한다. 지금 예측했던 미래가 현실로 나타날 것이라고 누가 장담할 수 있겠는가? 우리가 그런 전제하에 있는 한, 결코 마음속의 두려움을 떨쳐낼 수 없다. 나를 지우고 남에게 좌지우지되는 삶을 아주 오랫동안 이어갈 수밖에 없다. 또한 그 과정에서 보상심리로 나보다 약자의 존재를 지우고 희미해진 나를 다시 드러내려 한다. 그렇게 악순환은 반복되는 것이다.

가장 어둡던 시절. 추락의 바닥을 인식하고 서서히 일어나 다시 걷기 시작하면서, 어느새 나는 나름의 큰 꿈을 하나 마음에 품었다.

'나중에 이 어둠을 잘 헤치고 나오면, 지금의 나와 같은 어둠속에서 고통 받는 이들을 위한 빛이 되어주자!'

비록 그 꿈의 현실화된 구체적 형태는 알 수 없었지만, 그리 마음 한 구석에 꿈을 간직한 채로 지금까지 걸어왔다. 그리고 어쩌면 그 꿈의 시작은 바로 이 책이 아닐까 싶다. 지금껏 삶을 걸어오면서 경험하고 배웠던 많은 것들을 녹여내고자 심혈을 기울였다. 그때는 몰랐지만 나중에 지나고 나서야 깨닫게 되었던 의미 있는 것들을 하나둘씩 추려서 기술했다. 현실적이지 못하고 이상과 신념에 갇혀서 행동했던 많은 것들이 세월이 지나자 정말 중요한 가치로 떠오르게 되는 것을 목도했다. 지금 당장은 손해로 보일지 몰라도 그런 삶의 방식이 가져오는 의미가 얼마나 큰 것인지 꼭 말씀드리고 싶었다.

모든 것은 나로부터 시작된다. 내 삶, 내 운명, 내 인생. 그러한 '나'에 대한 고찰에서부터 인생의 변화는 언제나 시작된다. 그렇다면 우린 정말 진지하게 나와 조우한 적이 있었을까? 그리고 나라고 인식한 주체가 단독자임은 맞는 것일까? 이러한 근원적인 질문으로부터 이 책은 시작한다. 나의 상처와 마음을 관찰하는 것에서부터 나의 꿈과 인생 그리고 삶의 본질을 명확히 하는 것까지 나를 바로세우는 것이 핵심임을 강조했다.

나의 중심을 명확히 하고 나서야, 내가 살아가면서 배우는 경험들이 이전과는 다른 의미로 다가오기 시작한다. 단순히 하루하루 그냥 '살아지는' 것이 아니라, 조금은 나답게 '살아가고' 싶은 삶으로 매일의 순간이 인식된다. 그러한 과정 속에서 어떤 마인드로 살아가는 것이 괜찮은 삶을 위한 초석이 될지를 전해드리고 싶었다.

우리는 모두 욕망을 가지고 있는 주체이다. 그 욕망의 방향이 어디로 향해 있는지에 따라 인생의 모습도 달라진다. 눈앞의 이익과 이기심에 집중되어 있으면 잠시의 행복과 긴 불행이 펼쳐지기 쉽다. 때론 아주 커다란 높이로 비상하다가 삽시간에 아주 큰 낙차로 침몰하게 되기도 한다. 진정한 나의 모습으로 살기 위한 바람에 나의 욕망을 집중하고, 나로서 오롯이 설 수 있을 때 행복하고 감사한 삶이 이어지지 않을까 한다. 그렇게 하기 위해서 과연 내가 떨쳐내고 극복할 것은 무엇인지, 또한 나의 삶 속에 깊이 받아들여 인생길의 좋은 습관으로 유지할 것은 어떠한 것이 있는지도 기술해 보았다.

나 자신에게 집중하고 부족한 점을 고쳐나가며 좋은 것을 받아들이는 삶. 바로 그러한 삶은 나와 더불어 살아가고 있는 타인에게까지 그 빛과 온도를 전해줄 수 있다. 지금까지 불만과 방황, 시샘과 원망으로 살아온 날들이 많았다면 한 번쯤 귀 기울여 이 책에서 말하고자 하는 이야기를 들어주었으면 좋겠다.

마태복음 10장 16절에는 이러한 말씀이 기록되어 있다.

'보라 내가 너희를 보냄이 양을 이리 가운데로 보냄과 같도다.
그러므로 너희는 뱀같이 지혜롭고 비둘기같이 순결 하라.'

우리의 마음을 현혹하고 현실에만 집중하게 하는 삶을 넘어서서, 따뜻한 가슴으로 영리하게 삶을 걸어가는 일. 나만을 생각하는 시야를 넓혀서 주변 사람들의 마음을 살펴주는 인생. 그리고 비록 삶은 유한하지만 나의 영혼은 그렇지 않음을 인식하며 나아가는 소중한 발걸음. 그 모든 순간이 나를 더욱 가치 있고 의미 있는 존재로 만들어 준다는 것을 꼭 이 책에 담아 전해드리고 싶었다. 지금 어둠 속에 머무는 이에게 이 책이 조금이나마 위로와 희망을 전해드릴 수 있다면, 더할 나위 없이 감사한 하루를 살아갈 수 있을 것만 같다.

2025년 01월

저자 **김태진**

우리는 모두 욕망을
가지고 있는 주체이다.

그 욕망의 방향이
어디로 향해 있는지에 따라
인생의 모습도 달라진다.
눈앞의 이익과 이기심에
집중되어 있으면 잠시의 행복과
긴 불행이 펼쳐지기 쉽다.

차례 | Contents

Chapter
01 | 성찰
변화의 뒤안길에서 나를 만나는 시간

● ● ● ● ● ● ● ● ●

Chapter
02 | 경험
나를 위로하고 채워가는 연습

Chapter

03 | 용기
삶을 지배하는 것으로부터의 해방

● ● ● ● ● ● ● ● ● ●

Chapter
04 | 배움
나답게 살게 하는 앎

Chapter

05 | 깨달음
소박하지만 가치 있게 나이 드는 삶

CHAPTER

01

· · · · · · · ·

성찰

변화의
뒤안길에서
나를
만나는 시간

01

· · · · · · · ·

내 삶의 어느 지점에 와 있는가

✿

"태진 씨, 하늘이 참 예쁘지 않아? 구름이 진짜 멋지게 생겼다!"
"지금 하늘이 눈에 들어와요? 당장 처리해야 할 일이 엄청 많아
요. 해결 못하면 어떻게 해요?"
"다 잘되겠지. 안되면 어쩔 수 없지 뭐. 그런데 다 어떻게든 해
결되더라."

　　　　반가운 가을이 찾아왔건만 내 마음은 하늘을 보
며 감상에 젖을 여유가 없었다. 당장 연말까지 준비해야 할 일들이
산더미이건만, 선배님은 속 편한 이야기를 하신다. 너털웃음을 지
으며 선배님의 얼굴을 바라보니 뒤편으로 가을 햇살이 반짝였다.
　　자그마한 체구의 선배님은 나보다 연배가 10년 위인 여성분이

다. 인자한 분이지만, 일에 있어서만큼은 정말 철두철미한 성품이시다. 어떠한 문제에 봉착하더라도 끝까지 물고 늘어져서 기어이 해결하시는 분. 후배들 사이에서도 신망이 높은 분이다. 어려움을 호소하며 선배님에게 여쭤보면, 남일 가리지 않고 적극적으로 도와주시니 당연히 따를 수밖에 없다. 그런 선배님과 짝을 이루어 함께 일을 한 지 6년이 지났다. 적극적으로 지원해 주시는 두 분의 팀장님들을 연이어 만났고, 훌륭한 선배님과 같이 일을 하니 비록 일은 어려워도 행복했다. 건강상의 문제가 올만큼 스트레스도 많았지만, 함께 일하는 사람들이 좋았기에 그런 것은 대수롭지 않았다. 항상 날 인정해 주고 아껴주신 그분들 덕분에 자존감이 충만한 채로 일을 할 수 있었다. 그 모든 과정에서도 이런 생각이 들었다. '어쩌면 지금이 나의 직장생활에 있어서 진정한 리즈시절인지도 모른다.'

인생의 흐름에서 어느 순간 우리는 현실에 만족하며 살아간다. 먹고 살 만한 월급이 들어오고 가정을 꾸리며, 비록 풍족하지는 않지만 삶을 이어갈 수 있는 순간이 온다. 그렇게 밥벌이를 하면서 인정받는 직장생활을 이어가게 되면, 이렇게 사는 것도 괜찮겠다는 느낌이 든다. 삶을 바라보는 빛깔이 잿빛에서 점차 다양한 컬러로 바뀐다. 시간이 지남에 따라 월급도 오르고, 점차 소비와 재테크에 신경을 쓰게 된다. 사람에 따라 다르겠지만, 보통은 전

세를 살다가 대출을 받아서 아파트를 분양받거나 집을 매입한다. 결혼을 하고, 자녀를 낳고, 그렇게 오순도순 삶을 이어가지만, 이는 어쩌면 최상의 시나리오일지 모른다.

그러던 2023년의 봄. 벚꽃이 만개하고 그 꽃잎이 하나둘 떨어져 나가는 풍경 사이로 회사 선배들의 뒷모습을 보았다. 모두 손에는 커다란 종이 박스를 들고 있었다. 자신이 사용하던 물품이 가득 담겨 있었지만, 무거운 티를 내지 않았다. 그리고 후배들이 그 뒤를 종종걸음으로 뒤따르고 있었다. 그랬다. 희망퇴직이 시행되었다. 그리고 내가 그토록 존경하던 선배님도 희망퇴직을 신청하셨다. 이미 임금피크제에 돌입하기 직전이기도 했거니와 미리 개인 사업을 준비하셨기에 그 누구도 잡을 순 없었다. 최적의 조건이었기 때문이다.

회사를 떠나게 된 선배님은 나에게 미안해했다. 둘이서 하던 업무이지만 그 무게는 막중하였고, 회사의 상품 흐름과 회계 지식이 충분하지 않으면 결코 해낼 수 없는 일이었다. 베테랑이신 선배의 관록 없이는 완벽하게 수행할 수 없는 그 일을 이제 오롯이 나 혼자서 감당해야만 했다.

원래 내 적성에 맞는 일은 아니었다. 다만 직장에 다니면서 어찌 자신이 좋아하는 일만 할 수 있으랴. 팀장님의 간곡한 부탁으로 어쩔 수 없이 시작하게 되었던 그 일은 정말 힘들고 고되었다.

하지만 선배의 가르침과 리드로 그럭저럭 해낼 수 있었다. 어려운 업무를 맡은 만큼 팀 내에서도 인정받고 자존감도 충분히 세우며 근무할 수 있었기에 그나마 견딜만했다. 내적인 갈등은 있었지만 원래 직장생활이 그런 것이라며, 모두가 외면하는 일을 맡아서 수행했다. 그랬기에 선배의 희망퇴직은 나에게 커다란 인생의 위기처럼 느껴졌다. 2년 전부터 서서히 후배 양성 준비를 하고는 있었으나, 정식 담당 직무로 인원을 부여받아 진행한 것은 아니었기에 한계는 분명하게 존재했다. 업무적으로 혼자 감내해야 한다는 부담감과 더불어 선배님 같은 핵심인재를 붙잡을 수 없는 현실이 나에게는 큰 회의감으로 다가왔다.

이처럼 위기에 봉착했을 때, 우리는 스스로의 삶을 후회의 눈빛으로 되돌아보게 된다. 지금까지와 마찬가지의 일상이 유지된다면 그래도 큰 걱정거리는 없을 것이다. 하지만 눈앞에 별안간 큰 위기가 닥쳤다면, 마음속에 온갖 혼란한 생각들이 일어나게 된다. 이런 상황에서는 보통 외부 환경 탓을 많이 하게 된다. 누군가의 잘못으로 이렇게 되었다며 가슴속에 분노와 원망의 마음을 품기 쉽다.

보통 이러한 외부로부터의 변화로 인하여 생긴 불안감, 억울함, 분노, 자괴감, 시샘과 같은 감정들은 또 시간이 지나면서 조금씩 희석되기 마련이다. 그렇게 상처를 치유하면서 생활을 이어나가다 보면, 버틸만하다고 여기면서 적응해 버린다. 완벽하게 그 상처가 치유되기는 어렵더라도 우리 인생이 다 그런 것이라며 마음을 달랜다. 그리고 그것이 어른이 되어가는 과정이라 생각한다.

나의 내부에서 시작된 변화는 또 어떠한가. 젊은 시절에는 건강상의 문제를 크게 고민하지 않지만, 점점 나이를 먹어갈수록 예전과 같지 않은 체력임을 느끼게 된다. 건강검진에서 혈압이 높게 측정되거나, 간 수치가 올라가는 것은 흔히 겪는 일들이다. 그리고 그러한 일들이 나에게만 일어나는 것이 아니라 모두가 그런 것이라며 스스로 합리화한다. 그렇게 또 마음의 걱정을 무디게 하면서 하루하루를 살아가는 것이 우리네 인생이다.

1931년 미국의 한 여행 보험사의 관리자였던 허버트 W. 하인리히는 7만 5천 건의 산업재해를 분석한 결과를 토대로 《산업재해 예방》이라는 책을 발간했다. 그는 이 책에서 그 유명한 '하인리히의 법칙'을 이야기한다. 모든 산업재해는 그 심각성에 따라 소:중:대형사고 = 300:29:1이라는 확률로 재난이 발생한다는 것이다. 즉, 작고 경미한 징조가 300번, 중간 정도의 사고가 29번, 그리고 결국 그로 인한 대형재해가 1번 발생한다는 의미이다.

이는 우리 삶에서도 마찬가지이다. 평소에 대수롭지 않게 여겼던 일들이 뜻하지 않은 위기를 초래할 수도 있다. 나의 인내심은 어떠한 면에서 외부의 충격을 회피하고 방어하며, 현실을 합리화하는 데에만 사용된 것은 아닌지 생각해 볼 문제이다. 그리고 이렇게 생활을 이어가다가 어느 순간 인생의 큰 도전에 직면하게 되었을 때 비로소 생각하게 된다.

'과연 나는 잘 살아온 걸까?'

나는 어떤 것을 좋아하는 사람인지, 나의 꿈은 무엇이었는지, 10년 전에 꿈꾸었던 나의 미래가 지금의 현실과 일치하는지, 내가 하는 지금의 일이 진정 내가 좋아하는 것인지, 그리고 나는 누구인지. 나라는 사람에 대한 수많은 관심과 질문을 던지게 된다. 비록 지금 당장은 어떤 변화를 주기 어렵지만, 뭔가 변화가 필요함을 느끼게 된다.

바로 이 지점에서 우리가 취해야 할 태도가 있다. 바로 내 인생을 진지하게 돌아보는 것이다. 지금까지의 내 삶의 행보가 바람직했는지 꼼꼼하게 되짚어봐야 한다. 나는 지금껏 무엇을 잃어버리고 방관하며 살았는가, 나는 어떤 특성을 가지고 있는 사람인가, 내가 진정 원하는 꿈과 인생은 무엇인가, 그리고 앞으로 어떻게 살아가야 할지 고민해야 한다. 그 답을 얻을 수 있을 때까지 결코 질문을 멈춰서는 안 된다.

분명 어려운 일이다. 현실에서 마주한 이 위기에 대처하기도 힘든 판국에 나 자신에 대한 부분까지 고민하기에는 정신력이 부족할 수밖에 없다. 어렵다고 하여 대충 이 상황을 넘긴다면, 결국 또 같은 방식으로 '이 또한 지나가리라'의 역설에 빠질 수 있다. 회피와 방어, 합리화라는 수단은 인내의 도구가 아니다. 내가 현재 서 있는 자리가 인생의 어느 선상에 놓여 있는지, 그리고 나는 어떤 사람인지 진지한 마음으로 들여다보는 것. 그것이야말로 진정 나다운 삶을 살기 위한 첫걸음이다.

02

. . . .

나를 상실하며 살아온 시간

✻

　　자연의 변화도, 계절의 순환도 인간의 삶과 매우 닮아있다고 생각한다. 특히 가을에 지는 낙엽을 보고 있으면, 나의 삶 또한 어느새 추운 겨울을 앞두고 있다는 생각이 들 때가 있다. 비단 이러한 생각은 나이와 관련된 것만은 아니다. 고교입시를 앞둔 중학생 시절에도, 취업을 앞둔 대학 졸업 무렵에도 이러한 생각을 문득문득 하고는 했다. 결국 나에게 가장 즐거웠던 시절이 마무리되고, 어려움이 도래할 것이 예상되는 시점이라면 이런 생각들을 하게 된다. 소위 '좋은 시절 다 갔다.'라는 현실 인식이 바로 그것이다.

　　지금껏 살아온 시간을 회고해 본다. '그때 더 열심히 할걸.', '그때 저 길을 선택했어야 했는데.' 하는 후회의 시간도 가져본다. 그리고 이러한 생각은 살면서 수없이 반복된다. 그 과정 속에서 어느 순간 자괴감에 빠져들 때도 있다. '내가 그렇지 뭐.'라는 생각이 들면서 스스로에 대하여 혐오스럽다는 느낌을 가지게 되는 것이다. 이런 생각들이 반복되면, '나'라는 존재가 가지고 있는 빛이 점점 바래진다. 그리고 이러한 불편한 감정을 피하려 즐거움을 주는 것에 관심을 돌리기도 한다.

성공을 쟁취하고 돈을 많이 벌며 명예를 얻어야만 잘 살았다고 칭송받는 세상. 그 결과론적인 생각은 우리의 정신을 무척 피폐하게 만들었다. 그러한 생각을 추구하며 사는 것이 잘못되었다는 것은 아니다. 누구나 그런 삶을 원한다. 경제적, 시간적 자유를 달성하고, 사람들에게 존경을 받으며 살 수 있다는 것은 큰 축복이다. 다만 그 목표만을 향해 나아가는 획일성이 안타까울 뿐이다. 세상은 종자가 다른 다양한 씨앗들을 오로지 하나의 조건하에 맞춰서 기르려고 하지 않는가.

우리 삶에서 첫 번째로 마주하는 세상의 큰 산은 바로 대학 입학이다. 좋은 직장에 취업하거나, 의사나 판사 등 고연봉 전문직에 종사하려면 좋은 대학에 입학하는 것이 유리하다. 그러다 보니 아이들의 어린 시절은 점차 기쁨보다는 현실의 무게에 짓눌려간다. 요즘 놀이터에 아이들이 잘 보이지 않는 현실이 바로 이러한 시대 상황을 방증하는 것만 같다.

아주 어린 시절부터 우리는 개개인의 개성과 특성을 상실하도록 길러졌다. 삶을 살아본 부모로서 아이들이 조금이라도 덜 힘들고 효과적인 방법으로 행복한 인생을 살아가길 원한다. 다만 그러한 사랑은 부모의 기대치와 아이의 현실 간 괴리가 발생하면서부터 왜곡되기 쉽다. 이 길을 가야만 한다고 노심초사하는 그 걱정이 아이가 가지고 있던 본래의 빛을 바래게 하는 것은 아닐까.

나 또한 그렇게 살아왔다. 어린 시절 정해진 학습지 분량을 다 공부하고 어머니의 확인을 받고 나서야 밖에서 놀 수 있었다. 당시 존재했던 학원들을 참 많이도 다녔다. 유치원이 끝나고 나면 다들 친구 집에 삼삼오오 몰려가 놀곤 하였는데, 난 갈 수가 없었다. 그러다가 맞이하게 된 초등학교 입학 날, 아침에 첫 등교를 하려고 하는데 걸을 수가 없었다. 일주일 전에 걸렸던 감기의 후유증이었다. 그 후 한 달간 학교에 갈 수가 없었다. 어머니의 심정이 오죽했으랴. 누워서 어머니께 〈우리들은 1학년〉이라는 초등학교 오리엔테이션 교과서를 배웠다. 교과과정에서 뒤처지는 것을 우려하셨으리라.

그리고 학교에서 첫 시험을 치르고 반에서 1등을 했다. 누워있는 내내 동화책을 읽어주듯이 어머니께 배웠으니, 오히려 집중과외를 받은 셈이었다. 그리고 어린 마음에 1등에 대한 집착이 시작되었다. 어린 내 머릿속에 공부란 '1등'과 '암기'라는 생각만 가득

했다. 다시 말하면 승부에 집착하고 무조건 다 외우는 완벽주의형 노력이 새겨진 것이다. 초등학교 2학년 때는 밤 10시가 넘어서까지 공부했다. 1년 동안 단 한 문제만 틀렸다. 어린아이의 마음에 동심이 없었다. 경쟁심과 완벽주의가 온 마음을 집어삼켰다. 결코 재미있지 않았다.

그 마음은 고3 때까지 계속 이어졌다. 매 순간 경쟁상대를 의식하며 살았다. 매월 치러지는 월간고사와 중간 및 기말고사. 한 달 동안 내가 마음을 좀 편하게 가졌던 시간은 시험이 끝나고 딱 일주일이었다. 나머지 기간에는 시험 범위도 나오기 전에 벌써 마음이 바빠져 있었다. 온통 암기로 점철되었기에 학년이 올라갈수록 이해도는 떨어질 수밖에 없었다. 특히나 수학은 이해도가 없으면 갈수록 넘기 힘든 산이 되었다. 휴일에는 17시간씩 공부를 했지만, 효율은 떨어질 수밖에 없었다. 결국 부모님의 바람대로 명문대에 들어갈 수는 있었다. 다만 내가 원하는 과도 아니었고, 문과 성향인 나는 취업이 잘된다는 이유로 이과를 선택했기에 점점 더 괴로워졌다. 대학에 합격하고 기뻤던 마음도 잠시, 나에게는 큰 공허감이 밀려 들어왔다. 인생을 살며 평생을 느껴봄 직한 경쟁의 감정을 다 태워버린 느낌만 남았다.

그렇게 입학하고 보니 나를 기다린 것은 IMF였다. 대학만 잘 가면 취업이 잘된다는 모든 공식이 깨져버리는 사건이었다. 선배들은 그래서 대학원으로 많이들 진학했다. 졸업해 봐야 취업하기가 힘들기 때문이었다. 졸업 무렵, 원하지 않는 회사에 취업을 했다. 그래도 대기업 식품회사였기에 부모님께서는 만족하셨다. 그리고 드디어 내가 홀로 오롯이 감당해야 할 사회의 진면목을 처절히 절감하는 순간이 다가온 것이었다.

아침 7시에 출근해야 욕을 먹지 않았고, 저녁에는 최소 9시까지 있어야만 했다. 그리고 매일 술자리가 이어졌다. 식품회사의 생산파트 관리직으로 입사하다 보니 현장에는 200명가량의 생산직 사원들이 근무하고 있었다. 가지 많은 나무에 바람 잘 날은 없는 법이다. 거기다 사수는 내가 입사하고 나서 3개월 남짓 후에 다른 부서로 이동했다. 대리직급으로 능력을 인정받은 야심찬 과장이 실질적으로 데리고 일할 사람은 나 하나뿐이었다. 좌충우돌이라고 표현하면 딱 맞을 것 같았던 그 시간들을 4년 가까이 보내고 나서, 결국에는 퇴사했다. 그 안에서 내가 보았던 사회의 첫인상은 냉혹하고 무자비했다. 도덕적, 인본주의적 생각은 다 사치였다. 그리고 그때 깨달았다. 지금껏 내 삶에서 나는 없었다는 것을 말이다.

철저하게 무너지고 인생의 바닥까지 내려가는 삶을 경험했다. 나름 공부도 잘했고, 좋은 대학을 나와 대기업에 입사한 사람으로서 저 밑바닥까지 떨어져 보니 나를 기다리고 있던 것은 술과 게임 그리고 대인기피증이었다. 문밖에 나가지도 못했다. 세상이 온통 나를 비웃는 것만 같았다. 부정적인 생각이 매 순간 고개를 들었고, 제정신으로는 숨 쉬는 것조차 힘들었다. 그리고 손목에 칼을 대었다. 물론 그마저 긋지도 못했다. 그것도 용기가 있어야 하는 법이기에. 그날 밤 침대를 부여잡고 서럽게 울었던 기억이 난다. 바로 그 시점이 내가 나를 찾아가는 시작의 순간이었음을 나중에 깨닫게 되었다. 진짜 내가 원하는 것은 무엇일까? 난 어떤 삶을 살아보고 싶은가? 그날부터 나에게 질문을 던지기 시작했다.

인생을 바꿔야만 한다는 결심이 설 때가 있다. 이렇게 사는 것은 도저히 아닌 것 같다고 내 마음에 절절하게 다가오는 순간이 있다. 가장 당황스러운 것은 그 시점에서 내가 나를 전혀 모른다고 느껴질 때이다. 나는 그 누구보다 주도적으로 살았다고 생각했다. 부모님께 공부하라는 이야기도 거의 안 듣고 살았다. 경쟁의 두려움에 압도되어 지쳐버린 자녀를 두고 어찌 부모가 공부하라 할 수 있었을까? 말 잘 듣고 성실하게 나아가는 삶, 사회 통념에 잘 맞는 인생을 걸어가면 주도적인 것이라 생각했다. 하지만 가장 중요한 하나가 빠져있음을 절감했다. 내가 원하는 것은 무엇인지 당당하게 밝혀 본 적이 없었다는 것을 말이다. 타인이나 사회가 정해준 길을 따라 걷는 것이 중요했지, 나의 취향과 기호는 큰 의미가 없다고 생각하며 살았기 때문이다.

우리나라는 세계적으로도 유례가 없는 성장을 이룬 국가이다. 세대 간에 느끼는 시대적 정신 역시도 무척 격차가 크다. 부모세대가 자라오며 느꼈던 성공의 방식이 자녀세대에게도 유효하리라는 생각은 틀릴 확률이 높다. 서강대 철학과 최진석 교수는 우리나라가 지금 나아가야 할 방향에 대해 이렇게 말한다.

"추격자로서의 전략으로 선진국을 쫓아왔던 기존의 방식은 이제 유효하지 않다. 우리는 어느새 선진국의 반열에 올랐고, 이제부터는 길이 없는 곳을 개척하며 우리만의 방식으로 나아가야 한다."

이제는 개인 역시 정해진 수순대로 사는 것이 답이 아니라는 것을 인식해야 한다. 지금 현재 나의 삶이 만족스럽지 않거나 비통한 상황에 놓여 있다면 우리가 살아온 인생의 여정을 다시 곱씹어볼 필요가 있다. 어떠한 시간들을 상실하였는지, 그리고 그 안에 나라는 주체가 살아있었는지 심도 있게 생각해야 한다. 후회와 자괴감에 빠지는 방식이 아닌, 더 성장할 수 있는 기회의 자원으로 그 순간들을 되살려야 한다. 타인과의 비교를 멈추고 과거의 자신과 현재의 자신만을 비교했으면 한다. 지나고 보면 삶의 모든 순간들이 나에게 필요했음을 깨닫게 될 것이다.

03
· · · · · · ·

내 안에 존재하는 수많은 '나'

✻

　　가장 가까이 있지만 알 수 없는 존재가 바로 '나'
일 것이다. 우리는 생각보다 '나'에게 관심이 없다는 것을 느낀다.
단순히 순간마다 느끼는 감정에 충실하게 사는 것도 좋지만, 그것
이 나의 모든 것은 아닌 것 같다. '나'에게 진짜 좋은 것일수록 감
정을 넘어선 무언가가 있다는 점을 우린 직관적으로 느낄 수 있기
때문이다. 초콜릿케이크가 너무 맛있고 좋지만, 그것을 먹고 나서
의 '나'는 썩 좋은 기분이 아니라는 것을 느끼는 것과 같다. 단순하
게 쾌락에만 의존하여 나의 건강에 해가 되는 것을 알면서도 먹은
것 같은 느낌. 다이어트를 하고 있는 와중에 의지력이 약해져서
본능에게 진 것만 같은 느낌 말이다. 분명 하나의 행동을 했을 뿐
인데, 시간이 흐르면서 다양한 느낌으로 나에게 말을 건다. 이처

럼 '나'라고 하는 것은 하나의 존재가 아닌, 다른 여러 가지의 존재들로 혼합된 통합적 존재임을 문득 인식하게 된다.

커다란 전신 거울을 내 앞의 정면과 뒤에 각각 하나씩 놓고 난 후, 정면의 거울을 바라보면 거울 간의 반사를 통하여 무수한 나의 모습이 끝없이 이어짐을 볼 수 있다. 김주환 교수님의 저서 《내면 소통》에 이와 같은 내용을 찾아볼 수 있는데, 이를 바로 '배경자아'라고 표현한다. 이성과 감성, 본능과 양심 사이에서 무수한 갈등을 일으키고 있는 나의 내면을 물끄러미 바라보고 있는 배경자아. 그리고 그 관찰자를 또 응시하고 있는 또 다른 나. 이렇게 무한하게 펼쳐 보일 수 있는 '나'라는 존재는 하나가 아닌 무수하게 존재할 수 있다. 우리의 의지가 그에 합당한 상상을 해보고 이미지화를 해보면 내 안에 무수한 나를 분신처럼 존재시킬 수 있는 것 같다.

나에 대하여 잘 알고 있는 친구를 만나면 미음이 편안하다. 다른 사람에게는 예의를 지켜야 하기도 하고, 때론 가식의 가면을 쓴 채 삶을 살아가는 것이 우리의 일상이다. 그런 일상에 이미 나의 장단점을 충분히 알고도 우정을 이어갈 수 있는 사람을 만나면 작은 안식을 얻게 된다. 힘들거나 눈물이 날 정도로 고통스러운 상황에 놓여있어도, 좋은 친구를 만나 마음을 터놓으면 조금은 마음이 후련해지고 위안을 얻는다. 물론 친구가 나의 마음을 전적으로 응원해 주고, 공감해 줄 때의 이야기이다. 때론 아무리 친한 친구라 하더라도 나에게 직접적으로 충고를 하게 된다면 마음이 상할 때도 있다. 한두 번은 친구의 충고를 듣고 감정을 덜어낸 채 자아성찰을 할 수도 있지만, 그것이 매번 반복된다면 점점 사이가 멀어질 수도 있다. 왜 나의 이런 마음에 공감해 주지 못하느냐며 서운한 감정이 생길 수밖에 없기 때문이다. 그리고 친구가 이젠 변했다고 느껴져 서로의 거리는 그렇게 멀어져 간다.

사실 아무리 친하다고 해도 타인이라는 것은 분명하다. 그것이 친구가 아닌 가족이라고 해도 마찬가지 아닐까. 아무리 나의 부모님이라도, 또 자식이라 해도 분명 엄연한 선이 존재한다. 사랑이라는 감정으로 끈끈하게 묶여있어도 지켜야 할 경계가 무너진다면 그것은 상호 간의 존재를 오히려 해치는 일이 된다. 하나의 독립된 개체로서 존재하는 것은 분명한 사실이며, 누구나 마땅히 '나'로서 살아가야 한다.

이처럼 홀로 존재할 수밖에 없는 외로운 우리지만, 그 안에 존재하는 수많은 나를 인식하면서부터는 다른 느낌으로 접근할 수 있다. 사실 나를 가장 응원하고 가장 가깝게 바라볼 수 있는 내면의 자아가 있다. 감정이 폭발하여 화를 내거나, 목소리를 크게 높여 분노를 표출하더라도 시간이 지나면 후련함보다는 후회가 밀려든다. 왜 조절하지 못해서 나의 못난 모습을 표출하게 되었는지 부끄럽고, 어디론가 숨어버리고 싶은 마음도 든다. 성숙하지 못했다는 자책의 목소리가 나의 내면으로부터 넌지시 들려온다.

　나 또한 그런 부끄러운 일들을 많이 저질렀다. 나를 상실하면서 살아왔던 시간은 내 삶의 중심에 내가 자리 잡지 못했기 때문이다. 그 말은 외부의 압력에 굴하고 눈치 보면서 살았던 억눌린 욕구가 많았음을 의미한다. 어린 시절부터 아주 오랜 시간 동안 나를 억눌러왔던 그 규율들로 인하여 마음속 반감이 점점 더 커져만 갔다. 그런 분노와 반감이 분출될 때는 보통 술을 먹었을 때였기에, 부끄러운 과거의 모습이 많았다. 그 모습이 점차 사라지게 된 것은 30대의 중후반으로 가면서부터였다. 그 계기가 바로 내 안의 나를 인식한 순간이었다. 순응하며 살아야 했던 나, 그에 반대 기작으로 생성된 분노에 점철된 나, 그리고 그 모든 것을 지켜보고 있던 나. 서서히 내 안의 수많은 나를 발견하게 되면서 단순히 감정의 변모 때문이 아니라는 것을 깨달았다. 각각의 존재로서 구성된 복합적인 나를 알아가게 된 것이었다. 그리고 시작한 것이 바로 '나와의 대화'였다.

　조용한 가을날의 어느 이른 아침. 사람이 한 명도 없는 동네 자전거 도로를 산책하면서 나와의 대화를 읊조려본 것이 그 시작이었다. 일상에 지치고 일이 뜻대로 풀리지 않아서 한껏 위축되어 있던 마음을 가득 안고 떠난 산책. 평소 같았으면 한참 늦잠을 잘 시간이었건만, 어떤 이끌림 때문인지 그냥 그 길을 걸었다. 가을

이기에 선선한 아침의 공기도 좋았고, 가을 분위기가 물씬 나도록 가로수는 나름의 빛깔로 채색되어 있었다. 잔잔하게 흐르는 하천의 물소리가 공간을 조용히 메우던 그 길을 홀로 걸으면서 한 첫 질문은 이것이었다.

'네가 생각하는 너의 장점은 뭐야?'

마음이 너무 위축되어 힘들었던 시기에 내 안의 나에게 한 번 이런 질문을 던져보고 싶었다. 마치 정신이 나간 사람처럼 그 길에서 중얼중얼 이야기하며 걷는 나를 누군가가 보았다면 이상하게 생각했을 것이다. 그리고 나에게 질문을 던지자마자 지금껏 경험해 보지 못한 일이 생겼다. 마치 선생님이 풀죽은 제자가 자신에게 고민을 상담하기만을 기다린 것처럼. 그 마음 다칠까 봐 조심스럽고 신중하게 말씀하시는 듯 그렇게 다음 말들이 이어졌다.

'너는 사려 깊고 배려하는 마음이 많으니 오히려 상처받을 일들이 많았을 거야. 그렇다고 해서 그 마음을 버리고 산다는 것은 더욱더 크나큰 상처로 너에게 돌아올 것 같아. 네 영혼의 생김새는 너만의 고유한 것이기에, 지금의 너를 만들어 온 것 같지는 않니?'

많은 사람들에게 이용만 당하고 산다는 마음에 무척 힘든 상태에서 던진 질문이었다. 그리고 나만의 고유한 영혼이 그저 삶에 투영된 것일 뿐이라는 대답을 나도 모르는 사이 중얼거리고 있었다. 그리고 그제야 알게 되었다. 내가 인식하는 나와 함께 또 다른 무언가가 내 속에 살아있다는 사실을 말이다.

그 이후로 삶이 힘겨울 때면 나는 스스로에게 말을 걸어서 나를 위로하고, 때론 해답을 얻는 대화를 반복했다. 그 안에서 나에게 말을 걸어주는 또 다른 나 자신들을 점점 더 많이 발견하게 되었다. 나를 무조건 응원해 주는 나는 없었다. 분명하게 부족한 점을 나 스스로는 인식하고 있었고, 그 점을 확실히 짚어주곤 했다. 그리고 그럼에도 나를 사랑해 주는 진정한 나 자신이 존재한다는 사실도 알게 되었다. 때론 나를 험하게 비판하는 자아도 있었는데, 그것은 내가 나의 잘못을 인정하지 않고 합리화할 때 주로 나타났다. 이러한 대화를 종종 나누면서 무의식중에 형성된 나라는 존재가 명확하게 하나둘 드러나기 시작했다.

우리는 감각을 통해 세상을 인식하고, 이성과 감성을 통하여 그것을 해석하고 마음에 드러낸다. 그 해석은 하나의 물감을 창조하는 행위인 것 같다. 그리고 그 물감을 활용하여 마음에 감정의 그림을 그리게 된다. 불같은 분노, 물 같은 슬픔, 그리고 빛과 같은 환희의 그림도 그 순간에 맞게 그려나간다. 그러한 그림을 그리는 내가 진짜 나라고 여기며 삶을 살아가게 된다. 하지만 내 안의 화가는 단독자가 아니었다. 내 곁에는 내면에 다양한 존재들이 함께한다는 것을 깨달았다. 좌절의 물감을 찍어 붓을 놀리기 직전에 허공에 대고 물어보라. 진짜 이게 맞는지를 말이다. 그러면 아마 조용한 내면의 목소리가 들릴 것이다. 좀 더 성숙한 나를 이끌어 줄 그런 가장 믿을 수 있는 나를 만나게 될 것이다.

내 안에서 에고라는 자존심이 나를 칭칭 감아서 옴짝달싹 못 하고 있을 때, 나에게 다가오는 내면의 깊고 그윽한 목소리. 그것이 바로 나의 본질인 영혼과 조우를 하는 순간이다. 감성과 이성을 넘어서 우리에게는 영성이 존재한다는 사실을 깨달으면 새로운 나를 만날 수 있다. 영혼은 영성의 영역에서 나와 만날 순간을 기다리며 눈을 감은 채 앉아 있다는 사실. 내가 질문할 때 눈을 뜨고 기쁜 마음으로 내 앞에 마주 선다는 그 진실을 알고 나면 삶이 달라진다.

04

· · · · · · ·

내면의 상처와 온전히 조우하기

✿

헤르만 헤세의 작품 《데미안》의 주인공인 싱클레어는 데미안이라는 하나의 이상향을 설정하여 자신의 삶을 건는다. 스스로 거부하고 저항하지만 마치 벗어날 수 없는 운명의 사슬에 묶인 것처럼 싱클레어는 그렇게 걸어 나간다. 자신의 순진함과 나약함을 들키지 않기 위해 허세로 포장하여 떠벌렸던 싱클레어. 동네 불한당 크로머를 포함한 무리들에게 과수원에서 사과를 훔쳤다는 거짓 영웅담을 이야기하다가 오히려 빌미를 잡힌다. 과수원 주인이 현상금 2마르크를 걸었다면서 크로머는 싱클레어를 계속 협박한다. 돈을 가져오지 않으면 경찰에 신고하겠다는 크로머. 싱클레어는 돈을 구할 수 없어서 아주 오랫동안 크로머의 협박 속에 갇혀 산다. 데미안을 통하여 구원을 얻게 되지만, 싱클레어에게는 이 사건이 깊은 내면의 트라우마로 자리 잡는다. 자신의 경솔함과 허세로 인한 상처를 안고 방황하는 싱클레어.

우리 모두는 인생에서 이러한 잘못을 한 번쯤은 저지르며 살지 않았을까? 내면에 존재하는 나의 트라우마는 아주 오랜 기간 살아남아서 평생 나의 발목을 잡을 때가 많다. 무언가 나아가고 싶어도 아픈 상처로 인하여 주저하게 된다. 마치 마음에 박힌 못을 잡고 흔들어서 더 커다란 고통을 느끼게 되는 듯한 아픔. 그로 말미암아 늘 그 자리에 서서 좌절의 시간을 보내게 되기 일쑤이다.

내 인생의 저점에서 후회되는 것이 많다. 내 안에 존재하고 있는 수많은 나를 인지하였다면, 조금이나마 빨리 스스로를 수습하고 다음을 모색할 수 있었을 것이다. 나를 지배하고 있는 감정의 소용돌이를 빨리 알아챘어야 했고, 그러한 고통을 철저하게 외면하고 있었던 나의 이성을 돌려세워야 했다. 그리고 그러한 처절한 싸움에 정신의 일부가 피폐해져 가고 있었음을 나의 영혼이 눈을 떠 바라보고 있었어야 했다. 감정의 고통스러운 절규, 이성의 철저한 회피, 그리고 눈감은 영혼이 어우러진 나의 내면세계는 철저하게 파괴되었다. 그 당시에는 내 영혼에게 말을 걸어볼 생각조차 할 수 없었다.

손목에 칼을 대고 긋지 못했던 그 절규의 밤. 술에 취해서 눈물범벅이 된 이불을 부여잡고 있던 나의 마음이 갑자기 잠잠해졌다.

나는 지금 무엇이 문제인지 골똘하게 생각해 보았다. 이 알량한 자존심 때문에 바위에 묶인 채로 꼼짝없이 가라앉고 있음을 깨달 았다. 문득 얼마 전 나 혼자 살던 작은 자취방을 찾으신 부모님이 생각났다. 그리고 어머니 몰래 꼬깃꼬깃한 5만 원짜리 지폐를 손에 쥐어주며 말씀하시던 아버지가 떠올랐다.

"아들. 일단 밖에 나가서 사람을 만나라. 집에서만 그렇게 있지 말고."

아버지와 나는 사이가 좋은 부자지간은 아니었다. 어린 시절 아버지는 토목공사 현장 소장이셨다. 한 달에 한 번도 채 만나기 힘들었기에 아버지의 정을 느끼며 살아오지 못했다. 특히나 그 시절의 아버지는 보수적이었기에 따뜻한 표현을 하시지도 않았다. 초등학교 1학년 때. 아버지는 나에게 야구배트를 선물해 주셨다. 나중에 아버지랑 야구하러 가자며 해주신 선물. 하지만 아버지와 야구를 한 적은 그 후로 한 번도 없었다. 그리고 눈비를 맞으며 방치된 그 야구배트는 젖었다 말랐다를 반복하며, 어느새 비스듬히 휘어져 있었다. 아버지는 그렇게 어색하고 차가웠던 분으로 내 기억 속에 남아 있었다. 그런 아버지가 아들의 모습에 애틋함을 느끼시며 내민 따스한 첫 정이었다. 갑자기 눈물이 핑 돌았던 기억이 다시 소환되었다. 그리고 이대로 있으면 안 되겠다는 절박한 마음이 차오르기 시작했다.

그 길로 아르바이트 채용 홈페이지를 뒤지기 시작했다. 그리고 대형 도서 유통사의 물류센터 아르바이트 모집공고를 발견했다. 일단은 집 밖으로 나가야 했다. 이것은 단순히 집 밖으로 나가는 것만의 문제가 아닌, 나의 에고에 갇힌 스스로를 풀어주는 일이었다. 맹자의 어머니가 자식을 위해 세 번의 이사를 했던 '맹모삼천지교'처럼 책 근처에 있으면 나의 이 암울한 현실을 깨우칠 지혜를 얻을 수 있을 것만 같았다.

나의 상처는 무엇이었을까. 그것은 결국 에고에 갇혀 숨조차 쉬지 못하고 있던 속박된 나였음을 깨달았다. 늘 잘한다는 소리를 듣고 자랐다. 무엇이든 다 잘 해내야만 한다는 나의 에고는 오히려 작은 실패 앞에서 처절하게 무너졌다. 다른 대학동기들의 성공이 무척 크게 보였고, 나보다 못하다 여겼던 친구들이 다 잘나가는 것처럼 느껴졌다. 오만과 교만이 마음속에 자리 잡아 현실의 나를 결코 인정하지 못했다. 그리고 실패했던 그 직장생활로 다시는 돌아가지 않겠다는 마음만 비대해져 있었다. 그랬기에 제대로 된 직장을 구하지 않고 그리 세상을 회피하며 버텼으리라. 하지만 현실은 나의 사정을 봐줄 리가 없었다. 첫 직장에서 4년간 일하고 받았던 퇴직금은 바닥이 나고 생계형 카드 빚이 늘어나기 시작했다. 카드사의 독촉 문자를 마주할 때마다 심장이 터질 것만 같았다. 결국 그 상황에 이르기까지 나는 스스로를 자해한 것이나 다름없었다.

자신의 상처를 회피하거나 외면한다고 해서 일이 해결되지 않는다. 때론 치명상을 입어서 치료가 빨리 필요함에도 방치한 탓에 더 큰 피해를 입는다. 스스로 실패했다고 여기거나, 타인과의 인간관계로 마음이 미어질 때, 늘 생각해야 하는 것이 있다. 나의 '자존감'을 박살내고 있는 것은 아닌지 점검해 보는 것이다. 이는 '자존심'과는 다른 문제이다. '자존심'은 오히려 나에게 독이 될 때가 많다. '내가 그런 일을 어떻게 해?', '아무리 궁해도 나는 절대 그런 일은 못 해!'라는 생각이 머릿속을 스쳐 갈 때, 그 생각이 바로 '자존심'에 뿌리를 두고 있는 교만일 수 있음을 상기해야 한다.

'자존감'의 파괴는 나의 존재를 하찮게 여기고 모든 자신감이 결여되고 있음을 의미한다. 우리는 존재로서 모두가 귀하다. 1조 원을 준다고 한들 당신의 목숨을 그 돈과 바꿀 수 있을까. 값으로 매길 수 없는 가치가 바로 나 자신의 존재요, 생명임을 항상 명심해야 한다. 누군가 모진 말로 나에게 상처를 주거나, 상황이 좋지 않아서 시련이 찾아온다 하여도 결코 나라는 존재에 대한 자기비하를 하여서는 안 된다.

내 안에 있는 영혼과의 진실한 대화를 통하여 우린 그 자존감을 지켜갈 수 있다. 대화의 빈도가 잦아지고 내용이 진솔할수록 우리의 영성 또한 서서히 어둠의 문을 열고 자신의 모습을 드러낸다. 바로 그 지점에서 상처를 마주할 용기가 생긴다. 비록 다 치유하지는 못하더라도 무너진 자존감을 세워나갈 수 있다. 대화를 통하여 내가 가진 진짜 모습을 다시 깨달을 수 있다. 영혼의 목소리는 부드럽고 따스해서 내가 걸어온 길에 대하여 평가절하하던 마음을 치유해 준다. 그리고 암흑 속에 갇혀 있던 나를 다시금 바라보게 하는 용기를 건내준다. 상처가 더 이상 나에게 의미가 없음을 인지하게 되는 순간, 다시 나를 재건하게 되는 회복의 기쁨을 느낄 수 있다.

영국 옥스퍼드 및 케임브리지 대학교 교수이자 소설 《나니아 연대기》의 저자 C. S. 루이스의 책 《스크루테이프의 편지》. 그 안에는 악마가 인간의 생애를 파멸시키기 위한 각종 전략이 담겨있다. 스크루테이프는 고위 악마로서 자신의 조카인 하급 악마 웜우드에게 여러 가지 조언을 한 31통의 편지를 보낸다. 웜우드가 한 인간을 파멸시키기로 담당했는데, 뜻대로 되지 않자 스크루테이프가 그 인간을 파멸시키기 위한 조언을 해주는 형식이다. 성경에 기반하여 그 반대로 인간의 파멸을 유도하는 것이 참신하게 표현되어 있다.

이 책에는 인간을 유혹하고 타락시키는 여러 전략이 소개되고 있는데, 이를 통하여 역설적으로 마땅히 살아야 할 삶의 태도를 알려준다. 그중 하나의 전략을 소개하자면, 인간에게 실제적 사물에 집중하게 하는 유물론을 신봉하게 만들라는 조언이 나온다. 이 말은 현실에 집중해서 영적인 생각이나 사색과 같은 사고의 깊이를 가질 시간을 주지 말라는 충고이다. 사물이나 우리에게 실제적으로 보여지는 감각에만 집중시키라는 악마의 전략인 셈이다. 뇌과학적으로 말하면, 우리의 감각과 본능을 담당하는 편도체에만 의존하도록 만들라는 의미일 것이다. 과학과 논증에 집중하면 오히려 세계관을 넓혀 영적세계에 대한 사색을 할 수 있으니, 그 길 또한 차단하라고 강력하게 조언한다.

우리가 직면하고 마주하는 현실적인 모습. 더 많은 부와 성취를 이룬 수많은 타인들을 바라보면서 느끼는 좌절감. 오로지 정량적으로 환산된 현실의 결과에 집중하면, 우린 영원히 그 길에서 벗어날 수 없는 고통 속에 살게 된다. 그 고통을 벗어나기 위하여 나보다 못한 사람들을 찾아 나서게 되며, 그 앞에서 교만의 자리에 앉는다. 그러나 늘 마음 한구석은 공허하다. 세상에는 수많은 가치가 있고, 그 가치는 대체로 정성적인 특성을 가질 때가 많다. 사랑, 우정, 희망, 배려, 긍휼, 헌신이 어떻게 숫자로 다 표현될 수 있을까.

내 안에 도사리고 있는 커다란 상처를 만나는 일은 참 무섭고 두려운 일이다. 심지어 트라우마로 마음속에 깊이 박혀 뿌리를 내렸다면, 그것을 생각하는 일만으로도 무서운 고통이 뒤따른다. 하지만 그러한 상처의 기준이 어디서 왔는지 떠올려보아야 한다. 타인과 비교하여 부나 성공 앞에 좌절한 나의 모습을 발견하였다면, 더 이상 그 안에 머물러 있어서는 안 된다. 내면의 나와 조우하고 다시금 생각해 보자. 우린 그 존재만으로도 너무 귀하다는 사실을 상기해야 한다. 그렇게 스스로를 안아주고, 그 아픔을 녹여내야만 우린 다시 한 걸음 내디딜 수 있다.

마음 여백을 만드는 것이 우선이다

❂

나의 상처를 완전히 조우하고 내가 무엇 때문에 그토록 괴로워했는지 마음속에 그려내고 나면, 그때부터 나를 새로 만들어가는 일들을 시작할 수 있다. 마치 의사가 환자의 병을 분석해서 환부를 정확하게 인지하고 난 다음, 본격적으로 치료를 위한 준비를 하는 것과 유사하다. 나의 상처를 최대한 솔직한 심정으로 마주하며 느끼는 그 감정들. 그리고 근본 원인을 알고 난 후, 우리는 자신의 마음이 숨을 쉴 수 있도록 해주어야 한다. 모든 부정적인 감정들을 계속 마음에 담고 있으면, 우리는 일상에서 계속 잘못을 반복할 수밖에 없다.

미국의 심리학자 존 리들리 스트룹(John Ridley Stroop)은 1935년에 다음과 같은 실험을 진행했다. 단어의 의미와 단어의 색깔이

다를 때(예: "파랑"이라는 단어가 빨간색으로 쓰여 있는 경우), 사람들에게 단어의 색깔을 말해보라고 하는 것이다. 그 결과, 반응 시간이 느려지고 오류가 증가하는 현상을 발견했다. 이는 우리의 집중력이 자동 처리 과정과 의도된 과제 사이에서 충돌을 일으킨다는 것을 보여준다. 빨간색으로 쓰여 있는 글씨를 '파랑'이라고 말해야 하는 모순의 극복. 즉 자기 통제라고 하는 의식적인 정신 활동이 얼마나 많은 에너지를 소모하는 것인지 나타내준다.

마음에 부정적인 상처를 가득 안고 있으면서, 긍정적인 사고와 성장을 추구해 나가는 일이 얼마나 어려운 것인지 방증하는 실험이기도 하다. 연인과 이별을 하거나, 가족 간의 다툼과 같은 일들로 상처를 입고 나서는 아무 일도 손에 잡히지 않는다. 온통 정신이 그 문제로 집중하게 될 수밖에 없기 때문에, 현실에서도 계속 실수를 할 수밖에 없다. 하물며 트라우마와 같은 깊은 상처는 우리의 평생을 따라다니는 존재이다. 우리가 적절하게 처리하지 않으면 지속적인 불운을 불러오게 될 수도 있다. 심지어 이러한 정신력에는 분명한 한계가 존재한다. 정신력이나 의지력이 고갈되는 자원이라는 것이다.

이를 증명한 미국의 심리학자 로이 바우마이스터(Roy F. Baumeister)가 개발한 자기 고갈(ego depletion) 이론은 무척 흥미롭다. 이 실험은 한 방에 참가자들을 모아놓고, 갓 구운 쿠키의 향이

나는 상황에서 쿠키를 먹지 말고 무를 먹도록 지시했다. 이후 이들은 쿠키를 먹을 수 있었던 대조군에 비해 퍼즐을 풀거나 문제를 해결하는 과제에서 더 빨리 포기한다는 사실을 알 수 있었다. 자기 통제 과정이 연속적으로 이어지면 정신력이 고갈됨을 보여주는 사례이다.

또한 우리의 마음에는 분명한 저장용량이라는 것이 존재한다. 명확하게 감정의 상처를 해소하지 못했다면 마음에 앙금으로 자리 잡게 된다. 특히나 분노나 원망의 감정이 크다면, 마음속 한구석에서 점점 더 부정적인 생각을 일으키며 그 부피를 키워나간다. 마치 커다란 풍선에 바람을 넣어 마음의 공간을 한가득 채워나가는 것처럼 말이다. 결국 한정된 마음의 공간을 부정의 사유로 가득 채우고, 나의 정신력을 이러한 찌꺼기들과의 충돌로 인하여 소모시키는 것은 너무도 불행한 일이 아닐 수 없다. 그러므로 우리는 마음의 공간을 잘 들여다보고, 어떻게 여백을 만들 것인지 주목할 필요가 있다.

마음에 공간을 만드는 일은 세 가지 측면에서 생각해 볼 수 있다. 하나는 마음에 도달하기 전단계인 생각의 처리과정을 살펴봐야 한다는 것이고, 둘째는 마음속의 공간을 넓혀가는 일이며, 셋째는 마음속에 있는 부정적인 앙금들을 하나둘 비워내고 정리하는 일이다. 즉, 마음이라는 작은 단지에 인풋으로 들어오는 감정들이 어떠한 것들인지 살펴봐야 하며. 공간을 확장하려는 생각과 더불어 앙금으로 가라앉은 것들이 얼마나 많은지 살펴봐야 한다.

첫 번째, 생각의 처리과정은 일종의 습관화된 프로세스이다. 삶에서 마주하게 되는 큰 고난이나 고통은 생각을 방어적 처리 프로세스로 구성하게 한다. 나의 생존과 직결된 부분이기에 본능적으로 그렇게 학습하고 기억된다. 그러나 이 방어적 특성은 관성의 법칙처럼 많은 일상의 대수롭지 않은 일까지 부정적으로 해석하게 만든다. 뾰족한 마음으로 상대를 바라보게 만드는 전제조건의 핵심이 바로 이러한 민감한 해석에서 기인하게 된다.

이것을 알아차리는 법은 의외로 간단하다. 내가 기분이 나빠질 때를 인식하면 된다. 어떤 상황을 인식하고 나서 불쾌하다 여겨질 때가 바로 그러한 순간이다. 이러한 알아차림 후에는 반드시 한 번 다시 생각해 보는 습관을 가지는 것이 좋다. 정당하고 합리적인 판단인지를 말이다. 마음의 방에 부정적 감정의 풍선이 들어오는 것을 인식하는 것만으로도 상당 부분 프로세스를 수정할 수 있다. 왜냐하면 바로 '의심'이기 때문이다. 이미 부정적 프로세스가 활성화된 사람에게 아주 잘 발달된 것이 바로 '의심'이다. 부정적 생각을 의심하고 부정하는 일. 마이너스 곱하기 마이너스는 플러스다. 그것에 초점을 맞추어 마음의 방 입구에서 필터링하는 것만 습관화하여도 삶이 무척 밝아짐을 느낄 수 있다.

두 번째, 마음속 공간을 확장하는 일이다. 즉, 마음 근력을 탄탄하게 해서 신축성을 좋게 하고 그 크기를 넓히는 일을 의미한다. 앞서 소개한 자기 고갈 이론에 따르면 식생활을 좋은 것으로 개선하고, 잠을 충분히 자며 좋은 습관을 만들라고 조언한다. 다시 말하면 나의 컨디션을 잘 유지하는 것이 핵심이라는 것이다. 그렇다면 이러한 컨디션 유지의 핵심은 무엇일까? 난 그것의 핵심이 운동에 있다고 생각한다. 심장이 두근대도록 심박수를 올려서 운동을 하면 심장근육이 발달한다. 그런데 이 심장근육의 강화는 마음 근육과도 연결되어 있다. 우리는 상처를 받으면 심장을 송곳으로 찌르는 것과 마찬가지의 신호를 받는다고 한다. 단순히 운동을 열심히 해서 컨디션 관리를 잘하라는 것이 아니라, 직접적으로 실체적 마음근육을 키우는 일이 바로 운동이라는 것이다. 이런 일상을 반복하게 되면 점차 감정의 상처를 견디기 수월해진다. 또한 자기 통제력까지 함께 강화되어서 어려운 일을 더 잘 견뎌낼 수 있게 된다.

세 번째, 마음속에 있는 잔여물을 흘려보내는 일이다. 이미 마음에 부정적 느낌의 유입을 최소화하고, 마음의 근력을 단련하여 유연성을 좋게 하면 흘려보냄이 수월해진다. 세상의 모든 물질은 비슷한 것과 연결되어 있다. 이와 마찬가지로 마음의 부정적 잔여물들은 서로 얽혀서 커다란 덩어리로 존재하게 된다. 부정적 마음의 확장성을 생각해 보라. 부부싸움을 하면, 10년 전 이야기까지 모두 동원해서 서로 아옹다옹 다툰다. 그만큼 무서운 것이 이 확장성이고, 한번 확장하고 나면 커다란 덩어리로 군집을 이루게 된다. 그렇기에 마음에서 흘러 나가는 망각의 배수관 입구를 통과할 수 없다. 마음의 공간을 넓혀 놓으면, 우리는 이것을 작은 부분으로 해체하는 작업을 할 수 있다. 공간이 비좁으면 나눈다고 한들 다시 뭉쳐질 수밖에 없다. 마음을 넓게 가지라고 하는 의미가 바로 이것이다.

현재의 실패는 나의 못난 성격, 부자 부모를 만나지 못한 것, 친구를 잘못 만난 일, 결혼을 잘못한 모든 것의 종합일까? 반대로 생각해 보자. 까칠하긴 하지만 예민한 성격인지라 문제의 본질을 파악하기 쉬운 장점이 있다. 비록 부모님이 부자는 아니었어도 나에게 큰 사랑을 베푸시면서 양육해 주셨다. 나에게는 나를 진심으로 걱정해 주는 좋은 친구도 있다. 배우자의 단점도 있지만, 나를 이토록 잘 받아주는 사람도 없다.

개별적으로 하나하나 마음을 분해해 보면, 내가 얼마나 어리석은 감정의 덩어리를 키워왔는지 확연하게 드러난다. 그렇게 하나씩 분해해서 긍정의 면모는 없는지 생각을 전환해보면 깨닫게 된다. 나의 생각에 오류와 편견이 가득했음을 말이다. 그렇게 하나씩 흘려보내면서 마음을 비워내다 보면, 비워진 공간으로 빛이 스머듦을 느낄 수 있다. 이러한 생각들은 가만히 앉아서 하는 것보다는 자연 속을 거닐게 될 때, 가장 큰 효과를 볼 수 있다. 우리가 그동안 인지하지 못했던 자연의 에너지가 내 마음속을 정화하기 때문이다. 가끔 자연을 접할 때 느끼는 그 상쾌한 공기와 평안한 기운이 바로 자연에너지이다.

내면의 상처를 정화하고 마음속에 공간과 여백을 만들기 시작하면, 마음의 빛깔에 변화가 온다. 그동안 어두컴컴했던 그 색이 점차 밝고 투명하게 빛나게 된다. 그리고 진정 내 영혼의 색깔이 투영되는 마음을 마주할 수 있다. 가만히 눈을 감고 내면을 한번 들여다보는 시간을 가져보면 좋겠다. 말랑말랑하고 유연한 마음단지의 촉감과 투명한 젤리와 같이 내면의 빛을 투과해 주는 그 형상을 이미지화시켜 보라. 우린 스스로 정화하려는 마음가짐으로 삶을 걸어야 한다. 언제라도 탁한 것들이 들어올 수밖에 없는 세상살이이기 때문에 그렇다. 마음관리의 시작은 이렇게 내 생애를 빛나는 운명으로 안내한다.

06
· · · · · · · ·

내가 꿈꾸는 행복 그리고 인생의 목적

✿

정말 유명한 스포츠 스타들을 보면 부러움이 들 때가 있다. 이미 어린 시절부터 자신의 길이라 여기고 그 종목에 혼신을 다하며 쏟아부은 그들의 성공. 정말 부럽다는 생각을 많이 했다. 물론 부모님의 손에 이끌려 시작한 경우도 있고, 정말 집이 어려워서 간식을 준다고 해서 시작한 경우도 있다. 그럼에도 본인의 적성에 맞고 그 안에서 재미와 성취의 희열을 느꼈기에 지속 가능한 길이었을 것이다. 그들의 성공도 멋지지만, 그보다 일찍 자신의 길을 정하고 매진할 수 있었다는 그 자체가 더 부럽기도 하다.

삶에서 내가 하고 싶은 일은 무엇인지 생각해 본 적이 없었다. 삶의 목적이라고 생각했던 것은 그저 안정적이고 남들이 부러워하는 직장에 다니면서 부유하고 편안하게 사는 인생이었다. 지극히 일반적인 막연한 바람일 뿐, 그것은 꿈이라고 이야기하기에는 너무도 부족함이 많았다. 사실 그렇게 살아가려 마음먹고 나아가는 과정이 나에게 그리 어렵지 않았다면 별다른 생각 없이 그 길을 걸었을 것 같다. 부족함이 없는 삶. 그저 먹고 사는데 지장 없이 따뜻하고 안정적이라 느꼈다면 충분히 그 길을 걸었으리라. 그러나 인생이 어디 그렇게 순탄하게 풀리기만 할까.

사회에 나가는 순간부터 지금까지와는 다른 삶이 눈앞에 펼쳐진다. 수많은 선배들의 눈치를 보아야 하고, 그 조직에 익숙해지기 위해서 나를 지워야 한다. 특히나 그 직장이 보수도 많고 안정적인 곳이라면 더 심하다. 절대 '을'로서 시작하는 그 삶에는 익혀야 할 것들이 많다. 또한 사회인으로서 배워야 할 소양이라는 것이 나의 신념과 맞지 않으면 엄청난 방황과 고통으로 다가온다. 직장상사가 감당하기 힘든 요구를 할 때도 있고, 때론 업무와 상관없는 개인적인 것을 들어주어야 할 때도 있다. 내가 한 성과를 상사에게 빼앗기는 일도 있고, 다른 사람이 한 실패를 억울하게 뒤집어쓸 때도 있다. 그럼에도 이러한 고충을 이야기하면 돌아오는 이야기는 보통 이런 것이다.

"인생이 다 그런 거지 뭐. 남의 돈 먹기가 어디 그리 쉽냐?"

그렇기에 회사를 떠나 다른 일에 도전하겠다고 마음을 먹어본다. 하지만 마땅히 무엇을 할지 모르겠다고 여기는 사람이 대부분이다. 지금껏 그런 생각을 작심하고 해본 적이 없기 때문이다. 단지 지금 내가 처해 있는 이 상황에서 벗어나고 싶기에 다른 할 일을 찾는 것일 뿐이다. 어쩔 수 없이 그냥 현실에 수긍하며 직장생활을 이어나가거나, 지금의 지옥과 같은 상황에서 탈출하고 나면 또 다른 수가 생길 것이라며 관두거나. 둘 중의 하나일 때가 많다. 지금의 직장생활이 나의 길이 아니라 여기면 차분히 다른 길을 모색하며 준비의 기간을 거쳐야 한다.

하지만 여기까지 생각이 미쳤다면, 보통은 괴로움에 술이나 게임 등 다른 유흥거리로 나의 고단한 하루를 위로하기 바쁘다. '금융치료'라는 말이 있다. 도저히 이 직장을 계속 다닐 수 없다는 생각이 들 무렵, 통장에 들어오는 월급. 그 액수에 또다시 위안을 얻는다. 어디에 가서 또 이만큼 돈을 벌 수 있겠냐며, 나 자신을 설득하기 시작한다. 괴롭지만 현실적인 이유로 내 꿈과 원하는 일을 모색하려는 생각조차 하지 못하는 상태. 내 삶에 내가 없다는 것은 그런 뜻이다.

직장생활의 유무를 떠나서 '내가 진정 원하는 것'이 무엇인지 고민하는 일은 매우 중요하다. 그리고 그 '무엇'이 기왕이면 크고 멋진 삶의 목적이라면 더욱 좋다. '목적'은 내가 궁극적으로 어떤 삶을 살고 싶은가에 대한 가치관을 담고 있어야 한다. 그 가치관을 나의 의지로 구현하며 살아갈 수 있다면 너무나 '행복'할 것 같다는 생각. 이것이 바로 '목적'과 맞닿아있어야 한다. 그리고 그 '목적'을 이루기 위하여 반드시 거쳐야 한다고 생각하는 중간과정. 이러한 과정들을 '목표'로 설정해야 한다. 이러한 목표는 목적을 향하여 나가는 빌드업의 과정이지만, 반드시 염두에 두어야 할 것이 있다. 바로 목표는 목적과 지향하는 점이 닮아있어야 한다는 것이다. 의외로 목표와 목적이 괴리되는 경우가 많다.

독일 태생으로 영국의 목회자를 지낸 조지 뮬러는 '5만 번 이상 기도 응답을 받은 사람', '브리스톨 고아들의 아버지'로 잘 알려져 있다. 그의 책 《5만 번 응답받은 조지 뮬러의 기도》를 보면, 그의 인생 목적을 향해 나아가는 여정을 잘 알 수 있다. 조지 뮬러는 젊은 시절 아버지의 호주머니에서 돈을 훔치던 좀도둑이자, 술과 도박에 빠져 지내던 불량 청소년이었다. 그런 그가 크리스천이 되어 모든 지혜와 물질적 공급을 기도로 간구하는 생을 살아가기 시작한다. 뮬러는 98년 8개월 동안을 살았다. 그는 73년 2개월 동안 크리스천으로서 1만 명 이상의 고아를 보살폈다. 2백 명 이상의 선교사를 후원했고, 42개국을 방문해서 3백만 명 이상의 사람들에게 복음을 전했다. 이 와중에 5만 번 이상의 기도 응답을 받은 믿음의 사도라 불렸다.

나열한 결과만 보아도 얼마나 막대한 물질적 재원이 필요한지 알 수 있다. 돈이 없는 가난한 청년이 그만한 돈을 모으고 많은 업적을 이루는 데에는 분명한 목적이 있었다. 어려운 고아들을 보살피며 선교를 하고자 하는 강력한 신념이 있었기에 나아갈 수 있었던 것이다. 뜻하지 않는 사람들의 도움으로 그는 필요한 재원들을 하나씩 충당해 나가기 시작한다. 생각지도 못한 사람이 우편으로 돈을 보내주는 일들이 간절한 기도 후에 일어나기 시작했다. 아름다운 목표를 향하는 그 간절한 마음에 하늘도 감동한 것이리라.

내가 진짜 원하는 일을 찾는 것이 가장 어려운 것이라고 생각한다. 하고 싶은 일이 너무나 많고 호기심이 충만한 사람들의 경우는 다양한 시도를 해보면서 길을 찾을 수 있을 것이다. 각종 취미생활도 많을 가능성이 높다. 지금 하고 있는 본업에 충실하면서도 자신의 취미생활을 통하여 삶을 얼마든지 만족스럽게 살아갈 수 있다. 또한 이렇게 집중해서 찾은 취미생활을 이어가면서 어느새 그 분야의 전문가로 성장할 수 있다. 제2의 인생을 설계하며 살아가기에 충분한 전문적 지식을 습득한 후에는 진로선택의 과정만 남았을 뿐이다. 하지만 그렇지 않은 사람들도 많다. 부모님 말씀에 순종적이고, 제도권의 길을 걷는 것이 편한 사람들의 경우에는 그런 생각을 하지 않는 경우도 많기 때문이다.

나의 경우도 무엇을 하면서 인생을 살아가야 할지 몰랐다. 단한 번도 생각해 보지 않았던 것을 상황이 어려워지고 나서야 인식하게 되었다. 그저 그렇게 살아가는 게 순리라고 생각하며 길을 걸었지만, 결국 '나의 삶이 행복한가?'라고 물었을 때는 답을 할 수가 없었다. 무엇을 잘하는지도 몰랐다. 또 내가 좋아하는 것을 하며 사는 것, 그 자체가 두려웠는지도 모르겠다. 정해진 길에서 이탈하면 뭔가 실패할 것만 같은 두려움이 있었던 것 같다. 그렇게 질문에 대한 답을 할 수 없었을 때, 내가 해야 할 것은 어쩌면 너무도 자명했던 것 같다. 내가 지금 현재 할 수 있는 것들을 하는 것 외에는 별다른 답이 없었다.

생계의 어려움을 해소하는 일이 급하였기에 아르바이트를 시작하게 되었지만, 그 길에서 내가 희망을 품을 수 있는 한 가지를 남겨두었던 것. 그것이 바로 책 근처에서 일하면서 다양한 책을 통해 나를 찾아가고자 함이었다. 책을 통해서 나 자신으로 살아갈 수 있는 방법을 찾을 수 있을 것이란 확신이 들었다. 또한 어려운 상황 속에서 당장 내 눈에 들어오는 삶의 목적은 무엇인지 살펴보았다. 그리고 한 가지 생각이 떠올랐다.

'누군가 나처럼 삶의 길을 잃었을 때, 그런 사람들에게 도움을 줄 수 있는 삶을 살아보자!'

비록 막연했지만, 그 한 문장을 품고 나니 삶이 조금씩 달라 보이기 시작했다. 분명 지금은 눈앞이 어둡고 막막하지만, 인생의 여정 속에서 반드시 그 방법을 찾겠다는 의지가 살아나고 있었다. 서른두 살의 나이에 품었던 그 생각은 내가 최초로 품어보았던 주체적인 삶의 방향이었다. 비록 현실이 힘들어도 뭔가 사회에 도움이 되는 어른으로 인생을 살면 참 행복하고 보람 있을 것 같다는 그 마음. 그 당시에는 그것만으로도 얼어붙은 마음을 녹이기에 충분한 온기였다.

지금 내가 살고 있는 삶이 만족스럽지 않고 오히려 고통스럽다면, 내 삶의 목적이 분명하지 않을 확률이 높다. 다시금 나를 돌아보고 내가 진짜 살고 싶은 삶을 모색해야 한다. 정말 내가 살고 싶은 삶이 무엇인지 지금은 몰라도 분명 따로 있다 여겨진다면, 빨리 그러한 나 자신의 꿈을 인식해야 한다. 그리고 그러한 삶을 위해서 나 자신을 철저하게 들여다보아야 한다. 비록 그 삶의 목적과 꿈이 뭉툭하고 또렷하지 않더라도 상관없다. 만일 앞으로 더욱 행복해질 나의 삶을 찾아 떠나고 싶은 마음이 들었다면, 그것만으로도 절반은 성공한 셈이다.

07

· · · · · · ·

나의 본질을 찾기 위한 여정

✿

어느 날 문득 아르바이트를 마치고 집에 돌아오는 길에 명상을 하고 싶다는 생각이 머릿속을 스쳐 지나갔다. 아마도 마음이 무척 지친 날이었던 것 같다. 무늬만 크리스천이었지 기도나 성경 읽기도 잘 하지 않았던 나였기에, 명상을 위해서 향을 피우고 싶다는 생각이 그리 이상하게 여겨지지는 않았다. 동네 상점에서 향을 한 통 사서 나의 조그만 안식처로 돌아온 그날. 쌀을 컵에다가 받아 놓고서는 향을 하나 꽂고 불을 붙였다. 10평이 채 되지 않는 오래된 빌라이다 보니, 머리가 아플 정도로 향 냄새가 진동을 했다. 그럼에도 조용히 참선하는 자세로 앉아서 나의 삶을 돌아보았다.

우선 내가 지금 할 수 있는 것은 독서밖에는 없다는 것만은 명확했다. 그리고 한 가지 더 중요한 사실은 무너진 자존감의 회복이었다. 비록 아르바이트로 일을 하고 있지만 건성으로 일한다는 소리는 결코 듣고 싶지 않았다. 이때는 나의 내면에 관해서 깊이 고찰해 보지 못했기에, 깊이 있는 사색을 하기에는 부족함이 많았다. 다만 독서와 자존감 세우기만이 내가 해야 할 일임은 분명했다.

바로 이 시점에서부터 나의 독서는 시작되었다. 그렇게 책을 보며 이어온 세월이 어느새 16년 정도 되어가는 것 같다. 그리고 상세하게 세어보지는 않았으나, 얼추 900권 정도의 책을 독파한 것 같다. 물론 이 산출 권수는 권당 분량 300페이지와 난이도를 고려한 기준이다. 300페이지가 넘는 두꺼운 책은 그 이상의 권수로 책정했고, 철학과 같은 난이도가 높은 책에는 가중치를 둔 수치이다. 16년의 기간 중에서 최소 10년간의 기간은 매년 40~50권은 평균적으로 읽었고, 6년 정도의 기간은 70~100권 사이를 매년 본 듯하다. 800~1,100권을 범주로 본다면, 얼추 900권 정도면 합리적 산출이라 생각한다. 책의 종수로 환산한다면 더 적어질 것 같다.

독서를 시작한 초창기에 나를 사로잡았던 감정은 바로 절박함이었다. 책을 여러 권 읽다 보면, 분명 나에게 어떠한 길을 알려줄 수 있을 것이라는 막연한 기대로 독서를 놓을 수 없었다. 독서 초창기에 나를 크게 격동시켰던 책은 바로 강헌구 작가의 《가슴 뛰는 삶》이었다. 제대로 된 자기계발서를 처음 접했을 때의 심정은 이루 말할 수 없을 정도의 도파민을 분출시킨다. 신념을 가지고 나의 길을 찾아 떠나갈 용기만 있다면 다 이룰 것만 같았다. 그렇게 절박함에 용기를 불어넣어 주는 책을 만나고 나서 나의 독서는 불이 붙었다. 그리고 만난 책이 로버트 기요사키의 《부자 아빠 가난한 아빠》였다. 경제적 독립이 필요함을 마음 가득 품은 채 내가 바라볼 수 있었던 것은 주식이었다. 그리고 주식을 하기 위해서는 경제를 알아야만 했다. 그렇게 나는 주식공부를 해서 전업투자자가 되고자 뜻을 세웠다. 그렇게 나의 독서는 주식과 경영, 경제에 관한 책들 위주로 시작되었다.

일적인 면에서도 결코 욕먹고 무시당하지 않는 사람이 되고 싶었다. 아르바이트의 일이라는 것이 보통은 단순한 것들이다. 그저 주문된 책을 잘 가져와서 포장하고, 택배나 배본사 차량에 실어주면 그만이었다. 직원 한 분과 나 혼자서 일하는 공간이었지만, 왠지 깔끔하게 잘 정리된 공간을 만들고 싶었다. 성수기가 아니라면 주문이 많지 않았기에, 그저 할 일만 하고 나머지 시간은 알아서 눈치 보면서 쉬면 되었다. 그래도 그렇게 시간을 보내고 싶지는 않았다. 책이 적재되어 있는 서가를 정리하고, 작업 중에 나오게 되는 박스나 기타 쓰레기들을 정리했다. 그리고 재고의 수량을 잘 파악할 수 있도록 10권 단위로 책을 정리하였다. 그래도 시간이 남으면 다른 파트에 지원을 나가고는 했다. 지원하러 가서도 정말 땀이 뚝뚝 떨어질 만큼 열심히 일했다. 그 파트에서 일하는 아르바이트생들보다 결코 일적으로 느리게 하고 싶지 않았기 때문이다. 그렇게 지원을 나가면서 그 파트에서 일하는 방식의 단점도 발견할 수 있었다. 그래서 나중에는 더 빠르고 정확하게 할 수 있는 방식으로 혼자 조용히 일하기 시작했다. 그때 나를 눈여겨본 그 파트의 대리님과 나중에 깊은 인연을 맺는 사이까지 발전하게 되었다.

근무를 마치고 집에 돌아오면 온몸이 망치로 두드려 맞은 듯 아파왔다. 그동안 온통 술과 게임으로 얼룩졌던 삶을 살아왔기에, 체중은 100㎏에 육박해 있었다. 그런 몸으로 갑작스러운 노동을 하였으니 더욱 버겁게 다가왔다. 하지만 일말의 뿌듯한 감정이 밀려 올라왔던 것도 사실이다. 그저 말로만 들었던 노동의 가치라는 것이 그때 실감 나게 다가왔다. 그때까지도 이미 이골이 나 있던 술을 반주 삼아 마셨지만, 그래도 하루에 세 시간 정도 책을 보는 시간만큼은 꼭 지켰다. 피곤하다고 책을 놓으면 인생이 영원히 회복되지 않을 것이라는 두려움 때문이었다. 그런 마음 때문에 게임도 끊어버릴 수 있었다. 매일 10시간 이상 게임에 묶여있던 삶에서 어느 순간 해방이 되고 나니 시간이 생겼다. 세 달 정도 그 생활을 이어가니 어느새 몸무게도 15㎏ 정도가 감량되었고, 팔에도 근육이 살짝 보이기 시작했다. 또한 그 기간에 책도 30권가량을 읽어낼 수 있었다.

육체노동은 단순하지만, 매일 정해진 업무를 해내는 일이다. 작은 성취를 이루는 경험을 날마다 누적시킬 수 있다. 처음에는 무척 힘이 들었지만, 알 수 없는 기분 좋은 감정 또한 찾아왔다. 바로 이 감정이 나의 자존감을 서서히 세워나갔다는 사실을 세월이 지나고 나서야 깨달았다. 또한 내 삶에 독서를 들여놓으니 게임을 빼낼 수 있었다. 무언가 좋은 것으로 삶을 채워간다는 일과 작은 성취를 꾸준히 쌓아나간다는 것은 인생에 커다란 선물이 되어 돌아온다. 그렇게 스스로를 채워가면서 나아갔던 그 암흑 같은 시절은 훗날 나에게 큰 변화로 찾아오게 된다.

그렇게 오랜 시간을 이어가면서 내 안에서는 서서히 또 다른 욕구를 발견하게 되었다. 그것은 바로 글쓰기였다. 독서를 지속하다 보면 인풋이 머릿속에 차곡차곡 쌓여가지만, 아웃풋이 없다면 자연스럽게 배출하고자 하는 욕구를 느끼게 된다. 그때는 그런 연유 때문인지 생각하지도 못했지만, 혼자 블로그에 글을 써서 남기고는 하였다. 비공개로 돌려놓고서 나의 마음을 표현하는 시를 많이도 적었다. 특히나 술을 한잔 걸치고 나면, 그 심상을 가누지 못해서 살아온 날들의 비애감을 자주 시로 표현하고는 했다. 내가 느끼는 그 순간의 감정들을 글로 풀어내는 연습을 나도 모르는 사이에 하고 있었던 것 같다. 블로그에 글을 자주 쓰지는 않았지만, 내가 읽었던 책들 중에서 기록으로 남기고 싶었던 것들도 종종 써서 올리고는 했다. 물론 지속적으로 오래 글을 써나가지는 않았다. 그저 생각이 나면 문득 한 편을 쓰고는 또 잊어버렸다. 하지만 이 또한 나중에 큰 자산으로 남게 되었다.

살아가다 보면 정말 막막한 시절을 눈앞에 맞이하고는 한다. 그런 순간을 맞이하면 어디에 소속되어 있는 내가 아닌, 단독자로서의 나 자신을 마주하게 된다. 홀로 세상을 살아낼 수 있는 능력이 있는지 스스로에게 묻게 되면 막막하기 그지없다. 그럴 때 느끼는 비참함과 자괴감은 가슴 속에 깊은 생채기를 남긴다. 어쩔 수 없이 살아가야만 하는 삶이라 체념하며 삶의 주도권을 빼앗기고 나서야 알게 된다. 나는 왜 살고 있는지 몰랐다는 것을.

그동안 내가 살아왔던 삶을 반추해 보고 무엇이 부족했는지 꼼꼼하게 되짚어보면 앞으로의 여정을 가늠해 볼 수 있다. 주체적인 삶을 살아내기 위해서는 먼저 나 자신을 알아야 할 필요성도 느끼게 된다. 나는 진짜 내 속에 있는 나를 자각해 본 적이 있는가 생각해 보면 거의 없었다는 것도 깨닫게 된다. 내면의 상처를 보듬고 마음속에 쌓여있는 어두운 마음의 잔여물들을 걷어내는 과정. 그 과정 속에서 점차 여유와 평안을 맞이할 수 있는 마음 공간도 확보할 수 있다.

그렇게 하고 나서야 내가 진짜 원하는 삶을 그려보며, 마음 공간에 아름다운 희망의 씨앗을 뿌릴 수 있다. 자신이 해야 할 꿈이나 목표가 명확하게 그려지지 않는다면 탐색의 과정을 수행해야한다. 현실적 제약 없이 내가 진심으로 즐거워했던 것들을 위주로한번 돌아보자. 꿈은 꾸어볼 수 있는 것 아니냐는 마인드로 말이다. 나의 경우는 그것조차 없어서 그저 책을 들고 길을 물었지만, 오히려 이것이 나에게는 커다란 선물이 되었다.

우리의 미래는 늘 안개가 자욱하게 끼어있는 숲을 바라보는 것과 비슷하다. 다만 한 걸음씩 나아가다 보면, 그 걸음 수만큼 안개의 안쪽이 점점 더 보이기 마련이다. 시야가 확보되는 것을 체감하다 보면, 기쁜 마음으로 더 나아갈 수 있다. 두려움이 증발하고 명확한 미래로 나아가는 기분이 들기 때문이다. 내 삶의 본질을 향해 나아가는 그 걸음이야말로 인생의 소명을 찾아가는 충만한 여정이 될 것이다.

작은 고초에
무릎 꿇지 말고 큰길을 보며
나아가면 된다.
성장에는 무조건 성장통이
따르게 마련이다.

CHAPTER

02

· · · · · · · · ·

경험

나를 위로하고
채워가는 연습

삶의 물음표를 느낌표로 바꾸는 자세

지금껏 사회생활을 했던 20년 정도의 시간으로 비추어보면, 회사에서 인정받는 사람들의 공통점이 하나 있다. 그것은 바로 궁금한 점을 끝까지 파고들어서 무언가 깨달음을 얻고, 그것을 자신의 지식으로 내재화하는 태도를 지녔다는 점이다. 비단 회사원뿐만 아니라 학생이건, 연구원이건, 학자이건 모두에게 해당되는 좋은 삶의 태도이다. 바로 이 과정을 통해서만이 진정한 성장을 이룩할 수 있다고 생각한다. 단순히 호기심에서 머물거나, 어떠한 문제점을 인식하는 것은 의식적으로 할 수 있다. 하지만 그 너머에 무엇이 존재하는가에 대하여, 견딜 수 없는 궁금증으로 끝을 보려는 것은 아무나 할 수 있는 일은 아니다.

삶에서 물음표를 가지고 문제를 해석하고 가설을 세우며 해결에 이르는 느낌표의 과정은 인생에서 풍부한 지식과 지혜를 갖추게 하는 중요한 사이클이다. 이 과정은 크게 세 가지로 나누어볼 수 있다. 첫 번째는 일단 문제점을 인식하여 궁금증을 가지는 물음표 단계. 두 번째는 이러한 호기심을 해소하기 위하여 전문가에게 묻거나, 자료를 찾아보거나 현상을 관찰하여 가설을 세워보는 단계. 세 번째는 가설을 입증하기 위하여 실험하고 행동하는 과정을 통해 깨달음을 얻는 단계로 볼 수 있다.

단계별로 이야기를 풀어나가기에 앞서 짚고 넘어가야 할 것이 있다. 먼저 이러한 '물음표'가 생기기 위한 전제조건이 중요하다. 바로 나의 신체적, 정신적 에너지의 컨디션 상태를 항상 좋은 상태로 유지하는 것이다. 호기심은 나의 지적 영역을 확장하는 시작점이다. 전날 폭음을 한 사람이 다음 날 일상에서 궁금증을 가지기는 어렵다. 나의 몸 하나 가누기가 힘들기 때문이다. 일상의 관리가 잘되어야 내면의 에너지 또한 넘쳐난다. 나의 성장을 위하여 쓸 수 있는 에너지를 확보할 수 있기에, 호기심과 궁금증을 가질 만한 여유도 생기기 마련이다.

첫 번째로 삶의 물음표를 발견하는 일은 꼭 거창한 것이 아니어도 상관없다. 아주 사소하고 단순한 생활 속 문제에서도 얼마든지 찾아낼 수 있다. 다만 당연하게 여겼던 불편한 것들이 있었음에도 불구하고 원래 그런 것이겠거니 생각하면 더 이상 발전이 없다.

항상 궁금증을 가지고 호기심을 품는다는 것은 현상에 대한 문제 의식을 늘 가지고 있어야 가능한 법이다. 문제의식은 나의 성장을 이끄는 가장 중요한 태도이기도 하다. 왜냐하면 이러한 사고법의 습관화가 결국은 많은 사람들의 문제까지 관심이 확장되어서, 자아실현 및 성공을 향한 밑거름이 되기 때문이다.

두 번째는 문제점을 정확하게 분석하고 진단한 후 가설을 세워보는 일이다. 내가 인식하고 있는 문제의 근본 원인이 무엇인지 고민하고, 그에 필요한 자료수집과 질문 등을 통하여 현재 상태를 진단해야 한다. 그리고 가장 그럴듯한 가설을 세워야 한다. 개인적 문제에 있어서는 얼마든지 여러 가설들을 세워볼 수 있지만, 일터에서는 그리 녹록지 않다. 시간과 자원이 한정되어 있어서, 문제해결을 위한 여러 가지의 가설을 시행해 보기가 쉽지 않기 때문이다. 정확성은 높으나 테스트 비용과 시간이 크게 소모되는 가설보다는 그 방향으로 나아가는 소소한 목표를 세워서 나가는 것이 좋다.

세 번째는 쉽게 도전할 수 있는 가설을 실제로 시행해 보는 것이다. 부담이 최대한 적으며 소소한 효과를 볼 수 있는 것들을 위주로 하나하나 해결해 가는 것이 핵심이다. 결국 나아가보지 않으면 어떠한 깨달음도 얻을 수가 없다. 그렇게 얻은 깨달음을 다시 새로운 가설수립에 반영하고 시행하는 것. 그러한 순환 속에서 성장이 비약적으로 일어난다.

물류센터에서 처음 일을 배우고 1년 정도 지난 후에, 나는 논두렁 옆의 좁은 창고 8개 동으로 구성되어 있는 임대 창고로 일터를 옮기게 되었다. 사실 내가 속해있는 파트의 본거지는 바로 그 임대 창고였다. 기존에 일을 배우던 곳은 임대 창고의 재고가 많은 관계로 메인 물류센터 일부에 공간을 마련하여 운영하던 곳이었다. 드디어 본거지인 임대 창고로 출근하였을 때는 1학기가 끝난 시점이어서 성수기가 막 지나던 때였다. 내가 일해야 할 곳은 좁은 창고 1개 동과 100m 정도 떨어진 작은 작업장이었다. 담당 직원에게 들어보니, 아침 7시에 좁은 창고 통로의 책을 창고 바깥으로 빼내었다고 한다. 5m 위의 높은 서가에 있는 책을 빼내기 위해서는 전동지게차를 이용해야 하는데, 그 통로가 막혀있어서 방법이 없었다. 그리고 아침 9시부터 업무를 시작해 저녁 6시에 작업을 마치면 또 2시간 동안 다시 빼놓은 물건을 통로에 채워 넣었다고 했다. 그렇게 한 달이 넘는 기간 동안 반복했던 것이다. 즉, 다음 2학기 때 나 역시 아침 2시간, 저녁 2시간을 꼼짝없이 연장근무를 해야 한다는 말이었다. 아르바이트 근무를 하는 정규시간을 제외하고는 집에서 독서에 몰두해야 했기에 나에게는 무척 괴로운 일이었다. 이때부터 물음표가 생기기 시작했다.

'어떻게 하면 저 좁은 창고의 통로를 막지 않고 성수기를 버텨 나갈 수 있을까?'

일단 판매량을 조회해 보았다. 그리고 특정 종류의 책들이 많이 팔리고, 기타 다수의 종들은 그 판매량이 현저하게 적음을 알게 되었다. 혼자 움직이지 않고 컴퓨터 앞에서 데이터를 조회하고자 도닥거리고 있으면 욕을 먹기 쉬우니 마음이 급했다. 짬짬이 시간을 이용해서 판매순으로 데이터를 정리하기 시작했다. 좁은 창고는 작업장에서 좀 멀리 떨어져 있었고, 작업장은 정리를 잘하면 약간의 공간을 만들 수 있었다. 즉, 작업장의 작은 공간에는 베스트셀러 소수의 종을 배치하여 주문처리를 할 때 좁은 창고로의 이동을 줄이면 효율이 올라갈 것 같았다. 그리고 그다음 판매순으로 물건들을 좁은 창고 입구에서부터 순서대로 배치하면 될 것 같았다. 기존에는 좁은 창고 안에 판매량 구분 없이 책을 제본소에서 들어오는 대로 넣어놓았기에 그런 문제들이 발생한 것이었다. 실제로 안쪽 공간에는 빈자리가 있었다. 책들을 차곡차곡 정리해서 안 팔리는 책들은 사람 손이 닿지 않는 서가의 높은 위치에 보관하고, 서가 빈자리에 다른 책들을 넣어두면 충분히 지게차가 지나다닐 공간이 나올 것 같았다.

이러한 구상을 관리자에게 이야기했다. 비록 아르바이트였지만 그래도 꼭 필요한 일이라 생각했다. 판매수량에 기반한 공간 재구성이 통로에 있는 재고를 빼지 않고도 성수기 작업을 가능하게 할 수 있을 것이라며 의견을 제시했다. 관리자의 입장에서는 손해 볼 일이 아니었고, 그것이 가능하다면 비용을 크게 절감할 수 있어서 좋은 제안이었다. 전격적인 지원을 해주시기로 했다. 나의 작업을 누구도 방해하지 않도록 도와주신 것이 고마웠다.

실제 작업이 이루어지는 작업장 공간을 먼저 손봤다. 넓지는 않았지만, 베스트셀러 톱10 정도는 많은 물량을 높이 쌓아 놓을 수 있었다. 작업장 옆의 작은 서가들에는 많이 팔리지 않는 소량의 책들을 배치했다. 베스트셀러 10종을 작업장으로 옮겨 놓으니, 좁은 창고 안에 별도의 공간이 생겨났다. 그리고 수개월에 걸쳐서 배치를 바꾸어 나가기 시작했다. 비수기에는 작업량이 많지 않기에, 성실하기만 하다면 나 혼자서도 충분히 해낼 수 있는 작업이었다.

역시 생각했던 대로 전동지게차가 이동할 통로를 확보하는 것이 가능하였다. 완벽하지는 않았지만, 좁은 창고 내의 절반은 이동이 가능했다. 결국 나는 4시간이라는 의미 없는 연장근무를 할 필요 없이 작업에 몰두할 수 있는 환경을 만들었다. 여기서 멈추지 않고 재고 물량의 배치를 계속 개선한 결과, 내가 소속되었던 파트는 직원 한 분과 아르바이트인 나 혼자서 비수기를 운영했고,

성수기에는 1명의 아르바이트만 더 충원하면 되었다. 기존 성수기에 아르바이트를 서너 명 운영한 것에 비하면 훨씬 효과적이었다. 사실은 모두가 생각해 보지 않았던 것은 아니었다. 다만 실행에 옮겼을 때, 그 결과를 명확하게 알 수 있는 것일 뿐이었다.

삶에서 불필요하거나 불편한 것들이 있다면 하나하나 작은 것 위주로 바꾸어 나가면서 느낌표에 도달하는 인생을 살아보자. 처음부터 거대한 산을 보면 나아가기 힘들다. 그 높이에 압도되어서 감히 도전해 볼 생각을 못 하는 것이 사람이다. 물음표를 느낌표로 바꾸는 자세는 단순히 문제해결에 그치는 것이 아니다. 그것으로 말미암아 나를 바라보는 내면의 시선이 바뀌게 된다. '자부심'이 생긴다. 오직 나만이 나에게 선물할 수 있는 귀한 가치인 자부심. 개인 생활에서도 중요하지만, 일터에서 이런 것들을 소소하게 느낀다면 더 큰 변화를 가져올 수 있는 씨앗을 뿌리는 셈이다. 이 일을 계기로 나 역시도 많은 변화가 다가올 것임을 그때는 미처 알지 못했다.

02

. . . .

성장하는 삶에서 마주하는 고통

✿

'지금보다 더 많은 돈을 벌어 부자가 되고 싶다.'

'체중 감량을 해서 더 멋지고 예쁜 미모를 갖고 싶다.'

'지식과 지혜가 풍부하여 세상 만물을 꿰뚫어 보는 통찰력을 갖고 싶다.'

　　　　　살면서 이러한 생각을 해본 적이 있을 것이다. 물론 모든 것이 갖춰져 있어서 바라지 않는 사람도 있겠으나, 그것은 극소수에 불가할 것이고, 대다수는 이러한 상상을 해본 적이 있을 것 같다. 자신이 바라는 꿈과 소망이라는 결과물을 한 번쯤 생각해 보지 않는 사람이 어디 있으랴. 그러나 결과는 찬연하게 빛나고 아름다울지언정, 그곳에 도달하는 과정은 무척 쓰리고 아플 수밖에 없는 것이 인생이다. 그래도 포기할 수 없기에, 우리는 각자의 속도로 그 고난의 길에 매진한다.

이러한 각자의 성장을 위해 나아가는 길에서 여러 가지 난제들을 만나게 된다. 내부적으로는 소위 '작심삼일'이라고 부르는 개인의 의지력의 문제이고, 외부적으로는 '타인의 시샘'이 불러오는 차가운 시선이다. 이 외에도 여러 가지 난제들이 있을 수 있지만, 가장 대표적으로 끊임없이 마주하는 것들이자, 공통적으로 겪어야 할 과제들이 아닐까 싶다.

우선 자신의 내면에서 발생하는 의지력의 문제에 대하여 살펴보자. 우리 대다수는 어떤 일을 무조건 끝까지 해내는 경험보다는 중간에 포기하는 일이 훨씬 더 많지 않을까 생각한다. 학창시절을 한번 생각해 보면 쉽게 알 수 있다. 타고난 의지를 가진 학생의 경우는 자신이 해야 할 일들을 책임감 있게 완수하기도 하지만, 보통은 그렇지 않을 때가 많다. 특히나 '공부' 앞에 서면 더욱 그러할 것이다.

나의 경우는 공부를 해야 하는 이유가 바로 '강박관념'이었다. 그런데 한 번도 이기지 못한 친구들이 있었는데, 지금에 와서 생각해 보니 두 가지 부류였다. 바로 진짜 공부를 '좋아서' 하는 친구들과 '절박해서'하는 친구들이었다. 강박감에 휩싸이면 불안감이 넘쳐난다. 그만큼 정신적 에너지와 시간의 손실이 수반될 수밖에 없다. 또한 반드시 이해하고 넘어가야 하는 원리를 고민할 시간도 적어진다. 마음이 쫓기는데 하나의 문제를 잡고 계속 머물러 생각할 수만은 없기 때문이다. 결국에는 모르고 이해하지 못했던 것은 그냥 외우게 된다. 이 말은 문제가 조금만 변형되어도 틀릴 수밖에 없음을 의미한다.

좋아서 하는 친구는 정말 신기했다. 그냥 재밌다는 것이다. 무슨 말로도 설명할 수 없었다. 좋은데 무슨 이유가 있을 것인가. 참고로 이 친구는 거의 3년 내내 전교 1등을 도맡아서 했다. 마르고 왜소한 친구였으며, 얼굴에는 파리한 기운이 돋아났으나 눈빛만은 정말 소름이 돋도록 맑았다. 내 기억으로는 아버지가 의사였고, 집안도 부유했던 것 같다. 우리가 생각하는 전형적인 금수저 모범생이었다. 지금은 어떤 삶을 살고 있는지 모르겠으나, 분명 훌륭한 학자의 길을 걸어가고 있지 않을까 싶다.

절박해서 하는 친구의 경우는 내 마음속에 더욱 크게 다가왔다. 이 친구의 집은 너무도 어려워서 도시락 반찬도 거의 김치만 싸가지고 왔던 것으로 기억한다. 그리고 문제집 살 돈이 없어서 선생님들께서 주신 문제집과 참고서로 공부했다. 심지어 이 친구는 성격도 너무 좋았고, 운동도 정말 잘했다. 이 친구가 시험 때마다 전 과

목 통틀어 2개 이상을 틀린 적이 없다는 것이 도저히 이해가 가지 않았다. 나중에 알게 되었다. 선생님들께서 이 친구에게 주신 참고서가 거의 알아볼 수 없을 지경으로 밑줄이 그어져 있다는 사실을 말이다. 그 문제집과 참고서 자체가 이 친구에게는 보물이었다.

내가 고통을 벗어날 수 있는 길이 이것밖에 없다는 절박감은 사람을 180도 변하게 만든다. 오로지 이 길밖에 없으므로 다른 것은 신경 쓸 여력이 없다. 오직 그 하나에 집중하여 자신이 가진 모든 전력을 끄집어내어 집중할 수밖에 없다. 실패에 대한 두려움 따위에 마음을 내어줄 여유가 없는 것이다. 또한 '좋아하는 것'과 '절박한 심정'은 분리되어 있는 것이 아니다. 이 두 가지는 서로 보완하는 관계가 될 수 있다. 좋아하는 일을 더 잘하고 싶은 절박함도 있을 수 있고, 절박해서 몰입하다 보니 잘하게 되어서 더 즐겁게 할 수 있다.

자신이 바라는 꿈을 향해서 나아가는 길. 단순히 그 결과물이 반짝반짝 빛난다는 것에 동경을 품고 나아가면 중간에 동력을 상실하기 쉽다. 좋아서 하는 일들은 사실 결과를 바라보지 않는다. 과정 자체가 즐겁기에 나아가는 것이다. 결국 내부적인 의지력을 강화하기보다는 아예 좋아하는 것을 찾아 그 길을 걷는 것이 가장 이상적인 형태인 것 같다.

만일 동경하는 결과를 이루고 싶어 나아간다면, 절박감을 항시 마음에 두어야 한다. 대표적인 것이 바로 늘 상상하고 이미지화하면서 자신의 꿈을 100번씩 쓰고 말하는 끌어당김의 법칙일 것이다. 이는 무슨 마술이나 마법처럼 아무 노력도 하지 않는데 어느 날 내 눈앞에 현실로 이루어지는 것이 아니다. 간절하고 절박한 심정이 무뎌지지 않도록 함으로써 성장을 향해 나아가는 원동력을 잃지 않게 하기 위함이다.

이러한 내부적인 의지력의 문제를 내가 좋아하는 마음이나 절박한 심정으로 극복하더라도 외부적인 문제들이 뒤따르기 마련이다. 가장 대표적인 것이 '타인의 시샘'이다. 무언가를 달성하기 위해 몰입하고 전력을 다한다는 것은 곧 시간을 낭비하지 않는다는 것을 뜻한다. '낭중지추'처럼 이러한 과정에서 나오는 결과물들이 속속 드러나게 되면, 사람들의 이목을 집중시킨다. 처음에는 성실한 나의 모습에 박수를 치더라도 이러한 순간에 도달하게 되면, 사람들의 마음속에 시샘과 질투가 생기는 것은 어쩌면 당연한 일일 것이다. 그때부터 안 좋은 이야기가 들리기 시작한다.

나는 아르바이트를 하면서 먹고 사는 것만 간신히 해결하면, 나머지 시간에는 독서에 최대한 몰입했다. 집에 가서는 물론이거니와 출퇴근 통근버스와 점심시간에도 그러했다. 내가 도서유통회사의 물류센터에서 아르바이트를 한 이유가 책 때문이었다. 흔들리는 버스에서 책을 읽으면 속이 메스껍고 시력도 저하된다. 하지만 그 시간에 책을 보면 매일 2시간을 확보할 수 있었다. 점심시간에도 최소 40분의 시간을 확보할 수 있었다. 첫 아르바이트를 나가고 일주일이 지난 후에, 망가진 책들을 따로 보관하는 곳이 있다는 것을 알게 되었다. 파본이라고 불리는 그 책들을 점심시간에 구석에서 직원의 눈치를 보며 읽기 시작했다. 새 책을 보면 아무래도 손때가 묻기 때문이었다. 직원은 감사하게도 못 본 척해주셨고, 그렇게 한 달이라는 시간이 흐르자 늦가을이 다가왔다. 컴퓨터가 놓인 자리만 난로를 틀어서 따스했을 뿐, 다른 곳은 냉난방이 되지 않는 창고였다. 고맙게도 직원은 나에게 자리에 와서 책을 보라고 손짓해 주셨다. 그렇게 시간이 흐르면서 그 작은 창고에 있던 단행본들을 모두 볼 수 있었다.

책을 보면 볼수록 머릿속이 깨어가는 느낌이 들었다. 공부머리와 일머리는 다르다는 것을 알게 되었다. 단순히 달달 외우는 암기와는 달리, 지식을 활용하여 일에 접목하는 응용력은 공부머리로만 되는 것이 아니었다. 일을 하며 책을 보는 생활이 이어지자, 어느새 나도 모르게 일머리가 트이기 시작했고, 나중에는 앞서 이야기했던 물류센터의 재고 구조까지 바꾸는 일을 할 수 있게 된 것이다. 참고로 이때 나를 배려해 주신 직원분이 나중에 나의 재고구조 개선 제안을 허락해 주신 그 관리자로 승진하셨다. 이렇게 성장을 향해 나아갔지만, 주변의 시선은 곱지 않았다. 말은 안 했지만, 내가 책을 읽고 있으면 기분 나빠했다.

일적으로도 성과를 내기 시작하자, 아르바이트생 주제에 정규 직원 자리를 노리고 저리 나선다며 뒷말이 오고 갔다. 참고로 난 첫 직장의 실패로 인하여 다시는 정규 직장인이 되고 싶지 않았으며, 여러 번의 직원 제안을 3년간 고사했다. 난 그들의 시선과 수군거림에 크게 연연하지 않았다. 곤란한 일도 많았지만, 그렇다고 구더기 무서워 장 못 담글 수는 없는 노릇 아니던가.

이때의 나는 오로지 혼자 힘으로 성공에 이르기 위한 간절한 절박감이 있었다. 그리고 그 수단으로 주식을 선택했다. 경제공부는 해본 적이 없었기에, 그토록 관련 책들을 무작정 읽어나갔던 것이다. 그런데 책을 읽다 보니 재미가 있었다. 어린 시절 나는 책을 참 가까이했던 아이였다. 그 기억이 다시금 떠올랐다. 그리고 어머니께서 소파에서 늘 책을 보시던 모습도 떠올랐다. 그렇게 절박감에서 시작했던 독서는 사실 내가 꽤나 좋아했던 것이었음을 그제야 깨달았다. 점차 게임을 손에서 놓게 되었다. 늘 술에 찌들어서 혼자 게임을 하던 그 버릇이 서서히 잊혀 갔다. 그리고 나중에는 절박감조차 잊은 채 독서에 몰입할 수 있게 되었다.

고통을 참아가며 의지력으로만 성장을 이끄는 것은 어렵다. 넘어야 할 산이 참 많기 때문이다. 자신이 좋아하는 일을 애초에 찾았으면 너무도 좋겠지만, 그렇지 않다면 절박감을 장착해야 한다.

그리고 절박감과 좋아함이 서로 조화를 이루는지를 살펴봐야 한다. 만일 절박감으로 시작해도 좋아하는 감정이 들지 않는다면, 고통 속에서 의지를 다지느라 더 많은 시간과 에너지를 소비하게 된다. 두 감정의 조화, 절박감과 좋아함의 콤비네이션이 이루어진다면, 일단은 성공이다. 그리고 주위의 시샘과 질투에 연연하지 않았으면 한다. 현실은 녹록지 않겠지만, 결국 나의 노력이 그 시선을 뚫고 나가게 된다. 작은 고초에 무릎 꿇지 말고 큰길을 보며 나아가면 된다. 성장에는 무조건 성장통이 따르게 마련이다.

03

·······

완벽주의라는 이름의 욕망

✿

어린 시절이었던 1980년대에는 TV에서 방영해 주는 만화가 그리도 재미있었던 기억이 난다. 멋진 히어로가 등장해서 악당들을 물리치는 것을 보면서 소름 끼치는 전율을 느꼈다. 그중에서도 가장 기억에 남는 것은 《원탁의 기사들》이라는 만화 영화다. 6세기 로마의 지배에서 벗어난 영국 브리튼의 전설 속 인물인 아서왕과 그의 기사들이 펼치는 모험의 대서사시. 그리고 그중에서 압권은 '엑스칼리버'라는 전설의 명검을 아서왕이 뽑아 든 순간이었다. 큰 바위에 꽂혀 있는 '엑스칼리버'는 오직 왕이 될 수 있는 자에게만 반응한다. 아서왕만이 그 칼을 바위에서 뽑을 수 있는 것이기에, 그 장면이 너무도 멋지게 나의 가슴에 파고들었다.

중학생이 되었을 때, 생일날 숙모님이 선물해 주신 3권짜리

《삼국지》. 완전히 매료되어 서너 번을 독파한 후 이문열 작가의 10권짜리 《삼국지》를 몇십 번 읽었던 기억이 난다. 멋진 영웅들이 즐비하지만, 그중에서도 가장 완벽한 영웅은 바로 제갈량이었다. 모르는 지식이 없고, 앞날을 모두 예견하는 비상한 통찰과 더불어 비바람을 운용하는 그의 모습. 나는 그때부터 내 인생의 롤모델을 제갈량으로 삼게 되었다.

사람들 마음속에 자리 잡은 히어로에 대한 갈망. 어쩌면 '완벽함'에 대한 욕구는 그 옛날, 전설적으로 내려오는 신화의 역사에서도 알 수 있듯이 인간의 본능에 가까운 것 같다. 인간의 그 욕망은 창세기에 나오는 아담이 사과를 베어 먹은 이야기나, 신에게 닿으려고 하는 바벨탑의 이야기처럼 무척 근원적인 것일지도 모른다. 그러하기에 지금에 이르러서도 소설이나 드라마, 영화 등 사람들의 인기를 끄는 많은 스토리에 완벽한 주인공이 자주 등장한다. 일종의 공식처럼 쓰여지는 이런 이야기들은 트렌드에 의한 약간의 변화만이 있을 뿐, 그 기둥이 되는 완벽함에 대한 갈망은 오롯이 존재하는 것 같다.

'완벽'이라는 말은 춘추 전국시대의 초나라 사람 '화씨'가 발견한 옥(벽)에서부터 유래한다. 화씨는 이 옥을 왕에게 바쳤는데, 가공 전의 옥은 그저 돌덩이일 뿐이라 왕을 희롱했다는 죄로 온갖 수난을 당하지만, 나중에 그 가치를 인정받는다. 세월이 흘러 '화씨의 벽'이라 불리는 이 진귀한 옥은 조나라 혜문왕 손에 들어간다. 소문을 들은 진나라 소양왕이 이 '화씨의 벽'을 탐내어 15개의 성과 바꾸자고 회담을 제안하지만, 사실은 계략이었다. 이에 약소국이었던 조나라의 명재상 인상여가 자신의 왕에게 "담판을 지어 이 화씨의 벽을 온전히 보전하여 돌아오겠다."고 공언한다. 바로 이 말에서 유래한 것이 '완벽'이라는 말이다. 나중에 이 진귀한 옥은 진시황에게 들어가 옥새로 만들어진다.

서양에서는 고대 그리스에서 플라톤이 주창한 이데아(idea)론과 그 궤를 같이한다고 볼 수 있다. 플라톤에 따르면, 우리가 누구나 볼 수 있는 다양한 형태의 의자. 이것은 진짜 본질적인 의자가 아니다. 그저 의자의 형태를 지닌 다양한 방식의 변형물일 뿐. 신이 창조했던 가장 이상적인 형태의 '의자'만이 진짜 의자라는 것이다. 이처럼 관념적이고 형이상학적인 본질의 그 무엇. 그것이 바로 이데아라고 주장한다. 결국 이 말은 완벽한 형태의 가장 이상적인 무언가를 말한다는 점에서 그 의미가 통한다.

이처럼 우리는 어떤 흠잡을 것이 없는 완벽함에 대한 로망을 가지고 있다. 하지만 본질적으로는 이상적인 것. 현실에서 결코 실현될 수 없다는 특성을 품고 있는 것이 바로 이 '완벽함'이라는 단어일 것이다. 그래서인지 우리는 그러한 이상향을 품고 나 자신이 그러한 존재가 되기를 그토록 원하는지도 모르겠다. 최소한 히어로 물을 보면서 대리만족이라도 느끼고자 하니, 그 욕망은 결코 가볍지 않은 것 같다.

완벽함이라는 단어를 통하여 나의 모습을 바라보면 어떤 의미일까? 아마도 "내가 되고 싶은 존재는 이러한 모습이다."라고 설명해 볼 수 있을 것 같다. 물질적으로도 풍요롭고, 나의 존재 그 자체로서도 흠잡을 데 없는 그런 사람이 되고 싶을 것이다. 건강하고 멋진 외모에 일에 있어서는 물 샐 틈도 없으며, 물질적으로 풍요롭고 인격도 훌륭하다. 아름다운 배우자와 멋진 자녀를 둔 행복이 넘치는 그런 삶. 모든 지혜와 지식에 통달하고 있으며, 어려운 이를 돕는 따뜻한 마음을 가진 사람. 어쩌면 신의 모습을 투영하고 있는 것은 아닐지 모르겠다.

그래도 이러한 목표를 지니고 열심히 노력하는 삶은 정말 아름답다. 부단히 자신이 하고자 하는 일에 매진하며, 바르게 살아가고자 달려가는 사람을 어느 누가 비난할 수 있을 것인가? 개인의 외적인 성장과 내적인 성숙함을 추구하며 나아가는 삶. 그 자체만으로도 많은 사람들에게 귀감이 된다. 완벽함에 대한 근원적인 욕구가 바로 우리가 성장을 향해 나아가려는 원동력일 수도 있겠다는 생각이 든다. 다만 이러한 완벽주의에 너무 몰입하면 큰 부작용이 생긴다. 바로 외부에서 보는 시선을 지나치게 의식한다는 것과 현실과 이상의 괴리에 따른 자괴감이 그것이다.

먼저 외부의 시선에 대한 의식에 대하여 살펴보자. 무언가 내가 완벽하고 이상적인 사람이 되기 위해서는 남들이 보기에 꽤 도전적인 목표를 흠결 없이 달성해야 그 목적을 이룰 수 있다. 시시하거나 너무 쉬운 일을 잘 수행한다고 해서 타인이 보기에 대단하다고 여겨질 리가 없다. 그냥 당연한 것으로 받아들이면 의미가 없기 때문이다. 그러면 좀 난이도가 있는 것으로 그 목표를 삼아야 한다. 바로 이 지점에서 나의 의사와는 다르게 남들의 시선이 목표를 결정하는 것에 영향을 미친다. 즉, 시작부터 온전히 나의 마음을 담은 목표 설정이 아닌 것이다.

그다음은 이상과 현실의 괴리감이 작용한다. 나의 능력치에 대한 고려보다는 일단 외부적으로 좋아 보이는 목표를 설정했기에, 그 목표 달성이 현실적으로 쉽지 않을 것이다. 이런 상태가 지속적으로 작용하면 결국은 자괴감에 빠진다. 왜 나는 이 정도도 할 수 없는가, 능력이 이것밖에 되질 않는 것인가 하며 괴로워하기 시작한다. 바로 이 지점에서 완벽함과는 오히려 거리가 먼 거짓 행동을 할 수 있다. 성과를 포장한다든가, 잘못되었을 시 면피를 하기 위한 포석을 궁리하는 잘못된 방식을 강구하는 것이다.

다른 여러 가지 심리적인 요소들도 작용하겠지만, 일단 크게 이두 가지 심리상태를 놓고 본다면 도전 앞에서 주저하게 된다. 과감히 도전목표를 설정하고 나아가고 싶으나 실패할 때의 주위 시선이 두렵고, 내 능력이 도전과제에 미치지 못해 스스로 비하하는 마음이 들까 봐 무섭다. 정말 멋지고 훌륭한 존재로 성장하고 싶은데, 이러한 위험요소가 도사리고 있으니, 그 자리에서 머뭇거리며 맴돌기만 하게 된다. 그사이 누군가가 내가 원하는 멋진 목표를 달성하고 있으면 더욱 불안하다. 마음에 시샘이 번지고 질투가 배어 나와서 온 마음을 고통에 물들인다. 이렇게 생각은 부정적 면모를 확산해 나가면서 나의 마음과 영혼을 잿빛으로 물들일 수밖에 없는 것이다.

완벽함이란 이상이다. 현실에 존재하지 않는 것이 바로 이러한 완벽함이라는 것의 실체이다. 오직 신의 영역에서만, 이상적인 상상의 공간에서만 오롯이 존재하는 것이 바로 '완벽함'이다. 그렇기에 우리는 일단 이 '완벽주의'의 잘못된 인식에서부터 빠져나와야 한다. 인간의 본질 자체가 불완전한 존재인데, 그 존재를 통해서 이루어지는 일이 완벽할 리가 없지 않은가.

그저 최선을 다해나가는 그 과정에 집중해 보는 것은 어떨까. 애당초 부족하고 불완전할 수밖에 없다는 것을 인지하고 수용하는 자세. 그리고 다만 그 이상적인 목표를 향해서 그저 혼신의 노력을 다하는 그 자체에 만족해 보면 어떠할까. 완벽주의를 기꺼이 포기하고 어차피 부족할 수밖에 없다는 사실을 받아들이면, 더 도전적인 목표를 향해 달려 나갈 수 있다. 조금 부족하거나 모자라면 어떠한가. 혹여 실패한들 인생은 끝나지 않는다.

완벽주의라는 이상향에 대한 욕구는 과하지 않는다면 성장의 정확도를 높일 수 있다. 혼신을 다하려는 마음을 끌어낼 수 있기 때문이다. 다만 그 생각이 과도하다면 아무것도 하지 못한 채 안전한 것만 추구하며 진정한 성장을 이끌어내지 못할 수도 있다. 진정한 완벽주의란 오히려 완벽주의를 포기하고, 과감한 도전을 멈추지 않는 태도를 통하여 실현 가능한 일인지도 모른다.

걸어야 할 때와 멈춰야 할 때

✹

어린 시절 학교에 가면 급훈이라는 것이 교실에 걸려 있었다. 나의 경우는 학년이 올라가면서 새로운 교실로 처음 들어갈 때, 눈에 들어오는 것이 급훈이었다. 그것을 유독 중요시해서 본 것은 아니지만, 태극기 액자 옆에 걸려 있던 그 급훈이 눈에 꼭 들어왔다. 대부분 '성실과 근면', '정직'이란 글자들이 적혀 있었던 것으로 기억한다. 요즘의 학교 급훈 추천으로 올라온 것들을 보니 무척 재미있다. '옆 반보다는 잘하자', '2호선 타자', '칠판 보기를 최애 보듯' 등등의 추천 급훈들을 보니 세상이 많이 달라진 것 같다. 다른 급훈은 잘 이해가 가는데, '2호선 타자'는 왜인지 살펴보니, 상위권 대학이 많은 노선이라 그렇게 지었다고 한다.

열심히 노력하며 자신의 삶을 살아 나가는 것은 무척 멋진 일이다. 자신의 본분에 맞는 책임을 잘 수행하고 산다면 얼마나 의미 있는 삶이겠는가. 성실하게 맡은 바 임무를 열심히 하는 것을 넘어 '잘'하는 게 중요한 세상이 되었다. 그렇게 우리는 공부든, 일이든 잘하지 못하는 사람은 쓸모없는 사람처럼 취급하며 살아간다. 때론 그 '잘'하는 것이 돈으로 환산되어서 부자와 빈자를 사람의 가치로 종종 투영하고는 한다. 자본주의 사회를 살아가는 우리네 삶이기에 어쩔 수 없지만 참 슬픈 현실이다.

이전 세대는 좋은 대학에 취업하기만 하면 웬만한 대기업이나 중견기업에 들어가는 일이 어렵지 않았다. 하지만 지금은 정규 공채로 직원을 잘 뽑지 않는 회사가 대다수이니, 대학에 들어가서도 취업을 위한 스펙 쌓기의 경쟁이 치열하다. 입사해서도 마찬가지이기에, 결국 평생을 경쟁 속에서 허덕거리다가 어느 순간이 되면 지치게 되는 것 같다. 왜 삶을 살아가는지 스스로에게 물어보기 겁이 난다. 그 질문을 하면 왠지 눈물이 날 것만 같아서 주저하는 것은 아닐까.

보통 잘하려는 사람은 욕구가 많다. 무언가를 잘 배워서 나의 능력을 키우고자 하는 자기 성장의 욕구, 나에게 주어진 일들을 반드시 훌륭하게 해내서 주위로부터 인정받고 싶은 욕구, 남보다 빠르게 승진하고 부와 권력을 잡고 싶은 욕구. 그러한 것들이 모여서 우리를 더 열심히 나아가게 하는 원동력이 되는 것도 사실이다. 하지만 삶에서 이러한 욕구에 모든 포커스를 맞추면 우리의 삶은 과연 얼마나 행복할지 모르겠다.

나 또한 위의 세 가지 욕구가 무척 넘쳤던 사람이었다. 학창시절에는 누구에게도 지기 싫었던 마음에 평생 사용할 경쟁욕구를 다 불태웠던 것 같다. 첫 직장에서 실패하고 다시 아르바이트부터 시작한 시점에서는 인정욕구가 강했던 듯하다. 무너진 자존감을 세우기 위한 마음도 있었지만, 일할 때는 정말 잘 해내고 싶었던 마음이 컸다. 누구에게 욕먹으면서 일하기 싫었고, 스스로에게 부끄럽지 않도록 일하고 싶었던 것 같다. 그래서 모르는 것을 하나라도 더 배우려 했고, 나중에는 좋은 선배님들을 만나서 집중적으로 일을 배울 수 있는 기회를 많이 얻을 수 있었다. 그렇게 실력을 쌓아가면서 일에 대한 보람을 느끼고 있었지만, 한편으로는 또 다른 문제에 봉착하게 됨을 알 수 있었다. 세상에 모든 것이 '과유불급'이라 하였다. 너무 지나치게 과도하면, 차라리 부족함만 못한 법이다. 그냥 머릿속으로 알고만 있었지, 이 문장이 얼마나 인생에서 중요한 것인지는 나이를 먹고서야 알게 되었다.

누구나 잘하고 싶다는 욕망이 커지면 꼭 무리할 수밖에 없는 상황에 놓이게 된다. 실력을 인정받게 되면 일의 난이도가 높아지고, 또 여러 가지 일들의 의뢰가 들어온다. 각종 회의에 참여해서 일이 바르게 진행될 수 있도록 의견도 줘야 한다. 또 의견을 주다 보면 어느새 그 일은 나의 몫이 되기도 한다. 몇 번의 회의에 참여하게 되면, 그런 일감이 한가득 늘어나게 마련이다. 그렇게 계속 쌓여나가면 걷잡을 수 없는 일의 홍수에 갇혀버리게 됨은 당연한 수순이다. 인정받는 것은 감사한 일이지만, 그에 따른 업무가 무척 많아져서, 야근은 물론 주말까지 일을 할 수밖에 없는 상황이 벌어지게 된다.

물론 이런 어려운 상황을 잘 극복해 나가면 좋겠지만, 그 후에 또 다른 기대치가 올라가는 만큼 잘 생각해 볼 필요가 있다. 내가 어디까지 수용 가능하고 처리할 수 있는 사람인지를 냉정하게 판단해야 한다. 그리고 이것은 개인의 능력만 생각할 문제가 아니라, 내가 가용할 수 있는 다른 동료들이나 부하직원의 도움도 고려해 보아야 한다. 현실적으로 불가능한 상황이라면 반드시 불가능함을 말할 줄도 알아야 한다. 무조건 수용하게 되면 틀림없이 번아웃이 찾아오거나, 일을 거짓으로 처리하게 된다.

여기서 가장 중요한 포인트는 바로 예스맨이다. 긍정적이고 무엇이든 적극적으로 일 처리를 하려 노력하는 예스맨. 궂은일도 도맡아서 하고, 힘든 일도 마다하지 않는 모습은 무척 귀감이 되지만, 어느 정도 시점이 되면 예스맨의 예스가 어디까지 영향을 미치는지 잘 파악해야 한다. 하급직원 시절의 예스는 나에게로 국한되고 말지만, 임원이나 팀장의 예스는 조직원들을 모두 고난의 길로 밀어 넣게 된다.

인간 역시도 관성의 동물인지라, 예스맨으로 살아온 긍정적인 마인드가 이상한 방향으로 고착화되기도 한다. 반드시 필요하고, 꼭 한 번쯤은 도전해 볼 만한 업무가 아니라, 절대로 가지 말아야 하는 방향이어도 상사가 시키기에 쉽게 예스라고 하는 것은 심각한 문제를 일으킬 수 있다. 옳지 않은 방향으로 추진된 일은 반드시 부작용이 생길 수밖에 없다. 그 일이 내포하고 있는 심각성은 심지어 드러나지 않고 땅속에 묻힌다. 그리고 시간이 흘러갈수록 언제 터질지 모르는 시한폭탄이 되어 경영 리스크를 잔뜩 높인다. 그럼에도 당장 상사가 지시하는 일을 거부하기는 어렵기에, 우린 그렇게 예스맨이기를 강요받는다. 긍정이라는 이름으로 말이다.

다행스럽게도 내가 모셨던 두 분의 팀장님은 그러한 예스맨은 아니셨다. 도전해야 하거나, 전사 차원에서 반드시 필요한 일이라면 마다하지 않으시고 외부에서 일거리를 받아오셨다. 그리고 어떻게든 좋은 방안을 만들기 위해 여러 직원들과 회의도 하고 인터뷰도 하면서, 해결방안의 퀄리티를 높이고자 하셨다. 그렇기에 직원들 역시 어려운 난이도의 문제들일지라도 실패를 각오하고 도전해 볼 마음을 먹을 수 있었다. 그리고 실패하면 실패하는 대로 정직하게 보고하셨다. 그런 일처리 덕분에 위에서는 많은 고충이 있으셨지만, 결국 그 과정에서 성장을 하며 전사 차원의 문제해결

능력을 업그레이드하셨다. 밑에서 팀장님과 함께 일했던 하급직원들까지 자연스럽게 업무능력이 향상된 것은 당연한 일이었다.

그러나 상급자의 잘못된 방향의 업무지시는 단호히 거절하셨다. 진행을 하게 되면 문제가 해결되는 것이 아니라, 오히려 더 큰 문제를 야기할 수밖에 없는 것들도 많았기 때문이다. 심지어 처음 모셨던 팀장님은 그로 인하여 강등성 인사조치도 받으셨다. 왜 그렇게 하셨냐고 여쭤보니, 그럴 수밖에 없었다고 말씀하셨다. 비록 부당한 대우를 받으셨음에도 묵묵히 감당하시는 모습에 팀원들은 무척 안타까워했다. 대부분의 사람들은 고분고분하게 말을 듣지 않은 괘씸죄가 포함되었다고 수군거렸다. 하지만 1년 정도의 시간이 흐른 뒤, 그 팀장님은 임원보직을 맡아서 영전하셨다. 더 영향력이 큰 자리로 옮겨가셨는데, 1년간 강등당했다고 평가받던 팀에서 무척 많은 경험을 쌓으셨다. 그렇기에 충분히 임원의 일을 수행하실 수 있었다. 다양한 분야에서 이론과 실무를 모두 경험하셨기 때문에, 회사에서는 경영 전반을 관리하는 것에 그만한 적임자도 없다고 판단한 모양이었다.

영전하셨을 때의 기분은 마치 내가 승진한 것처럼 기뻤던 기억이 난다. 왜 나는 그때 그리 기뻐했을까? 오로지 자신의 영달을 위해서 일하는 사람이 아닌, 진짜 일을 하는 사람의 영전이라서 그런 기쁨이 가득했던 것 같다. 그리고 더욱 중요한 것은 부당한 일에 거부할 줄 아는 용기를 가진 사람들이 잘되는 세상을 보고 싶었다. 나의 성장 방향이 내부로 향해 있는 사람은 스스로에게 물어볼 수 있다. 이 길이 맞는지, 때론 멈추어야 하는지 점검할 수 있다. 시선이 외부로 향해 있는 사람은 내적 가치를 잘 고려하지 않는다. 지금 이때를 잘 넘기면 그만이라는 유혹에 빠져들기 쉽다.

우리는 성장에 집중할 때, 오로지 성장의 크기와 속도에만 집중한다. 빠른 시간 안에 큰 성과를 얻으려 하기 때문이다. 하지만 어디 세상일이 그러할까. 단기간의 빠른 성장에는 보통 뭔가 상실한 것이 하나 있다. 바로 올바른 방향성이다. 스칼라(크기)에만 집중하는 삶에는 수단과 방법을 가리지 않는 의식이 자리 잡는다. 올바른 벡터(크기+방향성)에 집중하는 인생은 성장의 크기가 아무리 크다 한들 맞지 않는 방향은 단호하게 거부한다. 우리가 걸어야 할 때와 멈추어야 할 때를 구분해야 하는 순간은 바로 이 방향성에 의심이 갈 때이다.

05

· · · · · · ·

모두가 싫어하는 일 속에 기회가 있다

✿

물류센터에서 근무하던 시절, 모두가 싫어했던 일이 하나 있었다. 아니 실은 그 일 자체를 시시하는 것조차 미안해서 방치했다고 하는 편이 더 알맞은 표현인 것 같다. 바로 회사 입구에 잔뜩 쌓아 놓았던 나무 파레트였다. 파레트란 상품 적재용 깔판으로, 보통 플라스틱 재질을 많이 사용한다. 코끼리의 상아처럼 앞으로 삐죽 나온 지게차의 발이 들어갈 수 있는 홈이 있는 판넬로, 크기는 다양하지만 보통 1평 남짓한 넓이를 가지고 있다. 이 파레트 위에 화물을 차곡차곡 쌓아서 사람의 어깨 정도 높이로 화물을 적재한다. 그런데 해외에서 수입하는 물건의 경우는 플라스틱이 아닌, 나무로 된 파레트에 적재되어 물류센터로 들어온다. 나무로 되어있어서 파손될 확률이 높기 때문에, 물류센터의 적재 공간 중 높은 곳에 보관하기에는 어려움이 따른다.

이토록 활용도가 애매한 나무 파레트는 일부분이 부서지기라도 하면 아예 사용하지 못한다. 그래서 이러한 나무 파레트를 한쪽 구석에 쌓아놓는데, 비와 눈을 맞으면 썩어버린다. 이러한 나무 파레트를 물류센터 입구에 방치해 두고 나날이 쌓여만 가니 영보기가 안 좋았다. 어느 날 나는 파트를 이동하게 되었고, 담당 업무가 외부에서 물건을 인수받는 일로 결정되자, 가장 먼저 든 생각은 저 나무 파레트들을 정리하면 좋겠다는 것이었다. 누가 시킨 일은 아니었지만, 회사의 얼굴과도 같은 입구에 저렇게 흉물스러운 물건이 잔뜩 쌓여있는 모습은 아니라고 생각했기 때문이다.

하나하나 포개어 쓰러지지 않도록 비닐 랩으로 감아서 보기 좋게 구분하기 시작했다. 썩은 나무인지라 곰팡이가 가득했고, 때론 버섯도 자라나고 있었다. 아침에 물건이 들어오기 전 여유시간을 활용하여 매일 조금씩 그것을 정리하였고, 같이 일하는 동료들은 그 모습을 바라보았다. 새로 함께 일한 지 얼마 되지 않은 시점이기에, 조금의 서먹함이 있던 시기였다.

"저 형은 도대체 왜 저러는 거지? 어디다 버릴 때도 없는데..."

처음에는 외면했던 동료들이었지만, 아마 자신들도 엄두가 안

났을 뿐, 항상 마음 한구석에 불편함으로 자리 잡은 모양이었다. 어느새 하나, 둘 동생들이 함께하기 시작했다. 하나씩 정리되어 가는 그 모습 속에서 우린 뿌듯함을 공유할 수 있었고, 더 큰 친분을 쌓아나갔다. 가끔 우리 집에 모여서 안주를 만들어 하루의 피곤함을 달래는 술 한 잔을 나눌 수 있는 사이가 되어갔다. 그러던 와중, 옆에 있는 협력업체의 주차장 공터에서 그러한 폐파레트를 폐기업체에서 수거해 가는 것을 알게 되었다. 정리가 잘되어 있으니 함께 폐기해 주겠다는 고마운 말씀도 듣게 되자 뛸 듯이 기뻤다. 훨씬 더 깔끔한 환경을 만들 수 있었기 때문이다. 이렇게 우리는 뜻하지 않은 부분에서 마음을 하나하나 모아갔다. 우리 파트를 담당하는 형님도 훌륭하셨지만, 다른 동생들도 모두 착하고 멋진 녀석들이었기에 정말 최고의 팀웍을 발휘했다고 생각한다. 그렇게 8개월 정도 생사고락을 같이하던 어느 날, 센터장님이 나를 부르셨다.

"태진 씨는 다음 달 1일부로 본사 물류 기획팀으로 가서 일하게 되었어."

물류 현장에서 근무하는 직원이 본사로 가는 것은 그리 흔한 일이 아니었다. 어쩌면 그곳에서 일하는 많은 사람들이 한 번쯤 꿈꾸어 보는 자리이기도 했다. 그리고 나중에 알게 된 사실은 그 썩은 파레트를 정리하는 모습을 센터장님이 보시고 무척 감동받으셨다는 것이었다. 돌이켜보면 물류센터에서 일하면서 손해 보는 일이 많았다. 남들이 기피하는 일들을 많이 하였기에 내심 마음속에 억울함도 있었지만, 그날을 계기로 하여 그런 마음을 모두 버리게 되었다. 내가 알지 못하는 모든 순간을 누군가는 지켜볼 수 있다는 것을 말이다. 타인이 기피하는 일을 솔선수범하여 처리하는 마음이 어떠한 기회를 가져오는 것인지 깊이 느꼈던 순간이었다.

타인이 기피하는 일을 한다는 것은 주도적인 마음으로 일에 임한다는 뜻이다. 무언가 잘될 것을 바라고 전략적으로 취한 행동이 아니었다. 아르바이트를 할 때도, 새로운 파트에서 근무할 때도 마찬가지였다. 늦게까지 이 업무에 얽매여있지 않고 제시간에 퇴근하여 책을 보고 싶었으며, 내가 근무하는 직장의 입구가 흉물스럽게 보이는 것이 싫었기 때문에 한 일이었다.

기피하는 일에는 여러 가지가 특성이 있다. 첫 번째는 처리하기가 까다로울뿐더러, 처리의 필요성이 급하지 않아서 비교적 중요성이 떨어지는 일. 두 번째는 매우 어려운 난이도의 일이라서 누구나 피하고 싶은 일 정도로 나눌 수 있다. 앞에서 설명한 사례는 첫 번째에 해당되는 사례라고 할 수 있겠다. 하급직원의 경우에는 이런 일들을 잘 처리해 주는 태도가 중요하다. 처리하기가 번거롭지만, 나의 수고로움만 있다면 얼마든지 처리할 수 있는 일이다. 요즘 세상에는 이러한 헌신적 생각을 가진 사람이 점점 줄어들고 있다. 그렇기에 오히려 그 희소성이 빛날 수 있는 것임을 알아둘 필요가 있다.

두 번째는 어렵고 복잡한 난이도의 일이다. 보통 이런 일은 누구도 맡기 싫어하지만, 또 아무에게나 맡기지도 않는다. 만일 나에게 이런 일을 맡을 수 있는 기회가 주어진다면 굳이 거부하지 않는 게 좋다. 적응하기 어렵고 잘 해내기도 어렵지만, 그 일을 맡아주는 것 자체만으로도 헌신의 영역에 속할 때가 있다. 그리고 그 일이 능숙해지면 그다음부터는 비교적 자유롭게 회사생활을 할 수 있다. 독보적인 영역에 서 있는 직원은 함부로 할 수 없는 법이기 때문이다.

나 또한 훗날 재고결산을 맡으면서 이런 경험을 할 수 있었다. 물론 대단히 힘든 일이기는 했다. 수십만 종의 책이 유통되는 회사에서 재고를 일일이 다 파악할 수는 없는 법이다. 당시 차장급 이상이 맡아서 일하던 업무였는데, 평사원으로 그 일에 합류할 수 있었다. 베테랑 선배님의 보조로 시작한 일이었지만, 그 안에서 많은 어려운 문제들을 해결하는 법을 배웠다. 그리고 담당 업무가 되면서 고난이 시작되었다. 회계, 재무, 유통, 상품 프로세스 등을 모두 알아야 감당할 수 있는 업무였다. 유통부분은 밑바닥에서부터 실무를 다져왔기에 괜찮았지만, 다른 부분은 너무 어려웠던 것이 사실이다. 그래도 베테랑이신 선배님과 함께여서 그 일들을 감당할 수 있었다. 연말연시에 모든 데이터를 취합해서 혹시 누락이 되었거나 잘못된 것은 없는지 점검해야 했고, 결과가 잘못 나오면 잠도 제대로 못 잘 만큼 걱정으로 지새웠다. 그래도 한두 해 지날 때마다 점점 익숙해졌고, 해당 업무를 통하여 다른 전사적 업무들을 간접적으로나마 알게 되었다.

원래는 내가 이 일을 맡게 될 가능성은 없었다. 전임자가 갑작스럽게 부서 이동을 하는 바람에 결산업무에 어쩔 수 없이 공백이 생겼다. 당시 팀장님께서 나에게 담당해 주기를 부탁하시는데 거절할 수가 없었다. 힘든 업무임은 익히 알고는 있었다. 하지만 아무도 맡을 엄두를 내지 않아서 난감해하시던 팀장님을 도와드리고 싶었다. 몇 해가 지나서 그 일이 익숙해질 때쯤, 점차 나에게도 심적인 자유가 찾아옴을 느낄 수 있었다. 어려운 일을 담당했기에 그 시기만큼은 어떤 업무 오더도 없었고, 또 루틴한 업무임에도 인정을 많이 받을 수 있었다. 늦은 나이에 아르바이트부터 시작했으니, 회사의 인사규정상 직급은 낮을 수밖에 없었던 나였다. 그럼에도 이 일을 통해서 부하직원은 없었지만, 하나의 파트 담당으로서 대우해 주셨다. 그래서인지 나의 자존감을 무척이나 올려준 업무였음을 나중에 가서 인식하게 되었다.

누구나 눈에 잘 띄고 성과가 잘 포장될 수 있는 업무를 하고자 한다. 어렵거나 귀찮고 성가신 업무를 달가워하는 사람은 찾아보기 힘들 것이다. 그럼에도 때로는 그런 일들을 맡아야 할 순간이 온다. 이 일을 담당함으로써 무언가를 얻을 수 있겠다는 생각은 오히려 최악의 상황을 만들 수 있다. 그런 마음이라면 차라리 맡지 않는 것이 낫다.

의도가 숨어있으면 지속하기 어렵다. 세상일이란 늘 그렇듯, 내가 의도하고 기대한 만큼의 결과로 돌아오지 않을 때가 많다. 또한 보상의 때 역시도 내가 기대하고 있는 기간을 넘어서기 일쑤이다. 눈에 잘 띄는 업무는 오로지 내 눈에만 잘 보이지 않는다. 성과만 노리는 윗사람들도 많다는 것을 염두에 두어야 한다. 그저 내가 일하고 있는 곳에서 불편함과 불합리함을 찾아내고 그것을 해결하는 데 의미를 두는 것은 어떨까? 특히나 어렵고 험난해서 모두가 거부했었던 일들을 맡아야만 한다면 너무 괴로워할 필요는 없다. 바로 그러한 일들 속에서 나도 모르는 기회가 생기기 때문이다.

06

● ● ● ● ● ● ●

좋은 습관을 만들기 위한 현실적인 방법

✿

       연말이 되면 마음이 싱숭생숭해진다. 올 한 해를 어떻게 살아왔는지 돌이켜보면 많은 생각들이 스쳐 지나가기 때문이다. 무엇을 해놓았는지 돌아보면 딱히 그럴듯하게 해놓은 것이 없다 보니 마음이 사뭇 무거워진다. 그럴 때마다 복잡한 생각은 일단 접어두고 연말의 들뜬 기분에 다시 젖어 들고는 했다. 물론 회사에서 내가 맡은 업무가 연말연시에 집중되다 보니 항상 마음 한편은 힘들었다. 그럼에도 연말은 연말이다. 그렇게 크리스마스를 기대하고 TV에서 하는 각종 시상식을 시청하면서 한 해를 마무리했었다.

       연말연시의 바쁜 일상은 2월에 들어서 마무리되었다. 그리고 한 풀 김이 빠진 상태에서 한 해를 계획했다. 올해는 다이어트도

하고, 공부도 좀 하며 나아갈 방향에 대해 잠시 고민해 보았다. 하지만 얼마 지나지 않아서 일상에 다시 젖어 들고 소위 '갓생'을 살아보고자 했던 마음도 희미해지고는 했다. 세상일이 늘 그렇듯이 계획한 대로 진행될 리가 없다면서 다시 마음을 위로했기에, 일상은 늘 제자리였다. 그래도 신기한 것이 하나 있었으니, 독서만큼은 포기하지 않고 나아갔다는 점이다.

어째서 다른 좋은 습관들을 나의 삶에 정착시키는 것에는 다 실패했으면서도 독서만큼은 놓지 않고 나아갈 수 있었을까? 돌이켜 생각해 보니, 그것은 절박함에서 시작했기 때문이었다. 미래가 명확하게 그려지지 않았고, 무엇을 하여 먹고 살까 하는 걱정 때문에 무작정 책을 읽었다. 무언가 나에게 길을 알려주지 않을까 하는 그 막연한 기대감 하나로 말이다. 그렇게 절박함으로 시작했던 독서는 쉽게 놓을 수 없었다. 마치 나의 생명줄이 거기에 달린 듯 여기며 머리를 싸매고 나아갔다. 그러다 보니 어느새 습관을 들일 때까지 자연스럽게 밀고 나갈 수 있었다.

시작은 절박한 심정으로 출발했지만, 그 과정에서 하나둘 재미를 느끼게 되었다. 새로운 사실을 알아가면서 내 마음의 문제를 하나씩 해결해 나가는 그 기쁨. 그것을 느낄 때까지는 시간이 걸렸다. 하지만 한번 마음에 와닿고 나면 인생에서 빼놓을 수 없는 귀한 행동으로 자리 잡는다. 결국 좋은 습관을 의도적으로 내 삶에 끌어들이는 일은 '효능감'을 직접 체험해야만 뿌리내린다는 것을 깨달았다.

문제는 인위적으로 그러한 좋은 습관을 들이기 위해서는 '저항의 벽'을 넘어야 가능하다는 것이다. 우리가 하는 많은 행동은 결국 본능에 따른 '쾌락'에 의지하는 것이 대다수이다. 지방이 많은 음식을 섭취하는 일도 맛이 있기 때문이다. 맛은 곧 풍미라고 일컬어지는데, 이러한 풍미를 내는 향은 방향족 물질이다. 화학적으로 지용성이기 때문에 지방이 많은 음식은 맛이 있을 수밖에 없다. 우리 몸은 원시시대의 조상들과 다르지 않아서 조금이라도 생존에 필요한 열량을 더 저장하려 한다. 그런 생존 본능 때문에 이러한 지방질 음식을 좋아할 수밖에 없다. 비단 음식뿐이랴. 우리의 생활 속에서 대다수를 차지하는 것이 쾌락에 근거한 것들임을 많이 발견할 수 있다. 쾌락에 필요한 도파민을 생성할 수 있는 것이라면, 본능적으로 갈망하게 된다. 단 음식을 먹는 일도, 술이나 담배도 그렇고, 틈만 나면 소파에 누워 TV를 보는 일이나 게임도 마찬가지일 것이다.

'저항의 벽' 없이 쉽게 도파민을 공급받지만, 곧 깨닫게 된다. 그러한 행위들의 끝맛. 무언가 씁쓸하고 기분이 좋지 않음을 느낀다. 《도파미네이션》의 저자 애나 렘키는 이것을 '자기 조절 메커니즘'이라고 명명한다. 우리 안에는 마음의 저울이 있어서 쾌락과 고통의 균형을 이루려 한다는 것이다. 즉, 쾌락을 느끼면 잠시 후에 그에 준하는 고통을 받게 된다는 것을 말한다. 본능적인 쾌락에 이끌려 한 행위의 뒷맛이 씁쓸하고 좋지 않은 이유는 이 때문이다. 젊은 시절에는 잘 인식하지 못하지만, 나이가 들면서 점점 체감하게 된다. 벌써 30대 중반 근처만 되어도 나에게 좋지 않은 것을 하면 뭔가 죄책감이 스멀스멀 올라온다. 살찌는 음식을 먹고 나면 건강이 안 좋아질까 봐 염려된다. 혈압이 서서히 올라가고 피로감이 쌓여가는 나의 신체적 징후를 느끼게 된다. 시간을 헛되이 낭비한 것 같아서 마음에 허무감이 밀려온다. 이러한 모든 감정적인 고통의 시그널은 다시 쾌락을 찾아 떠나게 만든다. 이렇듯 반복된 행동은 나의 고질적인 습관으로 자리매김할 수밖에 없다.

흔히 우리가 좋은 습관이라고 하는 것들은 일단 고통으로부터 시작할 때가 많다. 대표적인 것이 운동이다. 운동을 하면 먼저 고통을 느끼는 물질부터 나온다. 운동을 지속할수록 근육이 미세하게 파괴되니 당연한 결과이다. 그러면 우리 안의 자기조절 메커니즘에 의해 점차적으로 쾌락을 느낄 수 있게 하는 물질이 나온다. 이러한 현상은 '러너스 하이'라는 용어로 잘 알려져 있다. 심박수 120회 이상을 30분 이상 유지하면 중추신경계의 영역에서 오피오이드 펩타이드라는 물질이 나온다. 이 물질은 마약의 구조와 닮아있어서 기능이 비슷하다. 그래서 마약을 투여했을 때와 같은 효과가 난다고 한다.

우리의 뇌는 피곤한 것을 싫어한다. 뭔가 움직이기도 귀찮아하고, 생각하는 것도 마찬가지이다. 공부를 즐겁게 하는 사람이 과연 몇이나 될 것인가 생각해 보면 이해가 쉽다. 습관의 영역으로 각인이 되어야 뇌의 에너지를 크게 사용하지 않고 당연하게 그 일을 할 수 있다. 문제는 그 습관의 영역까지는 뇌가 많은 에너지를 써야 하기 때문에 거부하는 것이다. 결국 이러한 '저항의 벽'을 넘어설 만큼의 가치를 느껴야 그 일들을 유지하면서 이어나갈 수 있다. 대략적으로 다음과 같은 경로로 좋은 습관을 획득할 수 있다.

동기 유발 →저항의 벽 →효능감 →저항의 벽 돌파 →좋은 습관 획득

여기서 핵심적인 장애요인은 바로 저항의 벽을 뚫고 나가는 힘인데, 사실 만만치가 않다. 좋은 습관은 오래 지속해야 그 효능감을 느끼게 되는 법이다. 운동도 안 하다가 하면 온몸이 쑤시고 아프다. 독서도 안 하다가 하면 일단 모르는 단어나 개념들이 많아서 진도가 잘 안 나가고 무슨 말인지 모르게 된다. 대표적인 저항의 벽이 이러한 것이다. 효능감을 느끼려면 어느 정도의 시간이 필요하고, 저항의 벽은 만만치가 않다. 결국은 두 가지밖에 없다. 동기를 유발하는 힘이 매우 강력하거나, 저항의 벽을 낮추는 방법이다.

재미있는 사실은 동기를 유발하는 강력한 의지를 품는 순간, 저항의 벽도 함께 높아진다는 것이다. '한 달 안에 10Kg을 감량하겠어!'라고 마음을 먹으면 운동 강도는 어떻게 될까? 저녁 산책 30분으로 이 의지를 감당할 수 있을까? 일단 30분을 달리려 할 것이다. 아니면 일단 헬스장에 찾아가 3개월 회원권을 끊을 것이다. 하지만 어떤 결과가 기다리고 있을지 상상은 쉽게 되리라 생각한다. 다음 날 아침 온몸이 두들겨 맞은 것처럼 아파서 아마 작심 3일을 이어가기도 쉽지 않을 듯하다.

비록 동기를 유발하는 힘은 강력할지라도 그 마음을 뿜어내는 속도는 아주 천천히 가야 한다. 운동을 습관화하려면 간단한 저녁 산책 20분 정도로 매일 빈도를 유지하는 것에 초점을 맞춰야 한다. 너무 쉬울 것 같고 마음에 차지 않을 것이다. 독서라면 하루에 2페이지만 읽겠다고 시작하는 것도 좋다. 단, 빈도를 꾸준히 유지하는 것이 핵심이다. 그렇게 나아가다 보면 마음에서 신호를 보낸다. 더 강도를 높이라고 말이다. '어제까지 이만큼 했으면 오늘은 저만큼까지는 가능하겠는데?'라는 마음. 그렇게 나아가면 점차 내가 원하는 좋은 것들이 생활에 자연스럽게 배어든다.

나의 경우는 꾸준히 이어오던 독서 → 블로그 글쓰기 → 미라클 모닝 → 새벽 산행으로 점차 좋은 습관들을 하나씩 확대시켰다.

독서라는 인풋이 쌓여가면서 무언가 아웃풋으로 배출하고 싶은 생각이 들기 시작했다. 그렇게 글쓰기를 이어가다 블로그에서 소중한 이웃들을 만나게 되었다. 이웃들과 교류를 하다 보니 시간이 부족했고, 결국 미라클 모닝을 통하여 부족한 시간을 확보해 나갔다. 시간의 가치를 깨닫다 보니 몰입의 중요성을 알게 되고, 결국 그러한 집중력은 체력에 있음을 느끼게 되었다. 그렇게 새벽 산행을 하며 나의 인생이 바뀌어 가기 시작했다.

하나의 좋은 습관은 또 다른 좋은 것들을 불러들인다. 그렇게 인생이 바뀌어 나간다. 지금처럼 종이책을 집필하고자 도전까지 하게 될 줄은 몰랐다. 단지 막연한 생각만이 있었을 뿐. 좋은 습관을 들이려고 노력한 것은 아니었다. 좋은 습관을 통해 바뀌어 가는 삶 속에서 긍정의 에너지가 쌓여간다. 그리고 그 에너지는 다른 좋은 것을 하기 위한 힘으로 바뀐다. 그렇게 매 순간 좋은 것들을 향한 마음은 커져 나간다. 단순히 하나의 좋은 습관을 들이는 것으로 끝나지 않는다는 것을 이제는 뼈저리게 느끼고 있다. 작은 하나의 좋은 습관은 결국 씨앗으로 인생에 심어져서 크게 뿌리를 뻗어 송두리째 운명을 바꾸어 버린다. 독자 여러분들도 꼭 그러한 인생의 변화를 체험하셨으면 좋겠다.

07

스트레스와 휴식의 아름다운 균형

얼마 전 JTBC에서 방영하는 〈이혼숙려캠프〉라는 프로그램을 시청하게 되었다. 이 프로그램은 이혼의 위기에 놓인 부부들의 신청을 받아서 다양한 심리상담 클리닉을 진행한다. 또한 가상의 이혼 조정 법정을 열어서 상처받은 부부의 속내를 이야기하고 최종 이혼 여부를 결정한다. 시청하던 중에 특이한 커플의 이야기를 마주하게 되었다. 남편은 자기계발에 철저한 '갓생'을 사는 사람이고, 아내는 남편의 성화에 마지못해 끌려다니다 보니 이혼하고 싶은 마음으로 참가한 것이었다. 남편은 아내가 한없이 게으르고 포기를 잘하는 사람으로 이야기한다. 아내는 그냥 너무 힘들고 지친다고만 표현했다. 얼핏 보면 바람직한 인생을 사는 남편이 무엇이 문제인지 알기 어렵다. 아내의 이혼요구도 사뭇 너무 과한 것이 아닌가 싶은 생각이 들었다. 바로 그 속사정을 알기 전까지는 말이다.

아내는 4년 전 어린 시절부터 자신을 키워주신 할머니를 저세상으로 떠나보내야 했다. 그리고 찾아온 우울증으로 마음 깊이 상처를 입은 상태였다. 휴식과 치유의 시간이 필요했지만, 남편은 오히려 더 타이트하게 인생을 관리함으로써 아내가 힘든 마음을 극복하리라 생각했던 것이다. 그 무렵 남편은 자기계발서를 읽고 자신의 삶을 완전히 바꾸겠다는 강한 의지를 품고 있던 상태였다. 그렇게 남편은 새벽 서너 시에 기상을 해서 부지런히 운동하고 영어를 공부하며 열심히 살아가고 있었다. 그리고 실의에 빠진 아내 또한 그러한 상처를 극복할 수 있다는 강한 확신으로 갓생을 강요했던 것이다. 심지어는 IOT 줌 카메라를 활용하여 아내의 일거수 일투족을 감시했다. 영어공부는 했는지, 책은 보았는지 등 일일이 간섭하는 그 모습. 그 광경을 보고 나서야 아내의 마음이 충분히 이해가 갔다.

이 프로그램을 보면서 나는 우리 자신의 마음속에도 이와 같은 부부가 살고 있지는 않는지 생각해 보았다. 더 나은 인생을 살고자 하는 강한 의욕이 나의 모든 생활을 지배한 것은 아닐까? 몸과 마음이 망가져 가는 것도 애써 무시한 채 끌고 가고 있는지 생각해 보게 되었다. 무엇을 반드시 해내야만 한다고 목표를 잡고 나의 능력을 넘어서는 것을 스스로 강요할 때가 있었다. 내가 잘 해내지 못하면 누군가가 피해를 보게 되어있고, 그로 말미암아 나 역시도 비판을 면치 못할 때 더욱 그랬던 것 같다. 무조건 성취하려는 것만 바라보다 보니 몸과 마음이 망가지고 있음을 눈치채지 못했다. 강박이란 이러한 방식으로 찾아오게 된다. 무엇을 이루기 위해서 그 하나만을 바라본 채 많은 것들을 돌아보지 않는다. 균형 있게 나아가면 원씽이지만, 세상에 정도가 지나쳐서 좋을 것은 없는 법이다.

《원씽(The One thing)》은 게리 켈러와 제이 파파산이 지은 책이다. 2022~2023년 연이어 종합 베스트셀러에 오른 책으로, 전 세계 판매 300만 부를 돌파할 만큼 유명한 책이다. 한 문장으로 요약하자면, 내가 집중할 수 있는 하나를 선정하여 그것에 파고들어야 성공할 수 있다는 내용을 담고 있다. 한때 유행했던 멀티 태스킹(여러 가지 일을 동시 다발로 수행하는 것)의 오점을 비판하며, 한 번에 하나씩에만 집중해야 성공을 이룰 수 있다고 말한다. 하지만 이 과정에서 정말 중요한 것이 있다. 바로 버리라는 것이다. 필요 없는 일들을 버리고 그 시간을 휴식과 조화를 이루며 나아가라고 저자는 이야기한다.

직장에서의 일이 되었건, 자기계발이 되었건 완전히 올인하게 되면 반드시 방전하게 되는 순간이 찾아온다. 바로 '번아웃 증후

군'이라고 불리는 것이 이것이다. '번아웃 증후군'은 한자어로 소진이라고 한다. 어떤 직무를 맡는 도중 극심한 육체적, 정신적 피로를 느끼고 직무에서 오는 열정과 성취감을 잃어버리는 증상의 통칭이다. 정신적인 탈진으로 이해하면 된다. 열정을 가지고 어떤 일에 임하다가 점점 침체의 늪에 빠진다. 자신이 원하는 만큼의 기대치를 충족하지 못하게 되기 때문이다. 그리고 이러한 느낌이 장시간 이어지면 좌절에 빠지게 된다. 스스로를 비하하게 되고, 나의 기대치를 채워주지 못하는 나 자신을 미워하는 마음마저 들게 되는 것이다. 마음이 이러한 상태에 머무르게 되면 악순환은 반복될 수밖에 없으니, 결국 모든 것에 무심해지게 된다. 그리고 한없는 무기력에 빠지게 되는 것이다.

스스로를 너무 몰아붙이게 되면, 내가 원하던 꿈과 목표 그 자체에 질려버리게 된다. 직장에서도 마찬가지이다. 내가 해낼 수 있는 모든 능력을 발휘하여 일을 해낸다 해도 거기서 그치지 않는다. 직장생활은 계속 이어져 나가는 법이기에, 이미 지친 나와는 상관없이 다른 일은 더 주어진다. 한 번 해냈기 때문에 난이도는 더욱 높아진다. 때론 두세 가지의 일을 동시에 진행하기도 한다. 그렇게 서서히 나라는 사람의 영혼은 소진되어 빛을 잃어간다.

도전적인 목표를 가지고 삶에 임하는 것은 멋진 자세이다. 주어진 일을 반드시 해내려고 하는 책임 있는 마음가짐 또한 무척이나 귀한 태도이다. 하지만 반드시 명심해야 할 것은 중간중간에 휴식을 취해야 한다는 점이다. 하나의 성취를 이루었다면 잠시 그 마음의 욕심을 내려놓아야 한다. 지금 멈추면 모든 것이 무너질 것 같지만, 그렇지 않다. 무작정 나아간다 해도 세상은 그리 호락호락 하지 않은 법이다. 그 가치는 나중에 평가받게 될 때도 많다. 내가 원하고 기대하는 시기가 아닌, 한참이 지난 후에 평가받게 될 수 있다.

휴식을 단순히 쉼이라고 생각하는가? 결코 그렇지 않다. 우리의 뇌는 항상 많은 정보가 입력되고, 처리하는 과정 속에서 늘 흐트러짐이 발생한다. 뇌가 사용하는 정신력은 하루에 일정량이 정해져 있다. 그리고 정신력이 고갈되면 될수록 처리 속도 역시 늦어지고, 그로 인하여 점차 미처리된 생각과 정보의 찌꺼기들이 여기저기 흐트러지게 된다. 마치 깨끗하게 청소한 방이 시간이 갈수록 점점 어질러지는 것처럼 말이다. 간직해야 할 정보를 망각의 늪으로 흘려보내고 필요 없는 정보를 오히려 남겨두는 이상현상이 계속 반복된다. 그렇기에 중간중간의 휴식을 통하여 '사고의 방'을 정리하고 청소해야 한다.

바로 이러한 대표적인 과정이 잠이다. 우리가 수면하는 동안 이러한 모든 정리들을 무의식에서 자연스럽게 정리해 준다. 반드시 성공하겠다는 굳은 의지로 야근이 지속되고 심지어 밤을 새우는 등. 무리를 계속 반복하면 우리의 사고는 점점 오작동된다. 제대로 된 생각의 멋진 창조물을 만드는 것이 어려워진다는 말이다. 노력은 노력대로 했지만, 결과는 신통치 않은 현실이 계속 반복된다. 결국 번아웃으로 향하는 급행열차를 탄 것과 다름없는 일상의 악순환이 시작되는 것이다.

휴식을 잘하기 위해서는 우리의 뇌를 다시 원상 복구시키고 깨끗하게 만드는 것에 초점을 맞추어야 한다. 마음을 평안히 하여 뇌가 쓰는 에너지를 최소화하는 시간을 가져야 한다. 평소 부족했던 잠을 충분히 자고, 자연 속에서 등산이나 휴양하는 것을 적극 권장한다. 나의 경우는 매일 하는 새벽 산행을 통하여 놀라운 효과를 보고 있다. 늦은 봄에서 여름에는 충분히 새벽에 다녀올 수 있을 만큼 하늘이 밝다. 사는 곳의 지근거리에 있는 작은 산 덕분에 누릴 수 있는 커다란 축복이라고 생각한다. 특히나 신앙이 있는 분들이라면 이러한 산행에서 기도하는 것을 추천드린다. 아니면 나 스스로에게 말을 건네는 대화를 나누어보자. 그냥 질문하고 답하는 것이다. 놀랍게도 그러한 기도와 자문자답 속에서 평소 내가 해결하지 못했던 인생의 해답이 도출된다. 과학적으로 설명할 수는 없지만, 한번 그런 시간을 가져보시기를 적극 권장한다. 여의치 않은 상황이라면 주말을 활용하여 마음을 정화해 보시기를 권해드린다.

매일 하는 조깅이나 스트레칭도 큰 도움을 준다. 신체적 능력이 활성화된다는 의미는 뇌에게도 해당된다. 뇌 역시 신체의 일부 아니던가. 몸에 피를 빨리 돌게 함으로써 세포들의 활성도를 다시 되살리면 신체 전체가 가벼워짐을 느끼게 된다. 스트레칭을 통하여 목의 뻐근함이 사라지고 관절이 유연해지니 마음마저도 부드러워짐을 느낄 수 있다.

마음에 욕심을 덜어내면 휴식의 질을 높일 수 있다. 쉴 때는 일이나 내가 성취하고자 하는 것들을 완전히 잊는 것이 좋다. 큰일 나지 않는다. 마음을 단단히 먹고 제대로 쉬기로 결심해 보자. 여건이 허락한다면 여행을 다녀오는 것이 무척 좋겠지만, 일상에서 제대로 된 휴식을 취하는 것이 훨씬 중요하다. 숙면을 취하기 위한 노력, 가벼운 운동이라도 매일 지속해 보려는 태도, 이 두 가지만으로도 삶이 바뀌는 것을 느낄 수 있다. 자연과 매일 접하면 풍성한 에너지를 받을 수 있다. 어두운 마음이 명랑해짐을 느끼게 된다. 나를 위하여 조금씩 챙기는 그러한 휴식들은 나를 다시 살린다. 희미해진 눈빛을 다시 또렷하게 해준다. 그리고 삶이 벅차다면 잠시 모든 것을 올 스톱 해도 좋다. 제일 중요한 것은 나의 행복이요 삶이지, 목표달성이 아니기 때문이다.

꼭 위대한 업적으로
나를 증명하려 할 필요는 없다.
내가 증명해야 할 사람은 바로 나 자신이다.
누군가에게 인정받는 일, 사랑받는 일
그것에만 집중한다면 내가 사라진다.

CHAPTER

03

· · · · · · · · ·

용기

삶을 지배하는
것으로부터의 해방

01

·······

두려움과 동행할 결심

✿

    늘 두려움을 안고 산다는 것. 아마 나만의 이야기는 아닐 것 같다. 대다수의 사람들은 항상 두려움과 걱정을 안고 산다. 인간이라면 모두 본능으로 가지고 있는 것이 바로 알 수 없는 미래에 대한 두려움이다. 이러한 본능을 거스르며 살 수 있는 사람은 과연 몇이나 될 것인가? 우리에겐 필명인 마크 트웨인으로 유명한 새뮤얼 랭혼 클레멘스는 용기에 대하여 이렇게 말했다.

"용기란 두려움을 없애는 것이 아니다. 두려움에 맞서고 저항하는 것이다."

우리가 지니고 있는 모든 감정 중에서 사실 버릴 것은 아무것도 없다고 생각한다. 심지어 부정적인 감정마저도 모두 쓸모가 있는 것들이다. 두려움 또한 마찬가지로 존재의 의미를 가진다. 예측 가능하다 여기는 위험에 대비하도록 만들어주는 마음가짐이 바로 그것이다. 그러한 알아차림을 통하여 우리는 생존의 확률을 높일 수 있다. 하지만 현실을 살고 있는 우리는 지나치게 많은 두려움으로 인하여 생을 불행하게 살고 있다. 두려운 마음에 압도되어서 나의 영혼이 숨조차 제대로 쉴 수 없을 만큼 눌려 살아온 지 얼마나 오래되었는가?

이러한 두려움이 발생하는 원인은 무엇일까? 우리의 두려움은 존재가치를 잃어버릴까 하는 염려에서 나온다. 자식으로서, 부모로서, 사회의 일원으로서 그 가치를 잃어버리고 도태되는 것이 걱정된다. 직장에서 언제라도 해고가 될까 봐 무섭다. 새로운 일에 도전하여 성공하길 원하고 돈도 많이 벌고 싶지만 실패할까 봐 주저한다. 나이를 먹어가며 주름이 늘고 건강이 나빠지는 것 같아서 걱정이 된다. 이러한 모든 걱정거리들이 늘 산재해 있으며, 언제라도 나의 마음속에서 툭 불거져 나와 마음 가득 두려움으로 물들인다.

두려움은 우리를 나답게 살 수 없도록 만든다. 나다운 마음, 생각, 신념을 드러내었다가 혹시 불이익을 당할까 봐 극도로 자신을 누르고 숨긴다. 직장생활을 해본 사람들은 특히나 매 순간 피부로 느끼는 일이다. 직장 상사의 결정이 잘못된 방향이라고 판단되더라도, 말을 잘못하여 찍히게 될까 봐 참는 것은 비일비재하니 말이다. 그리고 원치 않는 가면을 여러 개 들고 다니며 수시로 바꾸어 쓸 수밖에 없는 것이 우리네 인생이다.

더욱 불편한 진실이 하나 있다. 두려움에 압도되는 사람은 상대적으로 약자에게 잔인하다는 사실이다. 이는 마치 풍선효과와도 같다. 풍선 한편을 누르면 반대편이 부풀어 오르듯, 우리가 두려움을 느끼는 상대에게 굴복할수록 약자에게는 강압적으로 변한다. 그러한 사람이 나쁘다고만 평할 수 없는 것은 그러한 상황에 놓이면 대다수가 그렇게 될 수밖에 없기 때문이다. 이때 나오는 말이 바로 "나 때는 말이야~"이다. 이러한 삶을 사는 것이 우리가 꿈꿔왔던 삶일까? 아마 결코 아닐 것이다.

두려움을 극복하지는 못하더라도 최소한 압도되지 않기 위해서 필요한 삶의 자세가 있다.

첫째, 나의 삶은 지금 마주하고 있는 세상이 전부가 아니라는 생각.

둘째, 나의 두려움을 극복하기 위한 능력을 키우려는 태도.

셋째, 내 삶을 오롯이 세우기 위한 주체성.

지금 내가 살고 있는 순간에 안주하기 위해서 살아가고 있지는 않은가? 스스로에게 질문해 볼 필요가 있다. 우리는 세상에 어떤 방식으로든 무리지어 있는 집단 안에서 생활하게 된다. 집단의 크기만 다를 뿐, 어떤 형식으로든 그 안에서 삶을 살아간다. 그리고 그 조직 안에서 잘 적응하며 지내기를 원한다. 그 사회 안에서 필요한 사람이 되기 위해 열심히 일을 하고 모르는 것들을 배우며 나아간다. 나의 노력으로 필요한 인재가 될 수도 있고, 그렇지 못할 때도 있다. 조직에서 맡는 업무가 꼭 나의 적성과 일치한다는 보장은 없기 때문이다. 문제는 그 안의 구성원으로 존재하는 것이 내 인생의 전부인 것처럼 살려고 하는 데 있다.

이 말뜻은 직장에 목숨을 건다는 의미가 아니다. 어떻게든 그 안에서 그저 버티려 하는 모습을 말한다. 결코 스스로의 삶을 어떠한 테두리에 가두려 해서는 안 된다. 그 순간 나의 존재가치는 점점 더 희미해질 수밖에 없다. 치열한 경쟁 속에서 나의 존재는 지워지고, 누군가 유력한 존재를 뒷받침하는 부속품으로 전락한다는 것을 잊지 말아야 한다. 내가 원하는 또 다른 삶을 그려보고, 생각만 해도 기쁘고 행복한 인생길이 있다는 것을 항상 염두에 두면 어떨까. 지금의 인생이 또 다른 멋진 삶을 위한 중간 정거장일 수 있다는 것을 마음에 간직해야 나를 희미하게 만들지 않는다.

내가 원하는 인생을 그려보면 두려움 대신 희망이 떠오른다. 그리고 그 삶을 향해 나아가고 싶은 욕망이 샘솟게 된다. 그러한 마음의 이끌림에 따라 작은 것부터 하나하나 실행에 옮기기 시작하면 분명 느끼게 될 것이다. 내 마음속에 두려움이 점점 더 희미해지고 나의 본연의 모습이 시시각각 뚜렷해짐을 말이다. 지식을 배우고 능력을 채워나감에 따라 생기는 자신감도 있겠다. 내 꿈을 향해 실행해 나가는 나의 모습에서 자부심을 느끼는 것이 가장 큰 자산이 된다. 바로 이 자산이 나의 진정한 모습을 되찾아준다.

꿈을 향해 나아가는 나의 행동에서 자산이 쌓이고, 희망을 북돋워 주면서 인생이 서서히 변해간다. 지금 내가 처한 소속집단에서 더 이상 억지 미소를 짓지 않아도 된다. 정말 가기 싫은 술자리에 따라갈 필요도 없다. 나를 위한 시간을 더욱 찾게 되고, 나 스스로 오롯이 설 수 있다는 자존감이 점점 더 자라난다. 누군가에 의지해서 살아갈 필요가 없어진다는 의미이다. 더욱이 내가 원하는 길에 필요한 것들을 실행해 나가면, 나의 본래 직장에서의 능력도 함께 업그레이드될 때가 많다. 일거양득의 효과로 인해서 점점 나로서 홀로 존재할 수 있는 상황이 연출되는 것이다. 오히려 현재 속해있는 집단에서 더 확고한 자리매김을 하게 된다. 다른 꿈을 품고 나아가는 길이 도리어 지금의 자리를 더 단단하게 해주는 아이러니가 펼쳐진다.

우리에게 두려움을 없애는 것은 불가능하다. 혹여 그런 일이 생긴다면 그것은 더 큰 불행을 자초하는 것이다. 아무것도 준비되지 않은 만용이 오히려 생을 벼랑 끝으로 몰고 갈 수 있기 때문이다. 앞에서도 말했듯이 두려움이라는 감정 자체는 분명 필요에 의해서 우리 안에 머물고 있다. 다만 압도되지 않고 곁에 동행함으로써 자칫 오만해질 수 있는 나를 경계하는 기준으로 삼아야 한다. 자신감과 자부심, 자존감이 가득 차게 되면 오만과 교만의 늪에 빠질 수 있다. 바로 그 시점에서 나의 어깨에 힘을 빼주는 고마운 도구가 바로 두려움이다.

나 스스로 나를 돌아볼 때, 다부지고 단단하게 채워져 있다고 느끼는가? 만일 스스로 그렇다고 여긴다면 두려움과 친해져야 한다. 세상에서 자의식이 팽창하여 폭발 직전인 사람만큼 위험한 사람은 없다. 내가 한없이 부족하다고 여기며 자신감과 자부심은커녕 자존감마저 바닥을 치고 있는가? 그렇다면 두려움을 잠시 멀리하라. 스스로의 부족한 점을 직시하고 내가 원하는 삶을 잘 그려보면 자연스럽게 두려움과 거리가 생길 것이다. 그리고 그를 위한 작은 한 걸음을 내디뎌보라. 그렇게 하나하나 무너진 자존감의 벽돌을 다시 쌓아나가자. 그렇게 함으로써 두려움이라는 맹수를 잠잠하게 해보자.

우린 두려움을 집에서 길들인 맹수로 생각해야 한다. 내가 약해지면 야생의 이빨을 드러내 나를 물어뜯을지 모를 맹수 말이다. 내가 바로 서서 맹수의 머리에 손을 얹고 부드럽게 쓰다듬어 주자. 과도하게 걱정하지도 말고, 조금 강해졌다고 기고만장해지지도 말자. 그렇게 함께 걸어감을 택하며 나의 길을 걸어가면 된다. 맹수를 길들여서 길을 걷는 사람이 진정 담대해 보이지 않는가?

02

· · · · · · ·

자존심을 도려낼 각오

✤

나는 상처를 참 잘 받는 사람이었다. 별문제 아
니라고 생각하면 또 그냥 넘어갈 수 있는 언행들도 마음에 다 상
처로 꽂혀서 가슴앓이를 해야 했다. 누군가 나를 존중해 주지 않
는 말투로 이야기하면 모든 것이 상처로 남았기 때문에, 나이가
윗배인 사람들에게 호감을 가지기 어려웠다. 그런 마음을 가지고
사회에 나갔으니, 적응이 쉬울 리 없었다. 그들의 언행이 옳고 그
름을 떠나서 모두 앙금으로 가라앉았으므로 마음속이 잠잠할 리
없었다.

지금은 그것이 무엇에서 기인한 마음인지 잘 알고 있다. 바로
그 알량한 자존심 때문이었다. 자존심이 너무 강하면 인생에 도움
이 될 일이 별로 없다. 인간은 모든 것에서 자기중심적으로 생각

하기 쉽기 때문에 오해도 잘하게 되고, 대단히 뾰족한 성품을 지니게 된다. 그런 일상이 반복되면 철저하게 자기 방어적이 되기에, 누군가 나에게 편하게 다가오기도 어려워진다. 결과적으로는 외로워지고 홀로 남게 되는 과정 속에서 사람에 대한 부정적 인식은 더욱 강화될 수밖에 없다.

예전 MBC의 대표 예능프로그램인 〈무한도전〉에서 멤버들의 심리를 분석한 에피소드를 방영한 적이 있었다. 한 멤버의 분석결과가 매우 흥미로웠다. 이 멤버는 자신의 잘못 여부와는 상관없이 누군가에게 질타를 받거나 욕을 먹으면 분노하는 성격이라는 것이다. 물론 누구나 불편한 이야기를 들었을 때, 기분이 좋을 리는 없을 터이다. 하지만 자신의 잘못이 명백하다면 오히려 미안한 마음으로 반성해야 하는 것이 올바른 태도이다. 자신의 잘못으로 인하여 문제가 발생했음에도 그 지적 자체에 대해 기분 나쁘게 생각하는 것은 좀 아쉬운 부분이다. 그리고 이어진 분석 결과에 따르면, 그 멤버가 자존감이 무척 낮다는 분석이 나왔다. 참고로 이 멤버의 지능지수는 무척 높게 나왔다. 그럼에도 불구하고 자기 스스로가 자신을 무척 박하게 본다는 것이었다.

이 심리테스트 편을 보면서 나 또한 스스로를 돌아보게 되었다. 나 역시도 마찬가지였기 때문이다. 즉, 자존심이 무척 강한 사람들의 경우 자존감이 낮다는 부분이 가장 마음에 와닿았다. 왜 나는 스스로를 그리 낮게 평가하고 있었을까? 초등학교 6학년 시절이 떠올랐다. 지금처럼 '왕따'의 문화가 심하지 않은 시절이었지만, 소위 '은따'라는 것을 당하며 살았던 기억이 되살아났다. 오히려 초등학교 5학년 때는 자존감과 자신감이 넘쳐 있었던 나였다. 반장을 하며 아이들 앞에서 오만방자하게 큰소리를 치고 다녔던 부족한 어린아이였다. 하지만 초등학교 6학년이 되면서 아이들이 점점 나를 멀리한다는 것을 깨달았다. 그리고 그 상처는 중1 때까지 이어졌던 기억이 난다. 요즘 시대처럼 심한 학교폭력과 왕따가 있었던 시절은 아니었지만, 은근한 따돌림에 무척 외로움을 타게 되었다. 그렇게 나는 한없이 자존감이 무너지며 작아지기만 하였다. 그래서 더 공부에 몰입했는지도 모른다. 그러한 상처가 이토록 오래 이어질 줄은 상상하지 못했지만, 그때의 기억으로 나는 자괴감에서 벗어나지 못하고 있었다.

어린 시절 너무 쾌활해서 오만방자하게까지 느껴졌던 그 성격은 오히려 하염없이 조용한 사람으로 나를 만들어갔다. 책을 읽고 아이들에게 이 책을 읽어보라며 권하고, 쉬는 시간 10분 동안 교실 한 바퀴를 돌면서 친구들에게 말을 붙이던 나는 사라지고 없다. 고등학교를 졸업할 때까지 그 성격은 계속 이어져서 몇몇 친구들과만 소통할 뿐 공부에만 몰입했다. 어쩌면 나를 방어하기 위한 수단이었는지도 모르겠다. 그렇게 시간이 가면서 나의 모든 부족한 면에만 초점을 맞추고 생각하다 보니 자존감이 바닥을 향할 수밖에 없었다.

상처를 잘 받고, 가슴 아파하는 사람들을 종종 마주하게 되면, 나의 어린 시절이 떠오른다. 나의 성격을 송두리째 바꾸었던 내성적 사고의 프로세스는 그 이후로도 굉장히 오래 지속되었다. 자존감이 떨어지면 떨어질수록 자존심은 강해진다. 그런 사람은 고슴도치와 같은 모습으로 사회에서 천천히 격리되어 간다. 따라서 자존감을 다시 회복하는 것이 사실 급선무이다. 나의 자존심에 대한 진짜 모습이 무엇인지 아는 것으로부터 모든 문제 해결이 시작될 수 있음을 깨달아야 한다.

성인이 되고 나이를 먹어가면서 이 자존심은 또 다른 형태로 변모한다. 바로 완고해지는 것이다. 요즘 용어로는 '꼰대'라고 많이 불리는 그것. 타인의 의견이 나와 다를 때 결코 인정하지 않고 자신의 뜻을 끝까지 굽히지 않는 모습으로 나타난다. 심지어 나 스스로가 나의 의견이 합리적이지 않다고 생각되더라도 우기게 된다. 여기서 내가 지면 끝장이라는 사생결단의 심정으로 나오기도 하는데, 직장에서의 미팅 때 자주 이런 사람을 볼 수 있다. 내가 강력하게 주장하고 끝까지 의견을 고수해서 관철이 되면 이겼다고 생각한다. 사실 그것은 이긴 것이 아니라, 다른 사람이 그냥 피했다는 것이 더 정확한 팩트이다.

부부간의 다툼도 마찬가지일 때가 많다. 정말 사소한 것으로도 한 번 의견 충돌이 나거나 다툼이 일어나면 결코 물러서지 않는다. 이번에는 저 사람의 버릇을 단단히 고치겠다면서 서로 계속 불편한 심정으로 집에서 생활한다. '가화만사성'이라는 말도 있듯, 가정에서의 다툼이나 문제가 있으면 직장이나 다른 사회생활에도 큰 영향을 미친다. 도무지 집중이 안 되고 틈만 나면 분노가 일어나서 마음이 괴롭다. 결혼한 분들은 대다수 느끼시겠지만, 사실 한 쪽이 양보하면 언제 그렇게 싸웠냐는 듯 또 순식간에 풀린다. 정말 서로의 신의를 깨는 중차대한 문제가 아니라면 언제 그랬냐는 듯 해결된다. 어차피 평생 함께할 사이인데, 문제를 빨리 해결하고 고통에서 벗어나고 싶은 마음이 늘 존재하기 때문이다. 부부싸움은 자존심으로 인하여 너무도 소모적으로 에너지를 낭비하게 되는 대표적 사례라 할 수 있다.

　자존심을 버리라고 한들 그 일이 어디 쉽게 이루어지겠는가. 상처를 받지 말라고 한들 그것이 내 맘대로 될 수 있다면 얼마나 좋을까. 스스로 알고 있으면서도 그 안에서 벗어나지 못하고 계속 내면으로 침잠하기 쉬운 것이 사람이다. 결국 자존감이 텅 비어 있어서 그 공허함을 자존심으로 채워 넣고 있는 것이 우리네 삶이다. 경중은 있겠지만, 참 쉽지 않은 일일 것이다. 나 역시도 많은 책을 읽으며 극복하려 노력하고 있지만, 어찌 완벽하게 그것을 이

겨냈다고 말하겠는가. 다만 그 어려웠던 과정에서 내가 깨달은 바를 몇 가지 언급해 보면 이렇다.

먼저 내가 가진 좋은 면들에 집중해 보는 것이다. 자존감이 낮으면 나 자신의 모든 면이 부족하게만 느껴진다. 하지만 천천히 되돌아보자. 나는 명랑한 성격이라서 밝은 미소를 지어줄 줄 아는 장점이 있을 수 있다. 흥이 많아서 사람들의 분위기를 즐겁게 해줄 수도 있다. 빼어난 미모는 아니더라도 나름 귀여운 구석이 있다. 대단히 창의적이지는 않더라도, 끈기 하나만큼은 누군가에게 결코 뒤지지 않는다. 공부는 싫어했지만, 내가 내린 인생의 판단이 옳을 때가 많으니 나름 현명한 사람인 것 같다. 찾아보면 내가 가진 장점들이 대단히 많다. 우린 모두 그런 존재로 태어났기 때문이다.

둘째로는 내가 처한 상황에 감사한 것이 있는지 살펴보는 일이다. 신앙을 가지고 있는 분들은 더욱 그러한 접근이 쉬울 수 있다. 늘 감사하며 살라는 이야기를 자주 듣고 살았기 때문이다. 날씨가 쾌청한 것만으로도 감사하다. 마침 이 아름다운 풍경을 내가 볼 수 있어서 감사하다. 부모님이 모두 건강하게 계셔서 너무 감사하다. 먹고 싶은 것 정도는 그래도 부담 없이 사 먹을 수 있어서 감사하다. 부자는 아니더라도, 일 년에 한 번 정도는 여행을 가볼 수 있어서 감사하다. 생각해 보면 감사할 일이 너무나 많다. 일단 모든 것을 차치하고서라도 살아있을 수 있는 것만으로도 감사하다. 살아만 있다면 모든 꿈을 현실로 이룰 수 있는 가능성이 있기 때문이다.

셋째로는 비전을 품어보는 일이다. 지금은 비록 불만족스러운 현실일지 모르지만, 앞으로는 이렇게 살아보겠다는 마음의 꿈을 가지는 일. 사실 이 하나만으로도 삶에 희망과 목표가 생긴다. 마음에 꿈을 품은 사람은 결코 스스로를 비하하지 않는다. 그 길을 걸어 나가는 매 순간 큰 기쁨과 감사로 다가오며 생을 행복하게 여기기 때문이다.

나의 자존감을 이렇게 하나하나 회복해 나가면 자존심은 자연스럽게 그 의미가 퇴색된다. 지금 거울 앞에 서서 나의 얼굴을 바라보라. 그동안 그렇게 박하게만 생각했던 나를 물끄러미 쳐다보면 알 수 있다. 가슴 가운데에서 한없이 미안한 마음이 샘솟을 것이다. 인간은 모두 부족한 면이 있다. 다만 훌륭한 면을 같이 가지고 있음을 깨달았으면 좋겠다. 생각보다 무척 괜찮은 사람이라는 것을 깨달으면 잃어버린 자존감이 다시 따스하게 채워진다. 우린 그런 사람들이었다. 그 자존감으로 자존심이 차지하고 있던 여린 내 마음을 따스하게 안아주면 좋겠다. 더는 자존심과 나의 존재를 혼동하지 말고, 나로서 살아가려고 각오를 다져보자. 그 마음을 먹는 것만으로도 이미 변화는 시작된 것이다.

03

· · · · · · · ·

인정욕구라는 비좁은 감옥

✿

아주 어렸을 적의 일이다. 아버지는 토목건축학과를 졸업하시고 건설회사에 다니셨다. 토목공사라는 일 자체가 사회기반시설을 조성하는 일 아니던가. 다리를 놓고, 간척지에 제반 시설을 만들고, 길을 닦는 일이 인생의 업인 만큼, 집에 계시는 날이 거의 없었다. 어머니는 시댁에서 시어머니와 시누이 그리고 시동생들과 함께 사셨다. 그 시절에는 결혼을 한다는 용어보다는 시집을 간다는 말이 더 널리 쓰였다. 지금이야 따로 사는 것이 일반적이지만, 그때는 오히려 시부모님 모시고 사는 일이 흔했다. 남편은 객지에 나가서 한 달에 한 번 보기도 어려운 여건이니, 어머니의 그 마음은 어떠하셨을까? 더욱이 나의 친할머니는 어머니에게 엄청난 시집살이를 시키신 분이었다.

남편을 일찍 여의고 홀로 여관을 열어 4남매를 키워내셨으니, 악착같이 사셨을 터. 부드럽고 고운 심성보다는 일단 삶의 풍파를 이겨내셔야 했기에, 성정마저 거칠어지실 수밖에 없었을 것이다. 비록 기쁜 마음으로 큰아들을 장가보내셨지만, 곧이어 기강을 잡아야겠다고 생각하신 모양이었다. 할머니가 출타하실 때, 우리 어머니가 신발을 가지런히 정리해 드리면, 이렇게 말씀하셨다고 한다.

"처음에만 잘하면 아무 소용 없다. 계속 잘해야지!"

때론 아버지가 할머니께 조금 툴툴거리면, 그 서운함이 며느리에게 화살처럼 쏟아졌다. 아들을 며느리에게 빼앗겼다고 생각하신 모양이었다. 남편이라도 아내의 서운한 마음을 달래주면 좋으련만, 일단 얼굴조차 보기도 힘든 사람이었다. 더군다나 괄괄하신 성격의 어머니를 두셨으니, 고부간의 갈등이 생기면 아버지는 중립을 고수하셨다. 아마도 애매하게 편을 들면 더욱 시끄러워질 것이라 생각하셨던 것 같다. 종갓집이라 제사와 행사가 많이 있었기에 외며느리인 우리 어머니의 고생을 어찌 다 말하랴. 시어머니에게도 또한 남편에게도 따스한 위로의 말을 듣기 힘드셨기에, 어머니는 평생 상처를 안고 사셨다. 그리고 그 상처는 만성 위장병으로 나타났고, 어머니는 많은 고생을 하시게 되었다.

이러한 상황에 놓인 어머니가 나를 돌보는 일이 어찌 수월하셨을까. 그 시절을 기억하면 난 항상 얇은 담요를 손에 들고 오른손 엄지손가락을 빨고 다니던 아이였다. 마치 만화영화 〈피너츠〉에 나오는 찰리 브라운의 친구 '라이너스 반 펠트'처럼 애정 결핍에 시달렸다. 어머니가 보고 싶으면 항상 주방에서 일을 하고 계시던 뒷모습을 멀찍이 바라보고 서있었다. 항상 바쁘셨기에, 나 스스로 방해될까 봐 그저 그리 서있었던 것 같다. 한참을 기다려도 뒤돌아보시지 않으면, 방으로 돌아와서 쪼그린 상태로 엎드려서 그렇게 잠이 들었다.

어머니가 짐을 싸서 나를 버리고 멀리 떠나가시는 꿈을 자주 꾸었다. 그렇게 하염없이 눈물을 흘리며 잠에서 깨기 일쑤였다. 나중에 들은 말로는 어머니가 세 번이나 실제로 짐을 싸서 친정으로 돌아가려고 하셨단다. 어린 마음에도 어머니의 그러한 괴로운 마음이 암암리에 전해졌던 모양이다. 어린 시절의 나는 그렇게 늘 어머니가 멀리 떠나실까 싶어 전전긍긍했던 것 같다.

비가 많이 내리던 어느 날, 마침 집에 계셨던 아버지께 날 맡기고 어머니는 약국에 가셨다. 감기에 걸린 나에게 먹일 약을 사러 잠시 자리를 비우신 것이었다. 난 아버지가 무섭고 서먹했기에 아버지 몰래 어머니를 찾아 비를 맞으며 옥상과 집 밖의 마당을 돌아다녔다. 아무리 찾아도 어머니가 안 보이자, 울음부터 터져 나왔다. 어찌할 줄 몰라서 비를 맞고 서있는데, 마침 어머니께서 돌아오셨다. 그런 나의 모습을 보면서 마음이 미어지시던 어머니의 그 표정을 지금도 잊을 수 없다. 어머니와 나는 하나의 존재로서 존중받지 못하거나, 애정이 결핍된 상태에서 그 시절을 건너왔던 것 같다.

사람은 누군가에게 사랑받고 사랑을 주는 존재로 관계를 맺는다. 존재의 가치를 인정해 주고 또 인정받고 싶어 하는 그 깊은 마음속에는 사랑에 대한 아쉬움이 자리 잡고 있다. 충분히 누군가에게 사랑을 받아야 사랑을 나누어주는 일이 수월하다. 내가 사랑받지 못한다고 느껴지거나, 인정받지 못한다고 여겨지면 그 마음은 비참해진다. 그 결과, 자괴감에 빠지기도 하고 때론 사회를 부정적 시선으로 바라보게 되기도 한다. 그렇기에 누군가와 칭찬을 주고받으며 상대방을 서로 인정해 주는 일은 인생에서 무척 중요한 일이다.

어머니는 며느리로서 해야 할 도리를 다하기 위해 30년간 시어머니께 매번 날짜를 어기지 않고 용돈을 부쳐주셨다. 고부간의 갈등이 너무 극심해서 결국 분가했지만, 그래도 해야 할 도리는 다 해야 한다는 신념이 있으셨다. 할머니 재산을 탐낸다는 억울한 누명도 쓰셨으나, 자식 된 도리를 저버리지 않으려 안간힘을 쓰셨다. 형제간의 의가 모두 끊어지다시피 했지만, 어머니는 할머니께

만은 예를 다하려 하셨다. 사실 분가하면서 큰 자식이었던 우리 부모님은 할머니께 숟가락 하나 받은 게 없다. 오히려 고모와 삼촌들에게는 집을 사주셨거나 재정적 보탬이 되어주셨다. 비록 어머니는 늘 마음의 상처를 받았으나, 그래도 할머니께 해야 할 자식으로서의 도리를 지키셨다. 그런 어머니를 보면서 나도 무언가 잘하고 싶었던 것 같다. 학생이니 공부에 매진해서 어머니께 기쁨을 드리고 싶었다. 자식으로서 어머니께 상처를 드리고 싶지 않아서 고분고분 말도 잘 들었던 것 같다. 학교에 갔다 왔을 때, 어머니가 안 계시면 자주 가시는 마트에 가보고는 했다. 그리고 짐도 같이 들어드리며 긴 언덕길을 걸어 올라왔다.

인생을 살다 보면 풍파를 맞게 된다. 모든 일이 내 뜻대로 잘 풀리면 좋겠지만, 그렇지 못하다고 해서 생을 망가뜨릴 순 없는 노릇이다. 해야 할 도리는 지켜야 하고, 나라는 하나의 존재로서 세상에 바로 서야만 한다. 비록 외부의 풍파에 나의 삶이 힘들지라도 그 억울함과 분노를 가라앉히고 나의 존재를 지켜내야만 할 때가 있다. 꼿꼿하게 모진 빗줄기를 마음으로 다 받아내야만 내 마음이 바로 설 수 있다. 나는 그것을 어머니로부터 배웠다.

세월이 흘러서 친할머니에게 치매가 의심되는 증상이 나타나기 시작했다. 아주 심하시지는 않았으나, 어머니는 전화 너머로 들려오는 할머니의 말씀이 조금 이상하다고 느끼셨다. 할머니께서는 어머니에게 이렇게 말씀하셨다고 한다.

"그래도 우리 큰 며느리가 제일 착하다. 내가 해준 것도 없는데,
그 긴 세월 도리를 다 지킨 너한테 늘 미안하고 고맙다."

어머니는 이 말씀을 듣고 나서 한참을 눈물지으셨다. 얼마나
듣고 싶었던 말이었을까. 어머니는 당신의 생애에서 할머니로부
터 이 말을 들을 줄은 상상도 못 하셨을 것 같다. 그리고 얼마 후
할머니는 그렇게 세상을 떠나셨다. 분가하면서 발생했던 재산 문
제로 시동생들과는 연을 끊었기에, 심지어 소천하신 지 한 달이
지난 후에야 우리 부모님은 그 사실을 접했다. 할머니와 멀리 떨
어져 살았기에, 그 소식을 제일 늦게 접하게 된 것이다. 아버지의
미어지는 마음을 어찌 다 알까. 어머니의 그 허탈한 심정은 어찌
또 가늠할 것인가. 할머니께서 생전에 종교를 바꾸시면서 중단했
던 제사를 우리는 아직 모시고 있다. 어머니는 자식을 위해 반드
시 이어가야만 한다고 생각하셔서 3대의 제사를 모신다.

꼭 위대한 업적으로 나를 증명하려 할 필요는 없다. 내가 증명
해야 할 사람은 바로 나 자신이다. 누군가에게 인정받는 일, 사랑
받는 일 그것에만 집중한다면 내가 사라진다. 상대에게 자신을 인
정해달라고 애걸복걸하면서 살 필요가 무엇이 있겠는가. 나 자신

이 지켜나가야 할 신념과 도리를 다하며 스스로에게 떳떳하면 된다. 그렇게 인정받을 만한 존재로 생을 이어가야만 우리는 우리로서 온전해진다.

누군가가 나를 인정하지 않거나 미워하는 데는 합리적인 이유가 없을 때도 있다. 그것은 다양한 감정에서 나오는 결과물이기 때문이다. 나를 위협적인 존재로 인식하거나, 그냥 첫인상이 마음에 들지 않아서일 수도 있다. 과거에 안 좋게 지낸 사람과 비슷하게 생겼다고 해서 미움을 받는 경우도 있다. 도대체 왜 나를 미워하냐고, 인정하지 않느냐고 이유를 따지기에는 불합리한 것이 인간이다. 나라는 사람 역시도 감정에 휩쓸리며 불합리한 결정을 내릴 때가 많지 않은가.

그저 나의 도리를 다하고 스스로 성장시켜서 그 비좁은 인정욕구의 감옥에서 벗어나 보자. 나 스스로가 나를 평가하기에 부끄럽지 않은 길을 걷고 있다면 그것으로 충분하다. 세상에 홀로 멋지게 서는 일은 생각보다 쉽지 않다. 하지만 꾸준히 나아가면 분명 다다르게 마련이다. 옳다고 여기는 바른길에 들어서서, 그 수풀을 헤치고 나가면, 어느새 누구도 나를 부인하지 못하게 되리라. 바로 그 수풀에 가려진 미지의 세계에 내 발걸음으로 기존에 없었던 길을 만들어 놓았기 때문이다.

04

· · · · · · · ·

믿음은 나 자신에 대한 예의

✿

믿음이라는 단어를 보면 연상되는 것은 무엇일까? 나의 경우는 당연히 신앙이라는 것이 생각난다. 크리스천이기에 믿음의 대상은 하나님으로 귀결될 수밖에 없는 삶이다. 보통 믿음이라는 단어는 종교적인 의미로 많이 사용된다. 불교를 믿는 분들도 마찬가지겠지만, 인간을 넘어선 초월자에 대하여 나약한 나를 인정하고 의지하는 자세가 믿음이다. 그러나 믿음이라는 단어 자체를 가만히 들여다보면 여러 가지 의미를 내포하는 것을 알 수 있다.

믿음의 대상은 신일 수도 있지만, 자신만의 확고한 생각(신념이나 사상 등), 때로는 양심일 수도 있다. 아니면 요즘 많이 회자되는 나 자신을 믿는 일이기도 할 것이다. 믿음이라는 의미가 생겨난 것은 불확실한 미래에 대한 두려움 때문이 아닐까 한다. 세상의 풍파는 거세고, 앞날을 예상하는 것에는 한계가 있다. 심지어 예상한다고 하여도 맞는 경우가 과연 얼마나 될 것인가. 그 대상이 무엇이든 믿음이 없는 삶은 하염없이 흔들린다. 마치 커다란 태풍을 맞이하였을 때, 단단한 기둥에 몸을 밧줄로 묶어놓지 않으면 똑바로 설 수 없는 것처럼 말이다. 인생이라는 거친 바다에서 우리가 의지할 수 있는 것이 없다면, 넋 놓고 죽음을 기다리는 것 외에는 할 수 있는 것이 없을 것 같다.

우리는 불완전한 존재이다. 하루에도 몇 차례씩 흔들리는 마음을 느끼기도 하고, 기쁨과 슬픔의 감정이 오락가락하기도 한다. 아침에 확신했던 생각의 모양이 저녁에는 다른 모습으로 바뀔 수 있다. 그렇기에 나를 이루고 있는 감정과 생각 그리고 마음은 믿기 어려운 것들이다. 우리의 불완전함은 종교에서도 마찬가지로 지적하고 있는 바이다. 하나님을 믿는 기독교, 천주교, 이슬람교에서도 인간은 기본적으로 죄인이다. 세속적인 삶 속에서 짓는 죄의 의미도 있겠으나, 본질적으로 욕망을 품고 있기에 어디로 튈지 모르는 불완전한 존재. 그것이 바로 인간이 가진 본모습이 아니던가. 불교에서도 인간은 윤회의 사슬을 끊어낼 때까지 고군분투해야 하는 존재이다. 마음의 번뇌를 끊어내고 깨달음을 얻어야 한다. 그리고 해탈하여 결국 열반에 이르는 것을 목표로 삼는 것이 불교의 모습이다. 비단 신앙의 유무와 상관없이 우리는 늘 흔들리는 존재라는 것. 그래서 어떻게든 믿음이라는 도구를 통하여 삶의 안정을 얻고자 하는 것 같다.

믿음이라는 단어 안에는 희망이 담겨있다. 지금의 현실은 비록 고단하지만, 앞으로는 더 잘될 것이라는 염원을 믿음에 담아낸다. 내 힘으로 무언가 어떻게 할 수 없을 만큼 험난한 인생의 파도를 맞을 때에는 무교인 사람도 신을 찾게 된다. 때로는 이렇듯 간절한 모습으로 안간힘을 쓰는 우리네 인생은 결국 어떠한 형태로든 믿음을 구할 수밖에 없다. 초월자를 믿든, 사상과 신념을 믿든 그 대상은 하나의 고정된 형태이다. 신에 대한 관념은 변할 리 없다. 인생의 진리나 내가 곧 죽어도 믿는 생각의 확고한 틀이 있다면 그것에 불안한 나를 묶어놓게 된다. 그럼으로써 나의 인생길이 조금이나마 흔들리지 않도록 나아갈 수 있다.

그렇다면 우린 어떤 믿음을 가져야 할까? 우리가 선택하는 사상과 신념도 정말 가치 있는 인생의 진리가 맞는지 여부가 무척 중요하다. 비록 주관적으로 내 마음에 와닿아야 가능한 일이겠지만, 그럼에도 그러한 것 없이 나아가기에는 인생의 흔들림은 너무 크다. 문제는 믿음의 대상이 아닌 것에 의지한다는 점이 불행을 야기한다. 바로 돈이나 집단 또는 다른 사람이다.

돈이 있으면 확실히 든든하다. 자본주의 사회에서 돈이 가져다

주는 기쁨 자체도 크거니와 생존을 위해서도 필요한 것임에는 반론의 여지가 없다. 내가 원하는 욕망을 가득 채워줄 수 있지만, 돈을 갈구하기 전에 가져야 할 전제조건이 있다. 바로 나 스스로가 원하는 만큼의 돈을 관리할 수 있는 사람인지를 먼저 생각해야 한다. 나의 능력을 개발해서 사람들에게 가치를 제공하고 벌어들인 돈이면 상관없다. 그렇게 재력을 쌓을 때까지 그만한 관리능력을 배웠을 것이기 때문이다. 그러나 돈에만 집중하면 나를 버리게 된다. 나의 자존감을 버리거나 지켜야만 하는 정당한 방법이 아닌 것을 동원할 수도 있다. 더욱 무서운 일은 그런 방식으로 돈을 벌고 나면 타인을 전부 돈으로 판단하게 된다. 나보다 돈이 없다면 하찮은 존재로 바라본다. 반대의 경우에는 내가 부족한 존재로 인식하게 된다. 어느 날은 오만의 자리에 앉아있고, 또 어떤 날은 자괴감의 자리에 앉아서 무릎을 꿇게 되기도 한다. 돈이라는 숫자로 유일한 판단기준을 세우는 그 즉시, 나는 부족한 사람으로 전락하게 된다. 돈에 대한 맹신이 궁극적으로 가져오게 되는 현상이다.

집단에 대한 부분도 살펴보자. 우리는 우리가 속한 집단의 이익에 개인이 매몰되는 경우를 많이 보아왔다. 먹고 살기 위하여 어쩔 수 없이 끌려가는 일도 부지기수이다. 힘없는 개인이 어찌 저항할 수 있겠는가. 그러나 나의 신념과 양심에서 너무 멀리 떨어져 있는 것을 행해야 한다면 어떤 선택을 해야 하는가. 그러한 마음의 괴로움 때문에 간혹 집단의 가치를 맹신하는 쪽으로 마음을 돌리기도 한다. 그것이 맞는다며 나 자신을 세뇌시킨다. 유연함이라는 합리화를 할 수도 있고, 필수불가결한 것이라며 나를 설득시키기도 한다. 그러나 내 영혼은 알고 있지 않을까? 무언가 마음한 곳이 불편하다는 것을 말이다. 그리고 조직에 그렇게 충성했음에도 불구하고 팽을 당한다면, 인생 전체가 무너지는 경험을 하게된다. 분노와 배신감에 어찌할 줄 몰라서 극단적인 선택에 내몰리는 경우도 종종 보게 된다.

한나 아렌트가 쓴 《예루살렘의 아이히만》을 보면, 이러한 집단에 대한 믿음의 불완전성이 적나라하게 드러난다. 나치에 부역했던 아돌프 아이히만은 2차 대전 당시 독일 군 장교였다. 유대인의 대량학살, 즉 홀로코스트의 주요 가해자 중 한 명이었다. 그는 2차대전이 끝난 후 아르헨티나로 도주했다가, 이스라엘 정보기관 모사드에 의해 납치된 후 전범 재판에 섰다. 그리고 그 유명한 '악의 평범성'에 대한 이야기가 나온다. "상부의 명령에 그저 따랐다."는 그의 변명은 통용되지 않았다. 즉, 국가의 지시에 따른 행위일지라도, 그것이 심각한 악행이라면 개인의 책임을 면제해 줄 순 없다는 것이었다. 집단이 날 지켜줄 것이란 믿음은 그래서 더욱 공허하다.

제일 빈번하게 일어나는 것은 타인을 믿는 것이다. 의뢰심이라고 할 수도 있겠다. 무언가 타인에게 의지하여 내가 바라던 것을 이루고 싶은 마음. 때론 나를 진심으로 이해해 준다고 믿으며 타인이 원하는 바에 끌려가게 되는 일. 그것이 심화되면 요즘 말하는 가스라이팅 당하는 현상이 나타난다. 결국 타인을 믿음의 대상으로서 삼는 것이 가장 부적절한 선택인 것이다. 모두를 의심의 눈초리로 바라보라는 뜻이 아니다. 나의 중심을 지키며, 함께라는 울타리 안에서 신뢰하는 것은 너무 좋은 일이다. 그러한 것이 아닌, 나의 인생이나 운명을 의지하는 것은 적절해 보이지 않는다. 그것은 심지어 가족에게도 쉽사리 해서는 안 되는 것이다. 어린 시절의 부모와 자식의 관계는 절대적 신뢰와 믿음의 관계로 맺어진다. 그러나 자라나면서 한 명의 성인으로 독립해야 되는 시기가 오면, 그때부터는 나라는 존재는 홀로 서야 한다. 나의 인생을 책임질 사람은 바로 나밖에 없기 때문이다.

모 연예인은 자신이 고생해서 번 돈을 형제와 부모에게 모두 빼앗겼다고 한다. 결혼에 대한 부분마저도 자신의 뜻대로 이루기 어려워 많은 아픔을 겪기도 했다. 많은 사람들이 어떻게 저럴 수 있느냐고 했지만, 나 또한 그런 분을 실제로 본 적이 있다. 부모와 형제를 부양하느라 결혼도 하지 못한 채 그저 돈만 버느라 때를 놓친 분을 보았다. 그 내막을 상세히 알 수는 없겠지만, 모 연예인의 사례와 비슷한 부분이 있다는 것을 소문으로 들었다. 가족 모두가 비극으로 끝나게 되는 그 결말이 얼마나 안타깝고 허무한 일인가.

결국 무엇을 믿고 나아가는가에 따라서 우리의 삶은 크게 바뀐다. 종교의 가르침에 따라 평안을 찾고 삶의 두려움을 떨쳐내며 바른길로 나아갈 수 있다. 나의 사상과 신념을 믿으며 굳은 의지로 세상을 헤쳐 나갈 수도 있다. 비록 손해를 보는 일이 있더라도 그 신념과 양심에 따라 떳떳하게 살고자 하는 그러한 삶 말이다. 나라는 사람의 마음은 변화가 무쌍하겠지만, 내가 세워놓은 루틴이나 좋은 습관을 삶에 정착시킴으로써 인생을 바꿔나갈 수도 있다. 나의 마음은 믿지 못하더라도 나의 행동을 믿으며 삶에서 얻는 성취감으로 오롯하게 설 수 있다.

나의 판단과 의지와 생각으로 모든 믿음 안에 주체적인 내가 바로 서있어야 한다. 돈이나 집단, 그리고 타인과 같은 나와 분리된 객체들을 맹목적으로 믿는다는 것은 불행한 결과를 초래하기 쉽다. 나를 믿으며 나아간다는 것은 그런 것이다. 내 안에 존재하는 영혼과 양심의 소리를 듣고 걸어가는 길. 바로 그러한 믿음을 견지할 때, 우리는 나에 대한 최소한의 예의를 다하는 것이라 생각한다. 나를 놓지 않고 두려워도 꿋꿋이 스스로 나아가려는 그 마음이 어쩌면 나를 진정 사랑하는 길인지 모른다.

05
· · · · · · ·

불확실함이 주는 인생의 묘미

✿

아침에 일어나면 날씨를 살핀다. 구름의 모양, 바람의 방향과 세기를 보면서 하루가 어떻게 열릴지 가늠해 본다. 살갗에 와닿는 바람의 온도를 느껴보면서 춥거나 덥지 않을지를 느껴본다. 공기가 머금고 있는 물의 향기가 있다. 구름이 비를 잔뜩 품었거나, 설령 구름이 보이지 않아도 전해지는 것이 있다. 나에게 새로 열릴 하루의 시작은 그렇게 찰나의 순간에 전해지는 감각을 통하여 열리게 된다.

비록 실시간 일기 예보를 접할 수 있는 시대가 되었건만, 아직도 난 그렇게 하늘을 살펴본다. 일기 예보만큼이나 나의 감각이 정확할 수 있을까. 물론 그렇지 않을 것이다. 그럼에도 나름의 예상을 해보는 것은 기쁨이 스며있기 때문인 듯하다. 나의 예측이 맞았을 때, 느껴지는 쾌감 때문인지 모른다. 불확실한 것을 예상하고 맞았을 때 드는 그 기쁨은 어쩌면 도박의 그것과 닮아있기 때문일까. 아니면 불안한 미래를 예측할 수 있는 능력이 나에게 있다고 여기는 뿌듯함 때문일까.

앞에서도 이야기했지만, 우리는 무언가를 믿으며 살아간다. 그러한 믿음 없이 삶을 살아가는 것은 너무도 불안정하기 때문이다. 나의 인생을 멋지고 아름답게 하기 위하여 지침으로 여기며 살아가야 할 것들. 종교적 가르침, 위인들의 아포리즘, 경험으로 쌓인 신념, 절대 변하지 않을 진리라 여기는 모든 것들에 마음을 두며 그렇게 살아가게 된다. 그리고 살아가는 과정에서 내가 믿는 관념들에 부합하는 현실적 결과를 마주하면 기뻐한다. 내가 틀리지 않았다는 확신에 더욱 그 관념들을 하나의 신념으로 마음속에 각인하는 것. 우리가 불확실함을 앞에 두고 하는 이 모든 행위는 불안감 때문인지도 모르겠다.

물류센터에서 처음 아르바이트를 시작하며 일을 못 한다는 말만큼은 결코 듣지 말아야겠다고 생각했다. 그렇게 3년여 간의 아르바이트 생활을 거치고 전문직군으로 전환되고 난 후에도 그 마음만큼은 확고했다. 그리고 현 상황에 직면해 있는 문제들을 어찌 해결할 것인가에 집중했던 것 같다. 그리고 본사로 이동하게 되면서 사람들이 하는 이야기를 들었다. 곧 일반직군으로 전환될 것이라는 말이었다. 물류센터 중에서도 가장 구석에 자리 잡은 가건물에서 아르바이트로 일하다가 물류센터 본류로 이동하여 직원이 되는 일은 흔하지 않았다. 그리고 물류센터를 벗어나 본사로 이동하는 일은 더욱 드물었다. 전문직에서 일반직으로 전환하는 일은 더더욱 사례가 많지 않은 일이었다.

본사로 이동한 후, 다른 팀에 소속되면서 일반직군으로 전환하게 되었다. 상품의 흐름과 기준을 정리하고 프로세스를 설계하는 팀으로의 이동이었다. 전사적 관점에서 접근해야 하는 업무였기에, 나에게는 커리어를 쌓을 수 있는 좋은 조건이었다. 6개월 만에 전환이 되면서 생각지도 못한 일들이 마구 벌어졌다. 이 시기에 결혼까지 하게 되었으니, 눈코 뜰 새 없이 바쁜 시간이었다. 정말 무슨 급류에 휘말려 떠내려가는 것처럼, 운명의 물결은 그렇게 거세게 내 삶의 흐름을 바꾸어 놓았다.

첫 직장에서 실패하면서 다시는 직장생활을 하고 싶지 않았다. 책을 읽고 경제공부를 하면서 오롯이 나의 힘으로 밥벌이를 해결하며 살고 싶었다. 그 기간 동안 먹고 살 문제를 해결해야 했기에, 아르바이트를 하면서 내 삶에 집중하려 했다. 그런데 어느새 현실에 당면한 사내 문제들에 고개를 돌리게 되고, 그러한 것들을 해결하고 싶었다. 회사를 위해서도 아니고, 직장에서 자리 잡고 싶은 의도를 품지도 않았다. 다만 해결하지 않으면 연장근무와 휴일

근무를 해야 하는 것이 싫었을 뿐이다. 돌이켜보니 돈보다 시간의 가치에 더 집중했는지 모르겠다. 그렇다고 집에 와서 여가 시간에 책만 본 것도 아니었다. 그럼에도 한창 대세인 워라벨 그 자체가 나의 목적 중 하나였는지 모르겠다.

살면서 어떠한 가치를 나의 심중에 두고 사느냐에 따라 삶이 결정되는 것을 새삼 느끼게 된다. 우리가 생각하는 미래의 두려움. 무슨 일이 벌어질지 모르는 그 미지의 시간들이 어쩌면 걱정할 것이 없다는 생각으로 바뀌게 되었다. 무엇이 되겠다, 어떤 결과를 이루겠다는 것에만 초점을 맞추면 삶이 고단해진다. 두 가지 측면에서 그러한데, 하나는 기대치요, 다른 하나는 기간의 불일치이다.

기대치라는 것은 말 그대로 내가 들인 노력에 대하여 기대하는 결과값이다. 1년 내내 정말 열심히 일했다고 생각하는데, 월급은 물가 상승률보다 낮게 오른다. 성과급은커녕 오히려 연말 정산에서 세금을 더 내는 경우도 생긴다. 나의 기대치는 성과급이나 승진이었겠으며, 기간은 바로 1년이다. 내가 바라는 기간 안에 기대하는 결과가 나온다는 것은 살면서 그렇게 자주 경험하는 것이 아니다. 그러면 이러한 목표를 달성하기 위해서는 무엇이 필요하게 되는가. 열심히 일하는 노력과 능력에 더하여 정치력, 인간관계 등등 각종 본질 외의 것이 필요하게 된다. 설령 그렇게 한다고 해도, 내가 원하는 기간 안에 목표를 달성할 수 있는가는 미지수이다.

자신의 꿈을 위하여 노력하고 나아가는 사람. 분명 너무도 훌륭한 삶의 태도를 보여주는 것만은 틀림없다. 그러나 자신이 정해놓은 시간에 그와 같은 목표를 달성하지 못하더라도 수용하려는 마음. 그것을 가진 자에게 세상은 응원을 보낸다. 비록 기대에 못 미치더라도 변함없이 걸어가는 발걸음을 지닌 사람은 누군가에게 깊은 울림을 준다. 오로지 목표달성을 위해서 본질에서 벗어난 다른 것에 집중하는 것에는 감동이 없다. 오히려 수단과 방법을 가리지 않는 사람이라 하여 외면당하게 될 것이다.

　어떠한 결과라도 수용하려는 마음을 가진 사람은 무리하지 않는다. 자신이 걸어가는 길에 정성을 다하는 것만으로도 그 사람은 충분하다. 자신이 할 수 있는 올바른 노력을 다했기 때문에 나머지는 '진인사대천명'인 것. 즉 사람이 할 수 있는 도리를 다하고, 하늘에 맡길 뿐이라는 말이다. 그리고 이러한 삶의 태도를 가지는 사람에게서 볼 수 있는 또 하나의 모습이 있다. 바로 결과가 아닌, 과정에서 가치를 발견하거나 진심으로 기뻐하며 그 길을 걸어간다는 것이다. 이러한 사람들은 매 순간 과정에서 나를 성장시켜 나가는 것에 진정한 가치를 둔다. 좋은 결과가 기다리고 있을 것이라는 막연한 마음만 두고 매일 그 일상을 걸어갈 수 있는 힘을 가지고 있는 것이다. 과정을 걸어 나가면서 하나씩 성장해 나가는 나의 모습을 발견하는 일은 큰 기쁨이다. 그리고 그 과정 자체가 내가 좋아하는 일이라면 더할 나위가 없지 않은가.

2024년 파리 올림픽에서 우린 참 많은 것을 보았다. 비록 메달을 따지 못했던 선수들이라 할지라도 담담하게 수용하는 멋진 자세를 보여준 분이 많았다. 특히나 사격의 김예지 선수가 보여준 모습은 너무도 멋있었다. 올림픽 직전 5월에 열린 국제사격연맹 월드컵 25m 권총 경기에서 세계신기록을 달성하며 세계랭킹 1위에 오른 김예지 선수. 정작 올릭픽 경기에서는 3초 룰을 어겨 0점 판정을 받고 예선에서 탈락했다. 그리고 그녀가 보여준 모습은 세상 쿨한 모습으로 세계의 주목을 받았다. 그녀의 SNS에 "제가 빅이벤트(0점)를 선사하는 바람에 여러분의 실망감이 크셨을 거라 생각한다. 따듯한 응원과 관심 너무 감사했다."며 글을 남긴 것.

누군가는 비판했지만, 또 누군가는 가장 힘들고 괴로운 사람은 선수 자신인데 강한 정신력을 가졌다며 감탄했다. 그녀는 주중에는 사격연습을 하고, 주말에는 택배 상하차 아르바이트를 비롯한 여러 일들을 하면서 생계를 유지했다. 자신이 가고자 하는 길을 포기하지 않고 나가는 모습. 그리고 결과를 담담하게 수용하는 태도에서 큰 감동을 받았다. 진짜 그 과정을 즐기지 않고서는 할 수 없는 일이다. 그녀는 2028년 LA올림픽을 기약하며 화두를 던졌다. 이 또한 대표선수로 다시 나갈 수 있을지 알 수 없는 불확실한 미래이다. 이 불확실성의 파도를 즐기는 사람의 모습은 진정으로 아름답다.

아무리 미래의 결과가 낙관적으로 보일지라도 우리는 이렇듯 마음 아픈 결과를 마주할 때가 있다. 그러나 내 삶의 방식을 결정하고, 그 과정을 즐기며 결과를 담담히 수용할 수 있는 마음이 있다면 불확실한 미래는 큰 의미가 없어진다. 때론 뜻하지 않은 상황에서 갑작스럽게 좋은 결과들이 쏟아질 수도 있고, 그 반대의 경우도 있다. 다만 그 결과 앞에 서있는 나의 모습이 중요하다. 나답게 걸어 왔고, 그 과정을 즐겼으면 충분히 의미 있지 않을까? 그러한 불확실성 속에 진짜 인생의 아름다운 매력이 숨어있는 것 같다.

종교 개혁을 이끈 장 칼뱅은 예정설을 주장했다. 인간의 운명은 신에 의하여 이미 결정이 나 있다는 말이다. 진위여부는 우리가 알 수 없으나, 그 말을 받아들이는 데에는 거부감이 컸다. 아무리 내가 노력해도 나의 운명은 바꿀 수 없다는 사실은 수용하기 어렵기 때문이다. 희망이라는 것. 우리가 노력하면 반드시 운명을 개척할 수 있다는 그 사실만큼은 꼭 간직하고 싶은 것이 인간의 마음이 아닐까? 불확실성은 곧 가능성이다. 그리고 그 가능성은 희망을 품는다. 우리가 불확실성을 두려움이 아닌, 희망의 대상으로 바라볼 수 있다는 것. 그것만으로도 불확실성이 인생에 주는 묘미는 충분하다.

06

. . . .

진정한 용기는 나를 용서하는 일

✿

　　60대 가장 차순봉 씨는 동네에서 매일 새벽 두부를 만들어 팔면서 하루도 거르는 날 없이 성실히 살아온 이 시대의 아버지이다. 아내와 일찍 사별하고 오랜 세월 홀로 세 자녀를 잘 키웠다. 큰딸은 대기업에 다니는 잘나가는 커리어우먼, 둘째 아들은 촉망받는 의사, 그리고 형과 누나만큼 잘나가지 못해 열등감에 젖어 사고만 치는 셋째 아들. 이들은 장성하면서 그저 아버지에게 바라기만 할 뿐, 이기적으로 자신들의 삶만을 걸어간다.

　　이에 나날이 갈등이 쌓이고 있던 어느 날, 차순봉 씨는 아내의 제사에 모두 불참한 자녀들을 보며 분통을 터트리게 된다. 그리고 이들은 급기야 형제들 간에도 다툼을 벌이며 서로에게 상처를 준다. 다른 형제에게 왜 어머니 제사에 참석하지 않았느냐고 사태의 책임을 떠넘기면서 말이다. 차순봉 씨는 이에 큰 실망을 느끼며 자녀들에게 '불효소송'이라는 법적 조치를 취한다. 그리고 갑자기 찾아온 복통에 병원을 찾은 차순봉 씨는 자신이 시한부 암 환자임을 통보받게 된다. 그는 마지막 순간에 이르기까지 자녀들에게 진정한 삶을 가르치고, 그간 못 해본 자신만의 생을 살아가 보는데...

2014년 KBS에서 방영된 〈가족끼리 왜 이래?〉라는 드라마는 이렇게 시작되었다. 나는 드라마를 잘 보는 편이 아니지만, 가족이 생각나거나 간혹 슬픔이 찾아올 때면 이 드라마를 보면서 눈물 짓곤 한다. 이 드라마는 후반부로 접어들수록 철없던 자녀들이 통한의 눈물을 쏟으며 가족의 소중함을 깨닫는 내용으로 전개된다. 각자의 자리에서 모든 캐릭터들이 스스로 자책하며 괴로워하다가 서로를 용서하고 사랑을 되찾는 이야기. 마지막 순간까지 아버지는 그렇게 가족의 소중함을 전하며 떠나간다.

서로가 자신의 잘못들, 철없었던 행동들을 떠올림과 동시에 다른 가족들이 괴로워할까 봐 마음 놓고 슬퍼할 수도 없는 현실. 아버지의 꺼져가는 생명을 눈앞에 두고도 사실을 모르는 가족들 앞에서 억지로 웃으며 감추려는 그 마음. 그 모든 모습을 덤덤히 바라보는 차순봉 씨는 점점 마음에 안식을 찾는다. 서로 배려하는 가족들의 마음과 더불어 하나의 성숙한 인간으로 성장해 나가는 자식들의 모습을 보면서 그는 미소를 지은 채 떠나간다.

이 드라마는 그렇게 많은 것들을 우리에게 전해준다. 세상살이에 바쁘다는 핑계로 진심으로 중요한 것을 챙기지 못하고 사는 우리네 삶. 그러다가 마주하는 인생의 고난 앞에서 무엇을 깨달아야 하고, 어떤 것이 제일 중요한 것인지 질문을 던진다. 그리고 설령 그렇게 살더라도 어떻게 용서하고 배려하며 나아가야 하는지, 그 모습을 우리에게 전해준다.

살면서 후회하는 일이 왜 없겠는가. 각자 자신에게 주어진 삶에 몰입하며 살다 보면 숱하게 많은 잘못을 저지르게 된다. 처음에는 그것이 잘못인지도 모른 채 살아갈 때도 많다. 나중에 깨닫게 되면 온갖 자괴감이 밀려와 더 이상 낮에 비추는 햇살을 맞이하기도 부끄러워질 때가 있다. 한없이 어둠으로 숨고 싶고 때로는 그 수치심에 삶을 스스로 마감하고픈 생각까지 들 수 있는 것이 사람인 것 같다. 이러한 상처는 평생의 트라우마를 낳아서 남은 생을 살아갈 때마다 문득 되살아난다. 그런 시점이 되면 정말 스스로를 끔찍한 시선으로 바라볼 때도 있다.

이러한 상황에서 마주하는 나를 용서하는 일은 무엇일까. 그저 "괜찮아. 살다 보면 그럴 수도 있지 뭐..." 하는 마음이 용서의 모습일까. 사소한 잘못은 그럴 수 있을지 모르지만, 마음에 커다란 타격을 줄 만큼 큰 잘못이라면 어떨까. 심지어 나로 인하여 누군가에게 중대한 실수를 했거나 상처를 주었다면 어떻게 생각해야 하는 것인가.

용서라는 것의 전제조건은 바로 무슨 잘못을 했는지 통렬하게 깨닫고, 인정하는 마음이 선행되어야 한다. 괴롭다고 정면으로 바라보지 못하고 회피하거나, 불편하다고 마음 저편에 묻어둔다면 용서가 되는 것일까? 타인과 환경 탓을 하며 외부로 잘못의 원인을 돌리면, 결코 스스로는 용서할 수 없는 무엇이 마음속에 남는다. 그러하기에 용서를 구하기 이전에는 잘못을 순순히 인정할 줄 아는 커다란 용기가 필요하다. 자신 스스로에게, 때론 타인에게 비난받을 각오를 해야 하기 때문이다. 자신을 사랑하고 자괴감에 빠지지 말라는 것은 스스로의 잘못에 괘념치 말고 나아가라는 말이 아니다. 꼬인 매듭을 풀고 다시 마음속 죄책감을 풀어내서 정상화시킬 각오, 마땅히 소나기를 맞을 각오를 할 줄 아는 모습에서 나를 진정으로 사랑하는 자신을 발견할 수 있다.

이렇듯 용기를 내어 자신의 과오를 인정하는 일이 선행되어야 용서를 구할 수 있다. 나 자신에게도 다시는 그러지 않겠다는 마음으로 임할 수 있다. 또한 타인에게도 진정 자신의 잘못을 사죄하며 나아갈 수 있다. 그 진심의 힘은 매우 강력해서 타인에게도 잘 전해진다. 그리고 향후 더욱 성숙한 모습으로 자신을 성장시키면 자연스럽게 화해의 길로 들어설 수 있다.

요즘에는 나의 잘못을 인정하면 큰일이 난다고 생각하는 사람들이 많다. 그것을 빌미로 삼아 덤터기를 쓰게 될까 두려워서 숨기고 덮는다. 어떻게 이 폭탄을 다른 곳으로 던질 수 있을까 계속 고민한다. 요즘은 이러한 생각까지도 안 하고 마구 우기며 주장하는 모습도 자주 볼 수 있다. 보통 이러한 상황은 눈앞의 이익에 흔들려서 자신의 과도한 욕심을 얹었다가 낭패를 볼 때 생기게 된다. 그러하니 인정하기도 어렵다. 마치 양치기 소년처럼 거짓이 거짓을 부른다. 결국 모두들 도전이 아닌 방어 기작에만 최대한 신경을 쓰며 살아간다.

자본주의 사회에서 생존하기 위해서는 어쩔 수 없다는 생각의 보편화. 그런 합리화가 결국 마키아벨리즘(목적을 위해 수단과 방법을 가리지 않는 비열함)이 뿌리내리고 자라날 수 있는 토대를 만든다. 우리 모두가 불행해질 수밖에 없는 가장 무서운 생각이 확산되는 것이기에 그저 안타까운 마음이다.

이럴 때 자신의 과오에 대하여 진심으로 사과할 수 있는 용기가 있다면 얼마나 좋을까. 그 순간에는 억울한 일을 당할 수도 있지만, 결국 나중에는 나를 보는 사람들의 시선이 바뀌게 된다. 요즘 세상에서 찾아보기 드물게 진실성이 있는 사람으로 말이다. 반드시 알아볼 줄 아는 사람이 있다. 오히려 잘못을 덮으려고 하거나, 타인에게 전가하여 순간을 모면하려 해도 사람들은 다 안다. 그 사람이 어떠한 성품의 사람인지를 말이다.

나 또한 20대 때에 그런 잘못들을 저질렀었다. 누구에게 책임을 전가했거나 모르는 척 묻어두고 지났던 일들. 두고두고 마음에 깊이 박혀서 가끔씩 생각이 나면 수치심에 어찌할 줄 모를 때가 있다. 20년이 넘어가는 지금에서도 그때 사과하지 못하고 잘 매듭짓지 못한 나를 용서하기 힘들다. 사과하고 용서받을 적정시한을 넘겨버리면, 그 죄책감은 평생 마음속 깊은 곳에 남아서 내 마음을 찌르게 된다. 자신 스스로 용서하지 못한 잘못은 이처럼 마음속에 유리 파편으로 박혀서 나를 돌아보게 한다. 물론 이를 계기로 다시는 그러한 일을 하지 않겠다는 마음을 먹고 살지만, 평생 지녀야 할 가시임은 분명하다.

자신을 용서하는 삶은 비록 큰 용기를 가져야 가능한 일이지만, 이를 통하여 자괴감으로부터 벗어날 수 있는 큰 은혜를 받는다. 그리고 그러한 삶을 걸으면 타인에게도 너그러워지는 나를 발견할 수 있다. 그들이 잘못을 인정하기까지 얼마나 큰 용기를 내고 말하는지 눈빛과 목소리의 떨림만으로도 파악할 수 있다. 이러한 사려 깊은 포용력은 용기 있는 사람들을 내 곁에 둘 수 있는 계기를 만든다. 나의 주변에 잘못을 겸허하게 인정하고 그러한 담대함을 보여줄 수 있는 사람들로 가득 찬다면 얼마나 좋을까? 나를 용서하는 과정에서 얻을 수 있는 커다란 인생의 선물일 것이다.

07

········

비우는 마음, 내려놓는 지혜

✿

　　내가 사는 동네에는 걸어서 5분 정도 거리에 작은 뒷산이 있다. 그 산자락에는 내가 다녔던 중·고등학교가 위치하고 있어서 무척이나 익숙한 산이다. 사실 동네에 산이 있다고 하여 그 산을 막 오르지는 않는다. 익숙하긴 하지만 외견만 익숙할 뿐, 마음먹고 산을 오르지 않으면 그 산의 속내를 결코 알 수 없는 법이다. 학창시절에는 학교가 산자락에 있어서 불평불만이 많았다. 조금이라도 늦잠을 자는 날에는 그 언덕배기를 뛰어올라가야 했기에, 죽을 맛이라고나 할까. 산과 나는 서로가 무심했던 존재로서 그냥 가까운 거리에 자리 잡고 있을 뿐이었다.

　　인생에서 최악의 시절을 보내고 있던 어느 날, 그 산을 오르고 싶다는 마음이 올라왔다. 이미 나쁜 생각을 했던 이후였던 것 같다. 다시 살아볼 생의 의지가 아주 작은 촛불처럼 흔들리고 있던 시절. 갑자기 그 산을 오르고 싶은 마음이 들었다. 부모님 따라 한두 번 정도 20대 시절에 가본 적이 있었기에 길은 대략 알고 있었다. 나는 왜 하필 눈이 왔던 겨울에 갑작스레 그 산을 오르려 했을까. 그 또한 살아보고자 하는 생의 의지였을 것이다. 그렇게 산행을 조금씩 하면서 다친 마음을 위로하는 시간을 보낸 후, 그제야 나는 아르바이트라도 할 결심이 서서 책을 유통하던 회사에 지원할 수 있었던 것 같다.

그렇게 몇 년간은 가끔 주말에 산행을 했을 뿐, 열심히 다니지는 않았다. 비록 동네 뒷산이라도 오르막 내리막의 연속인지라 무척 힘들었다. 그렇게 보내다가 다시 산행을 조금씩 시작한 것은 23년의 가을부터였던 것 같다. 매주 그 산을 다녔다. 시간은 1시간이 조금 넘게 걸리는 코스였지만, 산에 오르면 마음이 치유된다는 것을 알고 있었기에 그랬던 것 같다. 그리고 그 시점에서 마주한 책이 바로 철인 중의 철인이라 불리는 데이비드 고긴스의 《누구도 나를 파괴할 수 없다》였다. 30시간 동안 200Km를 달리고, 일반 마라톤의 2~3배를 달리는 울트라 마라톤, 철인 3종 경기 등 극한의 레이스에 70회 이상 출전한 전설적인 사람이다. 그는 그의 책에서 이렇게 이야기한다.

"내가 내 인생 전체를, 내가 겪은 모든 일을 잘못된 관점에서 보고 있었다는 것을 깨닫자 시간이 멈추었다. 내가 경험한 모든 학대와 헤쳐 나가야 했던 모든 부정성이 가혹한 도전이었던 것은 맞다. 하지만 그 순간부터 스스로를 좋지 않은 환경에 둘러싸인 피해자로 보기를 그만두고 내 삶을 궁극의 훈련장으로 보게 되었다."

그 시점에 나는 중대한 결심을 하며 나아가고 있었다. 오랜 기간 함께했던 선배님의 희망퇴직 후 맞이하는 재고 결산. 오롯이 혼자 그 일을 감당해야 하는 기로에 서있었다. 그리고 또 하나는 그 와중에 하고 있던 블로그도 멈출 수 없었다. 회사에서 야근하고 온 신경을 쓰고 나면 집에 와서 탈진 직전이었지만, 그래도 나와의 약속이었기에 그리 나아갔다. 내가 가진 근성을 최대한 끌어내기 위하여, 겨울에 눈이 내리고 땅이 얼어 미끄러지면서도 산에 올랐다. 그냥 그렇게 악을 쓰며 그 산에 올라야 이 위기를 넘길 수 있을 것만 같았다. 그렇게 산을 주말마다 오르며, 때론 쉬는 휴일에도 여유가 되면 무조건 그 산을 올랐다. 데이비드 고긴스가 마치 내 귀에 대고 외치는 것 같았다.

"힘든가? 그렇다면 여기서 포기하던지!"

그렇게 2월이 다 되어갈 무렵, 후배들 2명과 함께 연말 재고 결산을 겨우 마칠 수 있었다. 마음에 쏙 드는 결과는 아니었지만, 결과상으로는 절반의 성공이었다. 희망퇴직을 하신 선배님과 50번도 더 통화한 것 같다. 선배님도 내가 안타까우셨는지 정말 혼신의 힘을 다하여 도와주셨다. 그것만으로도 눈물이 날 지경으로 감사했다. 그러고 나서 거울을 보니 얼굴이 온통 엉망진창이었다. 온통 곪고 터진 피부 트러블로 가득 덮여 있었다. 원래도 신경을 많이 쓰면 종종 뒷목이나 머릿속에 그런 트러블이 있었는데, 이번에는 온 얼굴을 덮었다. 그리고 심지어 그리 심각한 상황인지 인지조차 하지 못한 채로 그해 겨울은 지나가고 있었다.

마음에 심한 절망감이 몰려왔다. 해내야만 한다는 그 책임감으로 어떻게든 뚫고 왔지만 정말 건강이 많이 망가져 있음을 느꼈다. 과연 이것이 옳은 길인지 나에게 묻고 또 묻는 시간이 찾아왔다. 그리고 점점 더 많은 업무들이 쏟아지기 시작했다. 이젠 평소에도 연말연시와 비슷한 정도의 중압감으로 일들이 늘어났다. 그러니 다시 건강이 회복될 리가 만무했다. 2월, 그 어려운 업무를 해내고 나서는 조깅을 시작했다. 매일 아침 이렇게라도 운동을 하지 않으면 정말 심각한 건강상의 타격을 받을 것 같았다. 그렇게 지내던 5월의 어느 날. 아침이 밝아오는 일출시간이 당겨지면서 새벽 5시 반에 산에 갈 수 있을 만큼 날이 밝아졌다. 한번 가봐도 괜찮지 않을까 하는 마음에 조심스레 산에 다녀왔다. 생각보다 시야가 잘 보여서 매일 아침 산행을 이어가기 시작했다. 그리고 나의 마음에는 급격한 변화가 찾아왔다.

그 산행이 과거에 느꼈던 모든 산행보다 훨씬 귀한 것임을 단한 번 만에 느낄 수 있었다. 자연에서 내뿜는 에너지를 받아들이며 긍정의 마인드로 마음을 채워갈 수 있었기 때문이었다. 괴로움으로 가득한 아침이 아닌, 새벽에 산행을 하는 긍지로 그 아침을 채웠다. 그렇게 좋은 생각들이 하나둘 마음속에 있는 부정적 생각들을 밀어내기 시작했다. 그 자체만으로도 직장에서 버틸 수 있는 힘을 주었다. 반면에 마음속에서는 점점 더 내가 원했던 진짜 인생을 생각하기 시작했다. 이 길은 분명 아니라는 것을 온몸으로 느끼고 있었다.

어느새 고뇌의 길에 서있던 나는 매일 산행에서 기도를 하기 시작했다. 어떤 가치가 맞는 것인지 알 수 없었다. 직장을 계속 이어나가는 것이 맞는지, 아니면 내가 원하는 글을 쓰며 사는 삶이 맞는지 40분 내내 기도하며 산을 올랐다. 때론 기도가 일찍 끝나면 산에서 내려오는 길에 나 자신과의 대화를 자문자답 형식으로, 때론 내가 나에게 해주는 충고의 형식으로 이야기하기 시작했다. 이 과정에서 나는 놀라운 것들을 발견하기 시작했다.

악착같이 버티는 것이 때론 답이 아니라는 것을 깨달았다. 사회

초년생 때 회사를 그만두고 나의 부족함을 절실히 깨달았던 시절이 있었기에, 포기를 인생에서 지우려 했던 삶. 그래서 더욱 고뇌하고 힘들었는지 모르겠다. 그렇게 악착같이 산행을 통해 마음을 다잡아보려 했으나 오히려 나를 누르던 퇴사에 대한 트라우마를 깨어버렸다. 기도의 내용은 매일 똑같았다. 그저 바른 선택을 할수 있도록 인도해 주심을 빌었고, 기도가 주는 힘을 느끼게 되었다. 기도는 한 번이 아니라 누적이 중요한 것임을 절실히 느꼈다. 누적이 되면 될수록, 그리고 나와의 대화가 반복되면 될수록 그렇게 모든 것이 하나의 방향으로 내 마음을 몰아갔다.

'이것이 네가 원하던 삶이 맞니?'

그런 시간을 보내면서 알게 되었다. 내가 하나하나 비워지고, 모든 생각의 프레임이 바뀌어 가고 있다는 사실을 말이다. 부정적인 생각들을 비워내고 마음에 모든 세속적인 가치들을 내려놓으니, 나의 길이 보이기 시작했다. 매일 아침 비워진 그 마음의 공간으로 하나둘 좋은 것들이 채워지기 시작했다. 삶이 이끄는 대로, 내 마음과 영혼이 인도하는 대로 맡겨도 괜찮다는 사실을 하나하나 받아들이기 시작했다.

우리가 이 세상에 머무는 순간은 매우 짧다. 우주의 영속성을 생각해 보면 0.1초도 안 되는 생애의 기간이다. 지금의 고통과 고난을 버티며 나아가는 그 힘을 내가 좋아하고 사랑하는 일에 쓰고 싶다는 생각이 들었다. 사실 1년 전부터 마음속으로 서서히 준비 아닌 준비를 해오고 있었다. 블로그를 시작하면서 글쓰기에 대한 기쁨을 느꼈던 순간 불현듯 생각했다.

'내가 진짜 좋아하는 일이 이것인가? 그렇다면 직장에 다니면서 과연 병행이 가능할 것인가?'

무리를 하면서도 글쓰기를 이어나갈 수 있다면, 내가 좋아하는 일이 맞는 것이기 때문이었다. 그렇게 작년 봄에서부터 쓰던 블로그 글의 빈도를 높이기 시작했다. 매일 하나의 글을 쓰고 점차 하루에 3개의 글을 쓰는 강도로 스스로를 더욱 압박했다. 점심은 15분 만에 컵라면으로 때우고 글을 썼다. 통근버스 안에서 글을 쓰기 위해 노트북도 장만했고, 매일 6시간 이상을 투자했다. 이 생활을 1년간 유지할 수 있다면 단순한 현실도피가 아닌, 진짜 좋아하는 일이 글쓰기일 것이라고 생각했다. 업무에서 느끼던 부담감을 내려놓자, 그때부터 나의 인생이 보이기 시작했다.

내가 가지고 있던 트라우마나 신념, 그리고 해내야만 한다는 중압감을 다시금 생각해 보면, 그것이 진실이 아니라고 느껴질 때가 있다. 마치 부러질 것만 같았던 그 생각의 지게를 잠시 내려놓고 곰곰이 다시 바라보면, 그간 힘들었던 내 삶이 보인다. 내려놓고 비우면 새로운 것들이 보인다. 진정 내가 원하는 삶과 인생의 방향이 또렷해지는 느낌. 분주하고 바쁜 나날을 살아갈 수밖에 없는 우리지만, 진정 그것이 맞는지 의문이 생긴다면 꼭 돌아보시기를. 그 성찰의 시간을 통하여 가려진 새로운 길이 보일 수도 있으니 말이다.

CHAPTER

04

....

나답게 살게 하는 앎

01

· · · · · · · ·

지식을 구하는 자가 갖춰야 할 자세

✿

배워야 할 것이 참 많은 세상이 되었다. 요즘 아이들이 배우는 교육과정을 보면 부모세대가 중·고등학교 때 배웠던 것을 벌써 초등학교에서 배우는 것도 많다. 내가 대학 입학 후에 배웠던 전공과목이었는데, 고등학교 아이들을 가르칠 때 보니 벌써 교과서에 수록되었던 것을 발견한 적이 있다. 불과 4년 정도 사이에 빠르게 지식이 흘러가는 것을 보면서, 무척 놀랐던 기억도 난다. 심지어는 내가 배웠던 교과 내용이 바뀌어 있는 것도 많았으니, 어쩌면 당연한 시대 흐름인 것 같다.

어린 시절에는 의무적으로 강제 교육을 받아야만 한다. 무언가를 배우는 것에 대한 느낌이 지루할 수밖에 없는 현실이다. 한 명의 시민으로서 반드시 받아야만 하는 교육이기에 어쩔 수 없지만, 우리에게 배움은 그리 반가운 느낌의 것은 아닌 것 같다. 하지만 성인이 되고 직장에 다니다 보면 배움에 대한 열정이 생긴다. 배워야만 살아남을 수 있다는 사실을 누구나 인지하고 있기 때문이다. 하지만 특별히 비용을 지출하고 무언가를 배우는 것이 아닌 이상, 친절하고 상세하게 가르쳐 주는 일은 거의 드물다. 유튜브나 블로그 등 인터넷상에서 수많은 정보를 접하고 배울 수 있지만, 직장에서는 분명한 한계가 있다. 그 기업만의 특수한 부분은 기업 안에서만 배울 수 있기 때문이다.

무언가를 배우기 전에 일단 가르치는 사람의 입장을 한 번 생각해 보는 것이 좋다. 비용을 치르고 전문 교육을 받는 것이 아닌 이상, 대체로 가르치는 입장에서는 하나의 목적밖에 없다. 상대에게 일을 가르친다는 것은 곧 일을 주겠다는 것이다. 그 사람이 좀 더 효과적으로 일을 처리할 수 있도록 가르쳐서, 자신의 업무를 넘겨주어도 문제가 생기지 않도록 말이다. 기업에서는 코칭이라는 명목으로 이런 일을 적극 지원한다. 이는 기업 내에서 유통되는 지식의 승계가 가능하도록 하여, 주 담당자가 없어도 그 일을 처리할 수 있도록 하기 위함이다.

문제는 가르치는 사람인데, 대체로 기업에서 원하는 부분과 이해충돌이 생긴다. 업무가 너무 과중하지 않는 이상 굳이 그렇게 할 연유가 없기 때문이다. 친절하게 자신이 아는 모든 지식을 가르칠 수 없다. 자신도 업무에 바쁘며, 수년간의 어려움을 뚫고 배운 지식이기에, 쉽게 알려주는 것에 주저하게 된다. 개중에 진짜 친절하게 알려주는 선배를 만난다면, 정말 행운이라는 것을 반드시 마음에 새겨야 한다. 왜냐하면 그 선배는 긍휼과 연민의 마음이 있기에, 그리 후배에게 베푸는 것이기 때문이다. 또한 성장하고 발전하는 유능한 선배의 경우는 자신이 가지고 있는 지식에 연연하지 않는다. 그만큼 자신의 업무를 넘겨주고 생긴 시간에 새로운 업무를 통하여 또 성장하면 그만이기 때문이다. 즉, 진짜로 유능하거나 마음이 선한 선배들이 그러한 코칭에 관심이 많다.

나의 경우는 직장생활을 하면서 코칭에 신경을 많이 쓰려고 했다. 일단 업무가 너무 많아서 가르치지 않을 수가 없었다. 그리고 무언가 사명감 같은 것도 있었다. 나를 가르치셨던 너무도 좋은 선배님 때문에 그 명맥을 꼭 이어주고 싶었던 마음. 그리고 내가 가르친 사람은 반드시 크게 성장했다는 평가를 받게 하고 싶었다. 물론 과한 욕심일 수는 있지만, 꼭 그런 후배로 만들어주고 싶었다. 그만큼 어떤 선배한테 배우는가는 무척이나 중요한 요소이다. 좋은 선배를 만나지 못했다면 나는 과연 그런 전통을 이어줄 마음이 있었을까. 자문해 보면 솔직히 장담할 수는 없을 것 같다.

배우려는 사람의 마음에는 사실 절박함, 배려심, 감사함, 독립심, 이렇게 네 가지 자세를 갖추고 있는 것이 가장 중요한 것 같다.

가르치는 사람의 입장에서는 바로 이러한 마음을 느껴야 하나라도 더 가르쳐주고 싶다는 생각이 든다. 나의 귀한 시간을 투자해서 알려주는데, 그런 마음을 못 느낀다면 무엇 하러 코칭에 열을 올리겠는가. 그냥 기능적인 것 몇 가지만을 알려주고 말 것이다. 굳이 배경지식이나 왜 이렇게 할 수밖에 없는가 하는 원리 등은 알려줄 필요가 없기 때문이다. 이제 배우는 사람이 갖추어야 할 네 가지 자세에 대하여 조금 이야기해 보려 한다.

첫째, 절박함은 자신이 모르거나 이해하지 못한 부분에 대하여 최대한 솔직하게 말할 수 있게 해주는 원동력이 된다. 자존심 때문에 잘 모른다는 사실을 상대방이 알게 되는 것이 부끄럽다면 아직 덜 절박함을 의미한다. 계속 고개를 끄덕거리거나 다 알아들은 것처럼 "아~~" 하고 대답하면 가르치는 사람은 그냥 넘어간다. 물론 눈치를 채긴 한다. 배우는 사람이 잘 이해하지 못하고 있다는 것을. 그렇지만 자신이 오해할 수도 있기 때문에, 그냥 아는 것으로 간주하고 다음으로 넘어간다. 이렇게 되면 이후의 코칭은 모두 시간낭비가 된다. 배우는 사람의 마음은 계속 이해가 안 가는 부분에 집중할 수밖에 없기 때문이다. 그러면 결국 두 배 이상의 시간이 걸린다. 코칭하는 입장에서 가르치기 가장 어려운 유형의 케이스이다.

둘째, 배려심은 도움을 청할 상대방의 상황을 잘 고려해야 한다는 것을 의미한다. 현재 업무로 무척 바쁘거나, 때로는 여유시간이 한정되어 있음에도 물어보는 사람은 자신의 입장만 생각할 때가 있다. 가르침을 주고 싶어도 바쁠 때가 있는데, 무작정 물어보며 잡고 있으면 매우 곤란한 입장이 된다. 보통 잘 가르쳐 주고자 하는 사람들은 앞서 말한 것처럼 연민의식이 있는 경우가 많다. 그래서 자신이 좀 손해를 보더라도 가르치려 하는 마음일 것이다. 그럼에도 불구하고 알려주는 사람이 자꾸 시간을 본다거나, 평소보다 말의 톤이 빨라진다고 느껴지면 다음을 기약하는 것이 좋다. 상세하게 알려줄 수 없으니, 배우는 사람 역시 오히려 손해이다. 여유 있는 시간을 생각하여 질문거리를 잘 모아두었다가 명확하게 문서로 주는 것도 좋다. 미리 질문거리를 주면 가르쳐 주는 입장에서도 배우는 사람이 어떤 부분에서 부족한지 파악할 수 있기 때문이다.

셋째, 감사하는 마음이다. 가르쳐 주는 사람에게 감사한 마음을 심정적으로 가지는 것은 당연한 도리이다. 여기서 말하고자 하는 것은 그런 마음만을 이야기하는 것이 아니다. 무언가 가르쳐 준 사람에 대한 고마움을 항상 표현하는 것이 좋다. 물론 가르침을 받고 나서 업무를 잘 완수하는 것이 가장 중요하다. 그런데 결과물을 가지고 자신이 혼자 다 알아서 한 것처럼 말하는 사람들을 너무도 많이 보았다. 혹여 결과물이 안 좋으면 자신은 배운 대로 했다며 면피하는 사람도 자주 눈에 띄었다. 홀로 성과를 인정받거나, 때론 실패에서 한 번 정도는 면피를 할 수 있을지 모른다. 그러나 사람들은 모두 알게 된다. 그렇게 행동한 나라는 사람이 어떤 면모를 가지고 있는지를 말이다.

그러면 이후에는 그 누구의 도움도 받을 수 없음을 반드시 생각해야 한다. 전략적으로 접근하라는 것이 아니라, 당연한 도리를 말하고자 함이다. 실패했을 경우의 면피는 특히나 최악의 경우를 초래한다. 분명 자의적으로 해석해서 잘못 처리했을 가능성이 높기 때문이다. 마지막 결과물에 대한 확인을 가르친 사람에게 받은 것이 아닌 경우에는 절대 피해야 할 태도이다.

넷째, 독립심에 대한 부분은 바로 주체적인 생각을 해보는 것이다. 왜 이렇게 해야 하는지 곰곰이 생각해야 한다. 가르침을 받고 그냥 의문 없이 그대로 행하면 반드시 일이 틀어지게 마련이다. 일타 강사가 아닌 이상 평범한 직장인의 교수법이 다 맞을 리가 없다. 혼자서 배운 것을 현재 업무 상황에 맞게 재해석하고, 왜 그렇게 해야 하는지를 묻는 과정에서 나의 것이 된다. 대체로 그런 과정 없이 업무를 수행하고 나서 좋지 않은 결과를 맞이하면 책임을 추궁당하는 나도 억울하고, 가르친 사람 또한 곤란해지기 마련이다.

직장을 예로 들어 표현하기는 했지만, 학교나 다른 배움의 자리에서도 마찬가지일 것이다. 특히나 독립적인 마인드로 주체적 소화를 시키지 못한다면 무용지물이라는 것을 꼭 다시 한번 언급하고 싶다. 그리고 장기적으로 성장하는 삶을 살고 싶다면 반드시 감사함을 잘 간직했으면 좋겠다. 그것은 더 큰 배움의 기회를 얻을 수 있는 것에 그치지 않고 나 스스로의 품격 또한 빛나게 하기 때문이다. 내가 가르친 사람이 성실히 업무를 수행해서 잘 완수한 것도 예뻐 보이는데, 심지어 나에게 감사한 마음을 표현해 준다면 더욱 사랑스러울 수밖에 없다.

02

· · · · · · ·

존재만으로 전해지는 태도의 힘

✿

"와! 이런 상황에서 저분이 계신 것만으로도 정말 다행이다."

"무슨 문제가 생겼다고? 그럼 OO님에게 물어봐~"

"이번 프로젝트를 주관하는 분이 OO씨라고? 그러면 별문제 없 겠네~"

　　어떤 조직에서든 존재만으로도 주변을 안심시키 는 사람이 있다. 어떤 난항을 겪더라도 왠지 해결이 가능할 것 같 은 느낌을 주는 사람. 무엇 때문인지는 모르겠지만 왠지 빛이 나 는 사람들이 있다. 꼭 리더가 아니더라도 든든한 믿음과 신뢰가

가는 사람이 존재하면, 그 집단 전체가 보여주는 힘이 다르다. 다른 모임이나 집단에서도 볼 수 있지만, 특히나 직장에서 이러한 현상을 자주 발견할 수 있다.

직장생활을 하면서 제일 중요한 것 중 하나는 '어떤 직장 상사를 만났는가'이다. 하루 중 1/3 이상을 보내는 직장생활. 어떤 분과 일하느냐에 따라서 지옥과 천국을 오가기 때문이다. 특히나 직장 생활을 하면서 느끼는 감정은 팀장의 성품과 업무 스타일에 따라 크게 좌지우지된다. 업무에 있어서 여러 직원들의 의견을 존중하되 자신만의 방향이 뚜렷한 사람. 직원들의 평가에 대하여 공평무사하게 적용할 수 있는 사람. 공적인 부분에 있어서는 추상같아도, 사적으로는 한없이 따뜻한 사람. 업무의 성과를 직원들과 함께 누릴 줄 알고, 과오가 있을 시에는 자신의 책임을 회피하지 않는 사람. 이런 분을 직장 상사로 모실 수 있다면 아무리 일이 힘들어도 잘 헤쳐 나갈 수 있다. 이런 사람이 리더가 되면, 그 밑의 조직원들까지 일하는 스타일이 바뀐다. 단지 업무 방식뿐만이 아닌, 인생에 대한 관점에도 상당한 영향을 받게 된다.

나의 경우는 정말 운이 좋게 그런 직장 상사를 모실 수 있었다. 희망퇴직을 하신 선배님과 두 분의 팀장님들. 나에게는 단순히 직장 상사 이상의 의미를 갖게 하신 분들이다. 직장생활의 총 연수는 20여 년 정도 되지만, 이런 분들을 모시고 지낸 세월이 얼추 7년 정도 이어졌으니, 나는 얼마나 복을 많이 받은 사람인가 생각해 본다. 세 분 모두 후배들을 잘 챙기시고 솔선수범하시는 분들이었다. 부하직원들 하나하나의 역량을 키워나가는 일에 관심이 많으신 분들이었고, 책임 소재가 생기는 일이 생기면 늘 든든한 방패막이가 되어 주셨다. 뚜렷한 주관이 있으시고, 공적인 일의 영역에서는 직원들의 이야기를 잘 들어주셨다. 각자의 생각들을 모으니 일의 방향도 합리적이고 도전적으로 흘러갈 수밖에 없었다.

그 당시에도 느끼고 있었던 것은 앞으로 나의 인생에서 이러한 분들을 만나기가 결코 쉽지 않을 것이란 생각이었다. 나뿐만이 아닌 많은 팀 동료들도 그리 생각하고 있었다. 지금이 우리가 직장 생활을 하는 데 있어서 진정한 리즈시절이라고 말이다. 나 역시도 이분들과 일하면서 내가 할 수 있는 능력의 100% 이상을 쏟아부었던 것 같다. 일의 의미와 가치가 분명하고 도전적이며, 실패하더라도 안정감 있게 방어해 주실 분들이었기에 두려울 것이 없었다. 사내 처음으로 AI 모델을 활용한 수요 예측 과제에 도전해 볼 수 있었고, 세밀함이 떨어졌던 재고 결산 부분을 상당한 수준의 정밀도로 올릴 수 있었다. 고객이 원하는 책의 수요를 미리 파악하는 산식도 개발할 수 있었고, 그런 모든 순간이 일하는 보람을 가득 채워주었던 순간이었다. 멋진 선배들의 존재만으로도 주변 모든 사람들이 받는 안정감은 상당하다. 하나의 존재가 보여줄

수 있는 삶에 대한 태도가 어떤 영향을 미치는가를 절감하는 순간
이었다. 돌이켜 생각해 보면 그분들은 분명한 공통점을 가지고 계
셨다.

그것은 바로 카리스마와 부드러움을 함께 가지고 계셨다는 것
이다. 이는 내면이 깊은 사람들이 가질 수 있는 균형감이다. 평소
에는 부드러워서 직원들이 자주 근처를 맴도는 일이 많았다. 그럼
에도 직원들에게 부담이 될까 싶으셔서 작은 부분도 신경 써주시
는 분들이었다. 팀장이라는 직급이 가지는 원초적 부담감. 그것을
어떻게 해서든 주지 않으려고 부단히 노력하시는 모습을 보았다.
또한 누군가 어려움이 있으면 날카롭게 눈치채서 면담도 진정성
있게 해주셨기에, 대다수 직원들의 많은 지지를 받았다. 또한 업
무에 있어서 비록 난이도가 높은 것일 지라도, 반드시 필요한 것
이라면 실패를 무릅쓰고 도전하시는 분들이었다. 그리고 그에 따
른 책임 역시도 마다하지 않으신 정말 훌륭한 인품의 선배님들이
었다.

직장에서 팀장급 이상이 되면 자신들의 주장이 강한 Top -
Down 방식으로 소통하는 것이 일반적이다. 부하 직원들의 의견
이 자신의 의견과 맞지 않으면 역정을 낼 때도 많다. 또한 일 자체
도 중요하지만, 사내에서 존재하는 정치적 이슈에 따라 방향성이
변하게 마련이다. 난처한 순간이 비일비재한 이러한 환경 속에서

그분들은 어떻게 그런 태도를 취하실 수 있었을까?

　나는 이 답을 《나를 소모하지 않는 현명한 태도에 관하여》라는 책을 통하여 발견할 수 있었다. 저자인 마티아스 닐케는 독일에서 가장 신뢰받는 언론인이자, 많은 베스트셀러를 집필한 작가이다. 저자는 이 책에서 단 하나의 화두를 제시한다. 바로 '겸손'이다.

　"겸손한 사람들은 자신의 가치를 스스로 정하고, 그 가치를 스스로 높여가는 사람들이다. 그리고 이들의 마음에는 이러한 바람이 있다. 겉으로 보이는 것보다 더 깊고 강한 사람이 되고 싶다는 바람, 남에게 칭찬받기 위해서가 아니라 스스로 행복해지기 위한 삶을 살고 싶다는 바람, 타인보다 월등하게 높은 곳에 존재하는 게 아니라 땅에 발을 딛고 서서 남들과 더불어 잘 살고 싶다는 바람 말이다."

　겸손한 사람들은 자신의 능력에 대하여 과대포장하지 않는다. 자신보다 지위가 높은 사람이라고 하여 무조건 그들의 뜻에 따르는 것도 아니다. 그들의 뜻을 따를 수밖에 없다 하여도 자신만의 주관과 뜻을 분명하게 밝힐 줄 아는 사람이다. 자신보다 약한 사람들이라고 하여 무례하게 굴거나 함부로 대하지 않는다. 지위고하를 막론하고 인간에 대한 존중을 그 마음 밑바탕에 잘 깔아두고 있는 사람이다. 그리고 무엇보다 자신이 하고 있는 본분에 집중하여 그 일에 대한 자신감이 충만하다. 소신을 밝힐 줄 아는 사람의 내면 깊은 곳에는 바로 이러한 자기 신뢰 역시 강하다. 다만 자신의 생각에만 천착하지 않고 모든 가능성을 열어두어서 경청하고 더 발전된 결론을 얻으려 애쓴다.

직장에서뿐만 아니라 일반적인 사교모임이나 동호회 같은 곳에서도 마찬가지이다. 활기차고 리더십이 강하며 적극적인 사람들이 특히 많이 모이기 쉬운 곳이 동호회이다. 이러한 곳에서도 특별한 사람들이 꼭 존재한다. 나이에 관계없이 온화한 미소와 조심스러운 태도를 갖춘 그런 사람. 감정의 흐름을 읽기 어렵고, 늘 어떤 상황에서도 한결같은 미소를 잃지 않는 사람이 있다. 이런 사람을 마주하면 왠지 조심스럽게 된다. 그 안에 무엇이 들어 있는지 알 수 없기 때문이다. 심지어 고귀함마저 느껴지는 이런 사람들에게는 몸에 배어있는 태도에서 늘 겸손함이 드러난다. 자신이 대하는 상대방에 대하여 존중을 표하되 분명한 자기중심을 가진 태도. 이러한 사람들을 마주하기란 쉽지 않다.

겸손에 우린 주목할 필요가 있다. 내면이 단단하고 자신의 중심이 흔들리지 않는 강한 자존감. 상대방의 생각과 입장을 충분히 고려할 줄 아는 세심한 안목과 배려심. 나 혼자 잘 사는 것이 아닌 함께 성장하고자 하는 마인드. 이러한 것들이 모여 겸손의 중요한 가치를 만들어가는 것이다. 이러한 사람들은 그 존재만으로도 우리에게 많은 영향력을 미친다. 그들이 보여주는 인생의 태도에는 별것 아닌 몸짓과 미소에도 크나큰 힘이 느껴진다. 아마 우리가 나아가야 할 진실한 인생의 모습은 바로 이런 것이 아닐까 한다.

03
· · · · · · ·

질문의 수준이 품격을 말해준다

✿

우리는 질문을 하는 것에 대하여 주저함이 있다. 특히나 많은 사람들이 모여서 강의를 듣거나 회의를 할 때, 가급적이면 질문을 피하려고 한다. 왠지 잘난 척하는 느낌을 줄 수도 있고, 혹여 나의 질문이 누군가에게 웃음거리가 되지는 않을까 염려하기 때문이다. 유교문화가 아직 많이 남아 있는 사회 환경도 영향을 미친다. 위계질서에 대한 것들이 남아 있어서 그냥 시키면 시키는 대로 하지 왜 토를 다냐며 마뜩잖게 여기기도 한다.

학창 시절에는 질문하는 것을 거의 보기 힘들었다. 선생님에게 수업이 끝난 후 질문을 했을 때, 만일 쉬는 시간을 조금이라도 빼앗으면 학우들의 거센 눈총을 받아야 했다. 빨리 매점에 가서 간식을 사 먹거나 놀아야 하는데, 질문 시간 때문에 쉬는 시간이 줄

어들면 그 비난을 어떻게 감당할 것인가. 그래서 선생님이 수업을 끝내고 나가시면 얼른 뒤따라 나가서 질문을 드리곤 했다. 하지만 10분 동안에 충분한 설명을 듣기 어려웠다. 선생님도 다음 수업을 준비하셔야 하니 분명 바쁘셨을 것이다. 이렇듯 질문하는 것 자체가 어렵다 보니, 우리는 '왜?'라는 것을 생각하기 어려운 환경에서 자라났다. 어느 하나의 궁금증을 부여잡고 차분히 생각할 시간도 부족하다. 입시 위주의 교육이다 보니 하나의 물음에 집중하여 시간을 보내는 것을 낭비라고 여길 수밖에 없다. 그냥 외우고 넘어가는 것이 효율적이라 여기고 문제해결보다는 암기로 그렇게 넘어간다.

성인이 되어서도 마찬가지이다. 직장생활에서는 업무를 배우거나, 회의에 참여하는 일이 필연적으로 생긴다. 그리고 제대로 내용을 습득하기 위해서는 반드시 질문 앞에 서야 한다. 질문을 하기도 하고, 받기도 한다. 그리고 그 과정을 통해서 이 사람이 얼마나 많이 알고 있는지, 또 얼마나 여러 가지 상황을 잘 고려하고 있는지 등에 대한 사고 능력을 파악하게 된다. 내용을 잘 파악하고 그 원리를 알아야 질문을 받을 시, 조리 있게 대답할 수 있다. 반면에 질문을 잘하기 위해서는 처음 접한 내용이라도 핵심과 본질을 정확하게 파악하는 안목이 있어야 한다.

8년 전 즈음의 일이다. 본사로 올라온 지 얼마 안 된 어느 날,

내 옆자리에 앉은 선배가 갑자기 회의를 다녀오더니 나에게 급하게 다가왔다.

"저기. OO 임원님이 급히 회의실로 오라고 하신다. 너 어떻게 하냐~"

"저 혼자만 오라고 하신 거예요?"

"응, 너만 들어오라고 하시던데. 방금 회의 끝났어."

그분에 대한 것은 익히 알고 있었다. 왜냐하면 그분이 주재한 회의에 다녀온 팀장 이하 여러 선배들이 전부 땀에 젖어 있거나, 고개를 절레절레 흔드는 모습을 자주 보았기 때문이었다. 그런데 갑자기 독대라니, 어떻게 하면 좋을지 심장이 마구 두근거렸다. 회의실로 들어가니 그분께서 보라색 안경을 벗으시고는 날 바라보며 싸늘한 표정으로 앉으라고 하셨다.

"태진 씨는 이 정책을 도입하는 것에 대해 어떻게 생각해요? 아주 솔직하고 기탄없이 말해주었으면 하는데?"

이 질문은 정말 대응하기 어려운 것이었다. 왜냐하면 이 사안에 대해서 임원과 팀장 간의 의견이 정반대로 나뉘어져 있었기 때문이었다. 순간 많은 생각이 스쳐 지나갔다. 어떻게 말하는 것이 맞을지, 판단이 잘 서지 않았다. 사실 내 판단으로는 임원의 생각이 맞기는 했지만, 팀장의 입장이 곤란해지지 않을까 매우 복잡한 심경이었다. 그래서 이렇게 대답했다.

"이 사안은 정책적으로 추진하는 것이 맞다 생각합니다. 다만 팀 입장에서는 급격한 추진이 무척 부담스러울 수 있으니, 충분히 시뮬레이션할 수 있는 시간이 필요할 듯합니다."

그때 그 임원의 표정이 부드럽게 바뀌었다. 사실은 반대가 워낙 심해서 자신의 의견이 흔들린 터였다. 그 후로 여러 가지 본인의 심경을 솔직하게 말씀해 주셨다. 그리고 그 설명에는 명백한 이유가 있었고, 나 또한 그 이유에 충분히 공감했다. 그 후로 여러 차례 부르시곤 했다. 늘 엄숙한 표정으로 질문하셔서 온몸에 땀이 날 지경이었지만, 깊은 배움을 얻었다.

'질문 자체가 이렇게 날카로울 수 있구나.'

이미 모든 사안들을 분석하고 생각해 놓은 자신만의 견해가 있었기에 가능한 것이었다. 그리고 첫 독대한 질문에서 소신껏 이야기한 것이 얼마나 중요한 것이었는가를 다시 한번 느꼈다. 직장생활을 통틀어 이 임원처럼 날카롭게 질문한 사람은 만나보지 못했다. 그리고 그분이 그간 이루어 놓았던 업무의 성과들을 보니 정말 대단하다고밖에는 할 말이 없었다. 질문 하나만 보아도 그 사람의 역량이 어떠한지 잘 알 수 있는 대목이었다.

한번은 이런 경우도 있었다. AI를 활용한 시스템을 도입하기 위해서 기획을 진행한 적이 있었다. 아직 한 번도 사내에서 진행한 적이 없던 프로젝트였다. 이 프로젝트는 성공 확률도 몹시 희박했을 뿐만 아니라, 난이도도 무척 높았고, 누군가에게 배울 수도 없었다. 그래서 관련 도서 5권 이상과 논문도 서너 편은 읽어야만 했다. 다 이해하기는 힘들지만, 그래도 내용을 알아야 외부 산학연과의 협업을 원활하게 진행할 수 있을 것이기 때문이었다. 우여곡절이 많은 프로젝트였고, 또 사내에서 해당업무와 관련하여 제대로 알고 있는 사람은 나를 포함하여 팀장과 과장뿐이었다. 그렇게 진행하다가 전사적으로 업무 영역이 확대되고 전문팀이 꾸려지기 시작했다. 얼마 후 프로젝트와 관련하여 한 직원이 나에게 해당 내용을 문의하러 왔다. 여러 사람들이 사실 그 전에도 문의를 했지만, 다들 못 알아듣고 자료만 요청하고는 돌아갔다. 그래서 이

번에도 그럴 것이라 생각했다. 하지만 이 사람은 달랐다. 설명을 대략적으로 다 해주고 나니 바로 이렇게 말했다.

"이것은 매우 낮은 기대수준에서 시작해서 점진적으로 발전해야 하는 프로젝트인데요?"

맞다. 그 말이 가장 정확한 이 프로젝트의 본질이었다. 한두 명의 데이터 사이언티스트가 할 일이 아니었기 때문이다. 여러 부서에서의 데이터 관련 지원이 절실히 필요한 시점이었지만, 다들 회피하거나 부담스러워했다. 실패 확률이 높고 도전 난이도도 높은 일이었기 때문이었다. 아쉽게도 본질을 파악한 그 사람이 이 프로젝트에 합류하지는 않았다. 그러나 그 사람이 얼마나 사전 준비를 하고 이해도를 갖춘 상황에서 나를 찾아온 것인지는 알 수 있었다. 같이 일해본 적은 없어서 몰랐지만, 나중에 임원이 될 인재라고 칭송하는 이야기가 자자한 사람이었다.

결국 질문을 잘하기 위해서는 그만큼의 사전 준비가 필요하다. 그것이 업무가 되었든, 다른 공부가 되었든 그러한 준비를 할 마음을 갖춘 사람은 분명 다르다. 학창 시절에 예습, 복습을 철저히 하라는 이야기를 참 많이 듣는다. 예습은 미리 학습해서 실제 수업을 들을 때 이해도를 높이기 위해 하는 일이라고만 생각했다.

그런데 정말 중요한 것은 이해의 차원을 넘어서 '왜?'라는 질문을 할 수 있다는 점에 있다. 이제 시대는 질문을 잘하는 사람이 빛나는 사회가 되었다. AI가 도래한 시대에는 특히나 더욱 그런 사람에게 집중된다. 많이 알고 넓게 생각할 줄 아는 사람들의 가치가 더욱 빛나기 때문이다. 모두가 변화의 멀미를 앓고 있을 때, 그 순간을 유유히 흘러갈 수 있는 사람의 시대가 오고 있다. 질문하는 사람을 위한 미래 말이다.

04

생각의 마중물은 인문학에서부터

살면서 숱하게 많은 문제들을 마주하며 사는 인생. 우린 그 문제들에 대한 답을 찾기 위해서 생을 살아가고 있는 존재들인지도 모른다. 비록 우리가 원해서 태어난 것은 아니겠지만, 그럼에도 주어진 생이 다할 때까지 우린 살아 나갈 수밖에 없다. 아무 일 없이 평온하게 생을 살아 나가면 좋겠지만, 삶이라는 것이 어디 그러할까. 매일 새로운 문제를 마주하고, 감정의 상처를 주고받으며 이 길을 걸어간다. 그리고 조금이라도 더 현명한 생을 살아내기 위해서, 우린 생각하고 선택하며 결정한다.

경험으로부터 자연스럽게 여러 가지 것들을 배우지만, 그 과정에서 늘 시행착오가 뒤따르는 것이 인생이다. 조금 더 지혜로운 선택을 하기 위한 가장 좋은 방법은 역시나 독서이다. 그런 면에서 삶의 자리 일부를 독서로 채운 사람들은 정말로 큰 축복을 받은 것이라고 생각한다. 책은 저자의 인생경험과 지식 그리고 깨달음을 최대한 정제하여 담아낸 에센스이다. 그러므로 독서는 한 사람의 농밀하게 압축된 시간을 흡수하는 것과 다름없다.

우린 독서를 통하여 시공을 초월한 인생의 지혜를 만날 수 있다. 그리고 그 과정에서 나의 생각이 변화하고 성장하는 것을 느낄 수 있다. 한 권의 책을 읽고 난 후, 이전의 나와 달라진 모습을 인식하게 된다면 독서하는 의미를 맛보았다고 할 수 있다. 바로이 과정을 통하여 독서의 매력을 인식하게 되고, 더 성장하고픈 마음에 또 다른 책을 찾게 된다.

그렇다면 어떤 책을 선택하고 읽어야 우리에게 도움이 되는 것일까? 사실 이 질문에는 정답이 없다는 것이 진실이다. 사람마다 자신이 어떤 상황에 놓여있고, 어떤 부분에서 가장 간절하게 지혜를 원하는지 알 수 없다. 책을 읽는다는 것 자체의 동기도 모두가 다르다. 누군가는 독서에서 순수한 재미를 찾는 사람도 있겠지만, 또 어떤 이에게는 정말 절박한 심정으로 인생을 바꾸기 위해서 읽기도 한다. 동기는 어떠할지 모르겠으나, 결국 독서를 시작하는 순간에는 자신이 관심 있는 분야의 책을 선택할 것이다.

나의 경우는 앞서 밝혔듯이 주식으로 돈을 벌기 위한 목적과 자연계를 졸업했기에 인문계 대학생들이 가지고 있는 지식에 대한 로망이 있었다. 그랬기에 주식과 경영에 대한 책을 중심으로 독서를 시작했다. 그리고 그런 책들에서 유명한 전설적 투자자들의 이야기도 조금씩 접하게 되었다. 그래프나 수치적 분석을 통하여 투자하는 기술적 분석보다는 가치를 판단하고 거시적 경제 환경을 읽을 줄 아는 기본적 분석에 더 관심이 갔다. 기본적 분석을 공부하다 보니 서서히 깨닫게 되었다. 결국은 한계가 있다는 것을 말이다. 우리가 아는 가치를 판단하기 위해서는 통찰이 필요하다는 것을 절실하게 느꼈다. 통찰은 말 그대로 어떤 몇 가지 정보를 통해서 그 이면까지 꿰뚫는 힘이다. 이러한 힘은 주식이라는 한정된 틀 안에서 공부해 봐야 얻을 수 있는 것이 아니다.

그렇게 나의 독서 방향은 점점 다른 쪽으로 눈을 돌리게 되었다. 사람들의 투자심리를 알기 위하여 심리학 서적에 관심을 돌렸고, 경제에 관한 책들에도 관심을 쏟았다. 그렇게 하다 보니 결국 사고의 프로세스를 다양하게 하기 위해서 철학 공부도 필요함을 깨닫게 되었다. 책을 읽는 영역을 확대하다 보면, 더 많은 가지를 뻗치게 된다. 심리학에 대한 관심은 어느새 뇌과학에 대한 영역으로 확대되었다. 경제에 대한 이론에 관심을 두다 보니, 경제사의 획을 그은 인물들에 대한 관심이 커지기 시작했다. 이렇게 독서의 영역을 확장하다 보니, 어느새 내가 무엇 때문에 책을 읽는지 방향을 잃게 되는 것을 느꼈다. 방향성을 잃어버리자, 점점 더 마음속 어두움이 커져갔다. 더 이상 이렇게 암흑의 상태로 마음을 방치할 수는 없었다.

어지러운 마음을 달래기 위해서, 동기부여를 위한 자기계발서를 손에 잡기 시작했다. 살아가는 것이 날로 어려워질수록 그런 것인지 모르겠으나, 자기계발서의 황금시대가 마침 찾아온 시기였다. 자기계발서는 우리에게 큰 용기와 도전의식을 고취시켜 준다. 하지만 행동하지 않고 책을 읽기만 하면 그때뿐이다. 그 순간에는 무언가 마음속에 희망이 솟고 앞으로 열심히 해나가겠다는 다짐을 하지만, 조금 시간이 지나면 어느새 다 잊어버리고 만다.

그렇게 또 한 번의 침체기를 겪으면서 내가 집중한 것은 영성이었다. 그렇게 많은 책들을 읽어나갔지만, 아직도 흔들리는 나 자신의 마음에 대한 더욱 깊은 고찰이 필요한 시기라고 느꼈다. 끌어당김의 법칙을 과학적으로 뒷받침하는 양자역학과 코펜하겐 해석을 넘어서 어느새 나는 아니타 무르자니를 만나고 있었다.

《그리고 모든 것이 변했다》는 아니타 무르자니가 경험했던 임사체험을 바탕으로 쓴 책이다. 림프종 암 말기로 의학적 사망을 선고받기 직전의 그녀는 이미 영혼의 세계에 들어서 있었고, 그곳에서 돌아가신 아버지의 영혼을 조우한다. 죽음의 경계선을 넘어 영혼의 경계선으로 넘어갈 무렵, 아직 세상에서 해야 할 소명이 남아 있음을 딸에게 전하는 아버지의 말씀. 그녀는 다시 고통에 일그러진 몸으로 돌아오고, 3주 만에 자신의 암 덩어리들을 말끔하게 회복시켜 버렸다. 도저히 의학적으로 설명할 수 없는 불가사의한 일이었다.

이렇듯 영성에 관련된 책들까지 읽어나가면서 종교의 의미를 생각하기 시작했다. 크리스천인 나로서는 도저히 이해할 수 없는 것들을 어떻게 해석할 것인가에 대한 고민을 시작했다. 이러한 영성 관련 책을 접함과 동시에 한쪽에서는 스토아 철학책을 읽어나갔다. 에픽테토스와 아우렐리우스 그리고 발타자르 그라시안으로 이어지는 서양 철학 속에 꽃피워진 동양적 느낌에 매료당하고 있었다.

책을 읽으면 읽을수록 파생되어 나가는 가지는 무한하게 확장된다. 그리고 잠시 그 안에서 길을 잃을 수도 있고, 무언가 광범위하게 이것저것 건드리기만 하는 느낌에 좌절감이 들기도 한다. 하지만 어느 순간 "이 자체도 어쩌면 또 하나의 길이 만들어지고 있는 것은 아닐까?" 하는 생각이 들었다. 경영학의 대가인 피터 드러커는 한 분야의 책을 수십 권 읽으면서 전문 영역을 하나씩 내 것으로 만들라고 권유했다. 하지만 궁금증이 생기는 것에는 어쩔 도리가 없어서 마구 가지를 뻗어 나갔던 나의 독서생활은 그 나름의 의미가 있음을 깨닫게 되었다. 책을 읽은 시점에서 자유롭게 파생되는 생각을 따라가는 것도 좋은 것임을 말이다.

그리고 그 생각의 끝에는 인문 고전이 기다리고 있었다. 나의 독서여정에서 생긴 많은 고민들과 궁금증은 결국 인문 고전에 이르러서야 하나씩 풀리기 시작했다. 불멸의 책으로 세상에 아직까지 존재하는 것에는 다 이유가 있다. 내 삶에서 마주한 문제들에 대하여 이미 오래전부터 인간은 비슷한 어려움에 봉착해 있을 터였기 때문이다.

사실 인문 고전 책들에 도전을 해보지 않은 것은 아니었다. 다만 이해하기 힘든 문장들이 많았다. 이미 오래전의 책들이기에 사용하는 문장의 뉘앙스도 달랐고, 설령 읽었다고 해도 그 안에 담긴 깊은 의미를 알지 못했다. 그래서 흥미를 크게 갖지 못했던 것이다. 만일 고전이 읽기 힘들다면 억지로 천착할 필요는 없다. 다른 관심분야를 읽어보면서 서서히 생각을 키우다가 인문 고전으로 연결시키는 것이 좋다. 현대의 훌륭한 작가들이 쓴 문학, 철학, 심리학, 종교, 에세이 다 좋다. 그렇게 저변을 넓히다 보면 생각이 트인다. 아주 폭발적으로 확장되는 것을 느낄 수 있다.

《영웅문》과 같은 무협지는 우리를 원나라와 명나라 역사와 이어줄 수 있다. 《삼국지 연의》는 소설이지만 《초한지》와 연결해 줄 수 있고, 이는 《열국지》로 이어줄 수 있다. 어디에서 시작하든 상관없이 내가 즐거움을 느끼며 궁금함을 유지하기만 한다면 분명 인문학의 어느 지점에서 만난다. 결국은 모든 소재의 근본이 인간

의 삶이기 때문이다. 이를 다루는 인문학은 우리의 생각 영역을
무한대로 확장시켜 준다. 바로 거기에서 운명을 바꾸는 삶의 기적
은 시작된다.

05

- - - - - - - -

창조적 인생을 위한 글쓰기

✿

　　어린 시절 그림일기는 방학 숙제로 항상 포함되었던 과제 중 하나였다. 방학숙제를 언제나 개학 일주일을 남겨놓고 몰아서 했지만, 늘 날씨가 문제였다. 도대체 왜 그림일기를 써야 하는지 몰랐다. 또한 간간이 책을 읽고 글짓기 숙제를 하는 것도 너무 괴로웠다. 그냥 읽기만 했을 뿐, 글로 표현하는 일은 서툴렀기 때문이다. 매일 글을 쓰는 것이 얼마나 인생에서 큰 도움이 되는지 알 리가 없었기에 그저 싫은 마음만 들었던 것 같다.

　　사실 성인이 되어서도 회사에서 PPT 자료나 보고서만 작성했을 뿐, 특별히 따로 글 쓰는 일을 한 적은 거의 없었다. 독서는 오랫동안 해오던 나의 습관이자, 중요한 인생의 보루였기에 즐겁게 이어갈 수 있었지만, 글쓰기는 전혀 관심이 없었다. 그렇게 독서

생활만 이어나가다 보니, 나도 모르게 책을 읽고 정리하고 싶은 마음이 들었다. 인풋은 계속 들어오는데 아웃풋을 하지 않으니, 무언가를 쓰고 나의 생각을 정리하는 일이 하고 싶어졌다.

그러던 와중에 블로그라는 것을 알게 되었다. 본격적으로 하지는 않았으나, 아주 가끔 글이 쓰고 싶어지면 간혹 블로그에 글을 한 편씩 써서 남기기 시작했다. 몇 년에 걸쳐서 가뭄에 콩 나듯 글을 써보았다. 22년 여름 즈음에는 잠시 블로그에 몇 편의 글을 쓰고, 또 몇 번의 휴면 과정을 거치다가 23년 4월경부터 블로그에 글을 꾸준하게 쓰기 시작했다. 그리고 서서히 글쓰기가 인생에 어떤 영향을 미치는 것인지 그 효능감을 깊이 깨달았다.

첫째는 마음에 깊은 위로를 준다는 것이다. 살면서 마음이 무너지는 경우 여러 가지 방법으로 그 마음을 달래곤 한다. 술을 마시면서 마음이 통하는 사람들과 깊은 대화를 나누며 풀 수 있다. 때론 슬픈 드라마나 영화를 보면서 펑펑 울기도 한다. 게임이나 기타 나의 관심을 다른 곳으로 집중시키면서 회피하는 길을 찾기도 한다. 하지만 그 모든 것은 일시적인 효과에 그친다거나, 미봉책밖에 되지 않는다고 느꼈다.

하지만 글쓰기는 완전히 다르다. 글을 쓰면서 마음에 맺힌 것을 풀어내다 보면 부정적으로 끝나는 경우가 드물다. 글의 시작은 슬프거나 비통할지 모르지만, 어느 순간 긍정적으로 해결하는 방법을 추구하며 글을 마치게 된다. 최소한 삶의 문제에 대하여 규정해 보고 질문을 던지는 마음을 가질 수 있다. 바로 이 과정을 통해서 마음에 얽히고설킨 실타래를 풀어낸다. 복잡한 마음을 정리하고 다듬으면서 마음을 정화시키는 과정을 거치게 되니, 절로 위로와 위안을 받는다. 마음에 가둬두었던 감정을 그 속에서 꺼내어 글로 정리하면 한결 머릿속이 가벼워짐을 느낀다. 그런 면에서 글쓰기가 주는 위로는 상당히 강력하다.

둘째는 복잡한 머릿속을 정리할 수 있다. 글쓰기는 마음에 맺힌 것을 풀어내기도 하지만, 그동안 머릿속에서 맴돌던 여러 복잡한 생각 또한 정리할 수 있다. 막연하게 존재했던 생각을 분명하게 정리하고 다듬으니, 생각이라는 본류의 뿌리만 남기고 잔뿌리는 모두 제거하게 된다. 생각이 머무는 뇌 속의 공간은 마음과 마찬가지로 한정적이다. 이러한 한정된 공간을 잡생각으로 가득 채우면 늘 생각의 공간이 부족하고 포화 상태로 지내게 된다. 기존의 복잡한 생각들을 정리하여 공간을 확보하는 일은 창고를 정리하는 것과 일맥상통한다. 온갖 잡동사니로 꽉 차 있는 창고를 정리하기 위해서는 먼저 그 안에 공간을 만들어야 한다. 필요 없는 것들을 버리고 하나로 합칠 것들은 합치면서 여유가 생겨야 물건을 가지런히 정리할 수 있다.

글쓰기를 통하여 이러한 불필요한 것들을 정리하고 나면 생각을 범주화하고 개념화할 수 있다. 그렇게 생각의 단위 부피를 작게 만들고 하나하나 차곡차곡 정리해 나가면 공간이 점점 생긴다. 생각의 빈 공간이 생기면 그 틈으로 여유라는 바람이 스며든다. 머릿속이 청량해지고 뭔가 시원한 느낌이 든다. 그것만으로도 내가 일상에서 생각하는 많은 부분들에 크게 에너지 소모가 줄어든다는 것을 느끼게 된다.

셋째는 생각에 창의성을 부여할 수 있다. 머릿속의 복잡함을 정리해서 생기는 그 여유 공간은 새로운 무언가를 채울 수 있는 창의적 생각들을 잉태시킬 수 있다. 이러한 창의적 생각들은 내 머릿속에서 보유할 수 있었던 생각 용량의 크기를 넓혀준다. 우리의 사고를 관장하는 전전두엽의 새로운 영역으로 뉴런들이 확장되고 더 많은 뇌 속 공간을 활성화시킨다. 우리의 생각과 사고의 영역이 좁았던 것은 절대 공간이 작아서가 아니라, 불활성화된 영역이 많았기 때문이다. 아인슈타인이라는 세기의 천재도 10~20% 사이의 뇌 영역을 활성화시켰다고 하니, 우리 평범한 사람들은 기껏해야 5~10% 정도 되는 수준이다.

이렇게 삶으로 꽉 채워졌던 영역들을 차분히 정리하며 사고의 공간을 확장시키면, 삶의 문제를 해결하는 데 더욱 수월함을 맛볼 수 있다. 핸드폰이나 컴퓨터도 열을 식혀주지 못하면 속도와 기능이 저하되듯 우리의 뇌도 똑같다. 골치 아픈 일이 생기면 이마가 뜨거워지는 것도 바로 이와 같은 현상이다. 사고 공간의 빈 영역으로 바람이 불어오니, 열감을 빨리 식혀준다. 당연히 퍼포먼스도 더 뛰어날 수밖에 없다. 바로 이러한 일을 해주는 것이 글쓰기이다.

넷째는 이러한 일련의 과정을 통해서 텍스트 생산자로서의 삶을 살 수 있다. 생각을 무형의 영역에 놓아두지 않고 유형의 텍스트로 전환함으로써 눈에 보이는 가치를 창출할 수 있다. 그리고 이러한 '텍스트 생산자'로서의 삶은 수많은 긍정의 효과를 불러온다. 나 혼자서 보는 글로도 남길 수 있지만, 이것을 공유하기 시작하면 비슷한 사람들과의 공감과 연결이 시작된다. 그리고 이러한 과정이 소위 '인플루언서'라는 삶의 길로 갈 수 있는 시작점이 된다.

나는 현재 〈지혜의 오두막〉이라는 블로그를 운영하고 있다. 책과 사색에서 얻은 영감으로 에세이를 쓰고, 종종 읽은 책에 대한 서평을 남긴다. 이러한 블로그 운영 과정에서 많은 이웃들을 만나게 된다. 다른 SNS의 팔로워를 블로그에서는 이웃과 같은 개념이라고 이해하면 된다. 블로그 자체의 광고 조회 수익은 그리 의미가 없을 정도로 적지만, 사람들은 정말 열심히 블로그를 한다. 매일 새벽 4~5시에 일어나서 운동을 하거나, 독서를 하며 블로그에 글을 쓰는 사람들이 많다.

블로그를 통하여 크게 성공하는 사람들은 어디에서나 마찬가지로 극소수이다. 그 결과가 이루어질 확률만 생각한다면 아마 블로그를 지속할 이유가 없을 것이다. 하지만 블로거로서 계속 글을 쓰다 보면, 글 쓰는 그 자체의 장점을 점점 깨닫게 된다. 글을 한 편씩 쓸 때마다 뿌듯한 느낌이 들고, 이웃들과 서로 응원하는 문화이다 보니 큰 위안을 받게 된다. 블로그를 운영하기 위하여 나의 생활에도 변화가 필요함을 느끼게 된다. 시간을 밀도 있게 써야만 운영이 가능하기 때문이다.

꾸준한 글쓰기로 마음을 정리하고 생각을 정돈하며 머릿속 공간을 만들면 나의 삶이 한결 가벼워짐을 느낄 수 있다. 기존에 쉽게 상처를 받고 감정의 기복이 컸던 부분을 글 쓰기를 통하여 치유하고 평안하게 하는 일들이 가능해진다. 이러한 나의 마음과 생각을 돌보는 행위는 삶에 안정감을 가져온다. 바로 이러한 상태에서 멋지고 창의적인 생각들이 자유롭게 뛰어놀 수 있게 된다. 이러한 새로운 생각들이 그동안 막혀있던 나의 고정관념과 뇌의 영역들을 부수고 확장시킨다.

혹시 고전 게임 '알카로이드'를 알고 있는가? 일정 공간에 벽돌이 가득 차 있고, 플레이어는 자신이 움직일 수 있는 쇠 받침에 구슬을 얹어놓은 채 시작한다. 버튼을 누르면 구슬이 벽돌을 향해 날아가서 부딪히면 벽돌은 깨지지만, 구슬은 다시 튕겨져 돌아온다. 그 구슬을 쇠 받침을 움직여서 다시 다른 벽돌을 향해 반사시킨다. 이렇게 모든 벽돌을 깨면 승리하는 게임이다. 글쓰기가 이

게임과 비슷하다. 글쓰기를 함으로써 필요 없는 잡생각의 벽돌들을 부수며 머릿속의 공간을 만드는 것이기 때문이다. 그리고 어느새 새로운 공간의 여유를 독서로 채우면서 나아가면 텍스트 생산자의 길로 걸어 들어가게 된다. 다른 SNS에서도 가능하지만, 역시 블로그나 카카오 브런치와 같은 플랫폼이 장문의 글쓰기에는 더 좋은 것 같다. 팔로워를 늘리는 측면에서가 아닌, 글쓰기가 주는 삶의 효능감 측면에서 이 두 플랫폼이 훨씬 강력하다.

텍스트 생산자는 뜻있는 새로운 이들과 만나며 그들과 함께 송두리째 변화된 인생을 마주하게 된다. 그저 단순히 시작했던 글쓰기는 어느새 성장에 관심이 많은 사람들과 연결시켜준다. 그들의 삶을 보면서 시간의 가치를 깊이 깨닫게 된다. 그렇게 함으로써 미라클 모닝, 운동, 독서 등의 영역으로 삶의 시간을 채운다. 그리고 어느새 책을 집필하는 삶까지 그 길은 이어지고 있다. 텍스트 생산자는 곧 지식가치를 창출하는 사람들이다. 모든 영역에 적용할 수 있는 만큼, 글쓰기는 필히 시작해야 할 가치 있는 일이다. 나를 위해서 뿐만이 아닌, 타인을 위해서도 큰 의미를 전할 수 있는 일. 그것이 바로 글쓰기이다.

06

. . . .

일상을 회복하는 작은 명상

✻

　　처음 명상이라는 것의 중요성을 인식하게 된 계기는 바로 자기계발서계의 고전 명작인 팀 페리스의 《타이탄의 도구들》이라는 책을 통해서였다.

　"성공한 사람들의 80%는 매일 아침 어떤 식으로든 '마음 챙김' 수련을 한다. 현재 상황을 직시하고 사소한 일에 예민하게 반응하지 않으며, 침착한 태도를 유지하는 데 도움이 되기 때문이다. '명상'은 인간의 모든 능력을 향상시키는 '원천기술'이며 정신을 위한 따뜻한 목욕이다."

　비단 이 책뿐만이 아니라, 성공하는 사람들의 공통적인 습관에는 항상 명상이라는 것이 언급되는 것을 다른 책에서도 발견할 수 있었다. 새벽에 일어나 물 한 잔 마시고 이부자리 정리를 깨끗하게 한 다음. 자리에 앉아서 고요히 눈을 감고 명상에 잠기는 일. 그러한 명상을 처음에는 그날 할 일들에 대한 계획을 세우는 시간이라고 여겼다. 하지만 그것은 마음을 맑게 비우고 잡생각을 하지 않는 무의 상태로 돌아가는 일이었다. 그저 들숨과 날숨에 집중하고 다른 생각을 비우는 것. 나중에 진정한 고수가 되고 명상에 집중하는 정도가 높아지면 그 숨소리마저 인식하지 못한다고 한다.

가장 쉬운 것은 그저 가만히 앉아서 들숨과 날숨에 집중해 보는 것이다. 가부좌를 틀고 조용한 공간에 앉아서 하거나, 날씨가 좋은 날에는 창문을 열고 바람을 맞으며 해도 좋다. 개인적으로는 아침에도 좋지만, 밤에도 괜찮았다. 내 정수리 위로 생명의 기운이 통하는 관문이 열렸다고 상상을 해본다. 그리고 들숨과 날숨을 천천히 반복하며 눈을 감는다. 그리고 들숨을 통해서는 맑은 에너지가 몸 안으로 들어옴을 느낀다. 날숨에는 내 몸에 그동안 쌓여왔던 온갖 탁한 에너지들과 사념들을 내뱉는다는 느낌을 가져본다. 다른 모든 생각들은 비운다. 비워야지 하고 마음먹으면 비워지지 않는다. 비운다는 생각 자체가 생각이기 때문이다. 오로지 에너지의 흐름에만 집중하며 5분에서 15분 정도를 자유롭게 해본다. 그리고 눈을 떠보면 느낄 수 있다. 시력 자체가 굉장히 맑아져 있음을 바로 깨닫게 된다.

이렇게 자세를 잡을 수 없는 환경에서는 그냥 5미터 정도의 먼 허공을 바라보면서 위에서 언급한 숨에만 집중해 본다. 특히나 업무를 하면서 스트레스를 극도로 받은 상황에서는 매우 효과적이다. 이렇게 5분 정도만 유지하여도 머릿속의 열감과 폭풍우 치던 감정의 파고를 조금 잔잔하게 만들어줄 수 있다. 여건이 허락한다면 잠시 사무실에서 벗어나 길가 조용한 벤치에서 잔잔히 해보아도 좋다. 신선한 공기가 더해지면 그 효과는 더욱 배가되기 때문이다.

조깅을 하는 와중에도 이러한 명상의 효과를 느낄 수 있다. 바로 조깅 중에 내 몸에서 일어나는 신체적 변화에 집중하는 것이다. 한 걸음씩 달려 나가는 과정 중에 나의 무릎상태는 어떠한지, 종아리와 허벅지의 근육 움직임과 젖산이 서서히 쌓여가며 뻣뻣해지는 느낌은 어떤지 느껴본다. 심장 박동이 점점 빨라지고 폐활량은 유지가 가능한지 느껴본다. 코로만 숨 쉬며 달려 나가다가 어느 순간 호흡이 모자라 입을 벌려 호흡하는 나를 바라본다. 터질 듯한 근육의 경련이 서서히 잔잔해지면서 일정한 수준으로 얼얼하게 유지되는 것을 느낀다. 갑자기 마음에 기쁨과 뿌듯함이 밀려오고, 어느새 땅을 디디는 것이 아닌, 구름 위를 걷는 듯 가벼워짐을 느낀다. 귀에서 들려오는 경쾌한 음악 비트에 내 걸음이 일치되어 리듬을 타는 느낌도 가져본다. 결국 달리기와 내가 혼연일치되어 무아지경 중에 있는 황홀감을 맛본다.

이러한 '러너스 하이'의 기분을 느끼며 달려가는 모든 과정이 바로 명상과 닮아있다. 집중하는 일이 바로 그것이다. 온갖 잡생각에서 벗어나 오로지 나의 내적 변화에 집중하면서 관심을 가져주는 그 과정은 곧 나를 사랑하는 길임을 깨닫는다. 달리기에서 나오는 아드레날린과 도파민 때문에만 기쁜 것이 아니다. 바로 이 일련의 모든 과정이 명상적 효과를 주기 때문이기도 하다.

나에게 가장 크게 명상의 기쁨을 안겨주는 것은 바로 새벽 산행에서의 기도이다. 4월에서 5월로 접어드는 시간에는 새벽 5시 30분이면 산행을 할 수 있는 밝음이 세상에 내려앉는다. 40분 정도의 산행을 하며 기도를 이어간다. 기도의 과정은 많은 생각을 하게 되는 것 같지만, 기도에 몰입하면 나의 의지와 상관없이 마음속에서 수많은 말들이 입으로 전해진다. 이는 영성에 관심을 두고 신앙을 가진 분이라면 더욱 큰 효과를 볼 수 있는 방법이다. 바로 이러한 과정에서 삶을 대하는 태도를 수정하고, 감사의 마음을 가득 품으며 두려움을 몰아낼 수 있게 된다. 오히려 생각을 하며 기도하면 명상의 효과가 없을 것이다. 그저 마음이 아닌 영적 소통을 느껴보는 시간에 훨씬 가깝다.

이는 고요 속에 머물며 하는 명상과는 다른 것이다. 영적인 깊이를 느끼고 신과 소통하는 느낌이기에, 수많은 마음의 정화가 이루어진다. 그리고 산속에서 하는 일이므로 자연 에너지를 가득 영혼에 채울 수 있다. 인간에게 자연 에너지를 가득 채워주는 것 중 하나가 바로 초목이라고 한다. 산천이 바로 초목으로 가득 채워져 있기에, 산이 주는 에너지는 매우 강력하다. 산이 없다면 근처 수풀이 있는 공원에서도 조용한 산책을 통하여 체험할 수 있으니, 가능하다면 해보시는 것을 강력히 권하고 싶다.

다른 여건이 안 된다면 밤에 누워서 수면을 취하기 전에 눈을 고요히 감고 팔과 다리를 편안하게 뻗은 상태에서 숨에 집중하는 것도 좋다. 명상음악을 함께 들으면서 하루의 모든 스트레스와 피곤함을 릴렉스하게 풀어놓는 상상을 해본다. 나의 모든 근육과 신경을 이완시키고 생각의 복잡함을 잠시 멈추며 숨에만 집중한다. 만일 집중이 어렵다면 우주 속에서 나 자신을 둥둥 띄워놓는 상상을 해보는 것도 좋다. 그리고 별빛도 느껴보고, 태양의 빛을 기준으로 밝음과 어둠이 교차하는 지구를 떠올려 본다. 나를 이완시키고 마음의 안정을 취하는 모든 행위. 이것이 명상을 통한 쉼이다.

명상이라는 행위는 지성과 감성의 영역이 아니다. 우리가 쉽게 인지하지 못했던 영성의 영역이다. 일상 속에 파묻혀서 오로지 이성으로 분별하고 감정의 격랑을 헤쳐 나가고 있는 나의 생을 잠시 쉬게 하는 고귀한 행위이다. 우리가 영성이라는 또 다른 영역을 인지할 줄 알면 지성과 감성에 새로운 기준을 만들어줄 수 있다. 영성이라는 미지의 문을 발견하고 열 수 있도록 인도해 주는 행위가 바로 명상이다. 실제로 이러한 명상을 일상에서 조금씩 익숙하게 해보기 시작하면 누적의 효과를 볼 수 있다. 나 역시 이러한 과정을 통해서 감정의 평안을 얻고 이성의 기준을 변모시킬 수 있었다. 왜 성공한 많은 사람들이 명상을 공통적으로 수행하는지 이해하기 시작했다.

명상은 어쩌면 우리가 일상에서 자주 사용하는 이성과 감성의 영역에서 한 걸음 물러서는 행위이다. 산속에서 눈밭을 헤치며 걸어가는 나는 괴롭지만, 멀리서 바라보는 산은 그 풍광이 경이롭다. 우리의 삶은 고난과 폭풍을 헤쳐 나가고 한참이 지난 후에야 그 시절이 진정 나에게 필요한 것임을 깨닫게 된다. 바로 이러한 점에서 일상의 명상은 나를 관조적으로 바라볼 수 있게 한다. 쉼을 통하여 짧은 시간 안에 나를 회복시킨다. 맑아진 영혼의 창으로 다시 일상의 문제를 투명하게 응시할 수 있게 한다. 그렇기에 수많은 어려운 문제들에 휩싸여 사는 성공한 사람들의 생활에서는 명상이 필수적일 수밖에 없다. 꼭 인생에서 성공을 목표로 하는 것이 아닐지라도, 명상이 우리에게 건네주는 이로움은 값으로 따질 수 없는 고귀한 가치를 제공한다. 나의 인생을 좀 더 가치 있고 의미 있게 만들어주는 소중한 행위이다.

07

. . . .

배려는 통찰을 위한 씨앗이다

✿

아주 작은 변화나 현상을 보고 나서, 그 이면에 숨어있는 뜻이나 미래를 한 번에 관통하며 알아낼 수 있는 능력. 우리는 그것을 통찰이라고 부른다. 많은 지식과 경험을 쌓아서 미래를 알아볼 수 있는 힘을 가지고 있다면 얼마나 좋을까. 단순하게 통찰을 이용해서 돈을 벌 수 있을 것이라는 생각을 해볼 수도 있을 것이다. 쉽게 떠올릴 수 있는 것이 주식시장 아니겠는가. 앞으로 오를 종목을 한눈에 알아보고 투자를 해서 큰돈을 벌 수 있다면 무슨 걱정이 있겠는가.

시인이자 수필가로 미국 철학의 아버지라 불리는 랄프 왈도 에머슨은 "인생은 통찰력의 축적이다."라고 말했다. 이 말은 삶을 살아가면서 쌓아나가는 모든 것들이 통찰력으로 쌓여간다는 것을 의미한다. 그러한 인생의 끝자락에 마주한 눈빛은 세상에 대한 나름의 깊이 있는 영감으로 반짝일 것이다. 누군가는 형형하게 빛나는 눈빛을 지니고 있어서 바라만 봐도 마음에 큰 구멍이 뚫릴 것 같은 오싹함을 주기도 한다. 어떤 이의 눈빛은 탁하고 흐릿하여 그 품은 마음까지도 어지러움을 느낄 수 있다. 아주 가끔은 눈빛에서 맑고 따뜻한 빛이 나는 사람을 만나기도 한다. 나의 마음에 수십 겹 채워놓은 빗장을 모두 풀어버리는 느낌. 추운 겨울날 걷는 이에게 작은 모닥불과도 같은 그런 눈빛을 마주하면 나도 모르게 마음이 일렁거릴 때가 있다. 나 또한 이러한 따뜻하면서도 깊은 눈빛을 가지고 싶고, 세상의 이치를 꿰뚫어 보고 싶은 마음이 생긴다.

사람은 누구나 자신의 마음을 100% 순수하게 공개하지 않는다. 내 마음에 품은 욕심이나 어두운 생각들이 노출되면 크게 난처하거나, 심하게는 목숨이 위태로울 수도 있기 때문이다. 다툼이 일어났다고 모진 말을 거침없이 내뱉는다면 어떠하겠는가. 점점 그 사람은 외면당하게 될 것이고, 종국에는 고립될 수밖에 없다. 때론 시비가 붙어서 큰 낭패를 볼 수도 있다. 더불어 살 수밖에 없는 인간이기에 우리는 거짓을 말할 때가 있지 않은가.

이렇듯 사람들이 군집을 이루고 사회를 만들어 나가는 세상은 온통 흐릿한 안개로 가득 채워져 있다. 그렇기 때문에 언제나 의심스럽고 두려운 눈초리로 삶을 살아갈 수밖에 없다. 이러한 안개가 가득한 세상에서 통찰력은 무척이나 중요한 능력이다. 안개를 걷어내고 진짜 본질을 꿰뚫어 보는 능력을 가지고 싶지만, 그런 사람은 극히 소수에 불과할 것이다. 하루아침에 이러한 통찰력이 생길 수 없다. 그렇다면 그 시작은 과연 어디에서부터 발원되는 것일까?

결국은 사람에 대한 이야기이다. 주위로 시선을 돌려보자. 나와 다르면서도 또 같은 수많은 사람들이 보일 것이다. 나의 가족을 비롯한 친구들과 수많은 지인들과 관계된 이들이 눈에 들어올 것이다. 또한 나의 생각과 감정에 기반하여 그들의 마음을 헤아려 볼 수 있을 것이다. 그러한 삶 속에서 우린 숱하게 많은 기쁨과 감사를 느끼고, 때론 상처와 분노를 가슴에 아로새긴다.

세상은 날로 개인 중심으로 변해가지만, 그렇게 '나'만을 강조하게 되면 큰 위험이 도래하기도 한다. 내면의 성장을 위한 수양과 양육의 대상으로서 '나'를 바라보는 일은 무척 긍정적이다. 하지만 '나'의 욕망에만 집중하며 스스로를 바라보고 있지는 않은지 모르겠다. 특히나 이 욕망이 쾌락만을 향하는 것 같아서 더욱 두렵다.

타인의 감정을 이해하고 공감하는 능력이 갈수록 떨어지는 것 같다. 서로 이해하지 못하고, 별것 아닌 문제들로 다툼이 잦아진다. 최근 TV에서는 아이들의 교육이나 부부간의 트러블에 대한 프로그램들이 많다. 왜 그럴까? 요즘의 트렌드이기 때문이다. 많은 사람들이 이러한 트러블로 인하여 고통에 처해있다고 매스컴은 판단했기 때문이다. '나'를 중심으로 돌아가는 생각이 강하면 강할수록 관계에 대한 이해가 부족하게 된다. 출연하는 트러블 당사자들의 눈빛을 바라보면서 많은 생각이 든다. 유독 상대에게 큰 불만을 표출하는 사람들의 눈 속에는 배우자나 자녀는 없다. 온통 나에게만 집중되어 있어서 둘러볼 여력이 없는 것이다. 거칠고 직접적이며, 상대의 감정 따위는 아랑곳 하지 않는 그 눈빛. 그곳에는 얼핏 불만과 독선이 가득해 보이지만, 한 꺼풀 벗겨보면 그 안에는 공허와 상처가 가득하다.

솔루션이 진행되면서 자신이 가지고 있던 갇힌 생각을 하나하나 덜어내기 시작한다. 실은 두려웠던 것이다. 이미 나의 영혼은 나의 부족한 점을 알고 있지만, 나의 에고는 이를 용납할 수 없었기 때문에 그리 버텼던 것 같다. 에고의 장벽을 부수고 나면 옆 사람의 영혼이 보이기 시작한다. 나로 인해 상처받고 괴로워했던 그 영혼이 보인다. 괘씸한 면도 있지만, 그 사람 역시도 불완전한 에고를 지닌 존재임을 알게 된다. 폭풍처럼 눈물을 쏟아내고 오열하는 그 모습은 배우자와 자녀에 대한 미안함이 서려 있다. 그리고 그 눈물에는 그간 스스로를 기만했던 서러움과 고통이 담겨 있음을 알 수 있다.

배려하는 마음. 상대의 심정을 헤아리고 관계를 중시하는 과정에서 우린 서로를 배워간다. 서로가 부족한 존재일 수밖에 없음을 알아간다. 배려는 감사와 기쁨만이 넘치는 행위가 아니다. 상대에게 이용당할 수 있고 배신당할 수 있음을 각오하며 나아가는 길이다. 세상에는 배려하고 양보하는 사람을 이용하려 드는 사람이 넘쳐나기 때문이다. 심지어는 바보 소리를 듣거나 무시당할 수도 있다. 그럼에도 불구하고 나의 배려를 귀하게 여겨주는 사람을 만나게 되면 무엇과도 비할 수 없는 큰 기쁨을 느끼게 된다. 그리고 인생을 함께할 수 있는 소중한 사람을 발견함에 감사하게 된다.

배려의 마음을 가지고 살아가게 되면, 그러한 인간 군상을 하나하나 알아갈 수 있다. 어떠한 표정을 짓고 무슨 뉘앙스로 표현하는지를 보며 행동으로 하는 말을 알 수 있게 된다. 심리학적 분석과 지식에 근거하지 않더라도 겪어본 수많은 사례들을 통해 느낌으로 전해진다. 상대가 무엇을 원하고 좋아하는지도 알게 될 확률이 높다. 똑같은 배려를 해주어도 누군가는 기쁘게 받아들이고, 누군가는 불편해하는 것도 느끼게 된다. 섣부른 배려가 불러오는 아픔도 깨닫고, 아무에게나 그렇게 행동하면 안 된다는 것도 배울 수 있다. 그 과정에서 내가 할 수 있는 배려와 양보 그리고 이해의 한계점도 명확해진다. 그렇듯 배려의 방식도 달라야 하고, 때론 절제가 필요함도 수용하면서 길을 향해 나아간다.

그렇게 배려를 행하는 길은 고단하다. 하지만 그 과정에서 인식의 영역은 점점 더 확장된다. 개인 사이의 배려를 넘어서 내가 소속된 집단의 성격도 파악하게 된다. 어떻게 하는 것이 현명한지, 때론 굽히지 않고 소신을 지켜 나가야 하는지, 자신을 낮출 때는 언제인지 파악하게 된다. 이렇게 함으로써 다양한 세상 소식들에 대해 현명한 판단을 할 수 있다. 진실과 거짓을 분별할 줄 아는 눈도 생기게 된다. 즉, 배려라고 하는 소소한 너와 나의 관계가 통찰로 이어지는 씨앗이 되는 셈이다.

한때 굉장히 화제가 되었던 〈응답하라 1988〉이라는 드라마. 사실 드라마를 잘 안 보는 나로서는 한참이 지난 후에 우연히 접하게 되었다. 그리고 그 드라마를 접한 순간, 나는 어린 시절의 아이로 돌아가 있음을 느꼈다. 88년도에 국민 학생 시절이었으니, 그때의 분위기를 잘 기억한다. 그래서 더욱 빨려 들어갈 수밖에 없었다. 단지 추억을 회상하는 것이 즐거워서만은 아니었다. 그 안에 녹아있는 사람과 사람 간의 온정이 더 그리워서였던 것 같다. 오해하고 상처를 주기도 하지만, 또 툭툭 털어버리고 상대를 용서한다. 그 화해를 위하여 수많은 주변 이웃들이 안타까워하며 개입한다. 오지랖이 넘치지만, 그 정감이 너무도 따스하게 느껴진다. 먹을 것이 있으면 하나라도 이웃과 나누려는 마음이 가득하다. 비단 통찰을 위한 것이 아닐지라도, 배려라는 마음은 그렇게 세상을 따스하게 데워준다. 우리는 그러한 온기를 사무치게 그리워했는지도 모르겠다.

세상의 혼탁함을 고요히 바라보고 있노라면 결국 보이는 것은 사람이다. 세상이 전쟁으로 얼룩져 있고, 기후가 파괴되는 그 모든 현상의 중심에는 사람이 자리 잡고 있다. 더 정확하게 표현하면 인간의 욕망이 그 속에 단단히 뿌리내리고 있다. 공통적인 욕망의 방향은 행복을 향해 나아간다. 그리고 안타깝게도 그 행복의 모습이 쾌락을 추구하는 것에만 집중되어 있을 때가 많다.

통찰은 본질에 집중하는 행위이다. 그리고 본질은 늘 가치 있기 마련이다. 눈앞의 작은 이익이나 개인의 영달에만 집중하는 사람들은 통찰에 도달하기 힘들다. 당장은 수고스럽고 때론 손해라 할지라도 배려와 양보의 미덕을 갖춘 사람만이 그 길에 다다를 수 있다고 생각한다. 갈수록 그러한 사람들은 더 소수가 될 것이다. 사회가 인간의 모습이 아닌, 정글에 가깝도록 변해가기 때문이다. 그럴수록 배려의 마음을 갖춘 사람이 보여주는 통찰은 더욱 빛날 것이다.

중심을 잡고
인생을 살아가는 일은
그만큼 어렵지만
가치 있고
고귀한 일이다.

CHAPTER

05

· · · · · · · ·

소박하지만
가치 있게
나이 드는 삶

01

• • • • • • •

인생을 관통하는 삶의 원리들

✿

가끔은 그런 생각을 해본다. '삶에서 적용할 수 있는 원리 같은 것이 있다면 얼마나 좋을까.' 무슨 원리들이 존재할 것도 같은데, 어디엔가 깊숙이 감춰져 있어서 결코 알 수 없는 것들인 양 느껴진다. 크리스천인 나로서는 그 지혜의 길이 성경에 있다고 생각하지만, 있다고 한들 깨닫기 어려운 것이 바로 성경에 실려 있는 구절들이다. 마태복음 13장에 보면 예수님이 사람들에게 비유로 설교하시는 모습을 보며 제자들이 묻는 구절이 나온다. 명쾌하게 설명해 주시면 좋았겠으나, 왜 비유로 말씀하시는지 이해하기가 어려웠기 때문이다. 예수님은 이 천국의 비밀은 아무에게나 허락된 것이 아니라고 말씀하신다. 그래서 늘 비유로 설명하시는데, 이는 "들을 자는 듣고 볼 자는 보겠으나 그 깊은 뜻을 아는 이는 결코 많지 않다."라고 하신다.

우리도 이미 진리라고 여겨지는 문장들을 많이 접하며 또 알고 있다. 하지만 너무 당연한 이야기라며 그저 흘려듣고 마는 일이 참 많다. 듣고 본 적이 있어서 익히 알고 있는 많은 문장들. 사람을 사랑하라는 것, 도둑질 하지 말라는 것, 남에게 대접받고 싶은 대로 남을 대접하라는 것, 늘 자비를 베풀며 살라는 것, 우리는 모두 빈손으로 왔다가 빈손으로 간다는 것... 수많은 종교의 경전들이나 위인들이 말하는 이러한 문장들을 보고도 사실 마음에 깊이 깨닫기는 어렵다. 꼭 큰 어려움이 닥쳤을 때, 그제야 이 문장들이 말하는 가치를 알아보게 마련이다. 이러한 보편타당한 원리를 찾아보고자 많은 생각을 하며 살아온 것 같다. 물론 어려운 일이지만, 그래도 아직까지는 제법 맞아 들어가는 몇 가지 이야기를 적어보고자 한다.

첫째, 모든 것에는 거리가 필요하다. 처음 이런 생각을 하게 된 것은 분자를 이루는 원자들 간에 생기는 인력과 척력을 배우면서였다. 각각 플러스와 마이너스를 띤 원자들 사이에 끌어당기고 밀어내는 힘을 말한다. 거리가 멀어지면 끌어당기는 인력이 작용하지만, 너무 가까워지면 밀어내는 척력 말이다. 이는 우리 삶 속에서도 자주 발견되는 원리이다. 호감이 가는 친구가 생겨서 가까이 하고 싶어도 너무 다가가면 상대가 거부감을 느낀다. 반대로 늘 가까이 있던 친구가 멀어지는 것을 느끼면 왠지 불안해서 가까이 다가가려 한다. 우린 이것을 '밀당'이라고 표현하지만, 사람 간의 관계에서 무척 중요한 원리임을 부정하기는 어렵다. 돈도 마찬가지이다. 돈에 너무 집착하게 되면 돈이 오히려 떠나간다. 작은 이익에 집착해서 큰 부를 알아보지 못하는 것과 같은 현상이다. 즉, 집착이나 배척하고자 하는 마음을 최대한 버리려는 마음을 가지고 사는 것이 중요한 것 같다. 집착은 오히려 끌어당겨지지 못하고 영원히 닿을 수 없는 이별로 귀착되는 듯하다. 배척은 그 밀어냄으로 인하여 나중에 커다란 삶의 파고로 나를 덮쳐버리는 고난의 시기를 열어준다. 그저 놓아둠으로써 그 존재 자체를 인정하는 마음이 우리에게 평안을 가져다주는 것은 아닌지 생각해 본다.

둘째, 모든 원리에 통용되는 일반적인 법칙은 대체로 없다. 종교적인 가르침이나 오랜 세월 인간에게 정신적 스승으로 간주되는 분들의 말씀을 제외하고는 범용적으로 항상 적용되는 기준은 없는 것 같다. 루틴을 만들고 꾸준히 열심히 삶을 살아가야 한다고 말한다. 지치지 말고 정신력의 무장을 단단히 하면서 걸어가야 한다고 서로를 독려하기도 한다. 하지만 이렇게 하면 사람에 따라서 종국에는 번아웃이 오거나 만성적인 무기력증에 빠질 수도 있다. 때론 이러한 마음 때문에 건강에 이상이 생기기도 한다. 그러한 성실하고 강력한 추진력도 사람마다 모두 그 크기의 정도가 다를 수 있다는 것이다. 욕심은 나쁜 것이라고 말한다. 하지만 엄연히 우리 인간에게는 존재할 수밖에 없는 마음이다. 더욱 성장하고자 하는 욕망, 더 지혜롭고 현명하고자 하는 바람, 모두에게 따뜻한 위로를 전하고 싶은 마음 또한 나쁜 욕망일까? 추구하는 가치에 따라 욕망은 우리에게 선의 원동력이 되기도 한다. 우리는 세상이 정의롭고 공평무사하기를 원한다. 만일 나의 자녀가 죄를 지었다면 나는 어떻게 할 것인가? 숨겨야 하는가, 아니면 경찰에 신고해야 하는가. 결국 세상에 존재하는 여러 인생의 지침은 상황과 입장에 따라 달리 선택할 수밖에 없는 가치판단의 문제이다. 그래서 모든 인생은 각자의 선택에 따라 다양하게 발현될 수밖에 없다. 만일 보편타당한 모든 일반 법칙들로 세상이 운용된다면 어떻게 하겠는가. 아마 인류는 지금껏 생존하지 못했을 가능성이 클 것 같다. 삶에서의 변수는 언제나 생기기 마련인데, 그에 적합한 대응을 융통성 있게 하지 못할 수 있기 때문이다. 인간에게 주어진 자유의지와 다양성은 그래서 더욱 고귀하다.

셋째, 중용은 중간값만을 의미하는 것이 아니다. 나는 중용의 가치가 무척 중요하다고 생각한다. 어디에도 치우침 없이 인생의 균형을 조화롭게 유지하는 삶. 그것은 우리가 함께 살아가기 위한 위대한 가치라 여긴다. 하지만 중용이 곧 중간값만을 의미하는 것 같지는 않다. 모든 결정에서 중간값을 선택한다면 그야말로 우유

부단한 존재로 삶을 살아가야만 할 것이다. 때로는 회색론자로 세상에 낙인찍힐 수도 있다. 경우에 따라서 정의나 사회 보편적 가치에 따른 용기 있는 행동도 필요하다. 힘을 모아 사회악을 규탄하는 자세가 필요할 때가 있다는 것을 우린 본 적이 있다. 그 힘이 없었다면 지금의 우리가 사는 세상은 도래하지 못했으리라. 모두가 큰소리로 자신의 권리를 외칠 때, 조용히 관조하는 것이 필요할 때도 있다. 집단의 이기주의가 때론 내 이익과 결부되더라도 사회 보편성에 맞지 않다면 내려놓을 줄 아는 태도도 취할 줄 알아야 한다. 멀리 내다보면 내 인생에서 치명적 오점으로 남을 수 있기 때문이다. 상황에 따라 뜨겁기도 차갑기도 할 줄 알아서 삶의 온도를 중간으로 조절 할 줄 아는 삶의 지혜가 필요하다. 마태복음 5장 37절에는 이러한 말씀이 있다.

"오직 너희 말은 옳다 옳다, 아니라 아니라 하라. 그 이상의 것은 악에서 나느니라"

이 구절은 모호하고 흐릿한 태도에 대한 예수님의 질타이다. 단순하고 명확하게 진실을 말하라고 하시며, 불필요한 맹세나 복잡한 말을 피하고 진실하게 말하라는 의미를 담고 있다. 인생의 모든 측면에서 확고한 자신의 의견을 말하기 힘들 때도 있다. 나에게 치명적인 해악으로 다가오거나 상대방에게 상처를 줄 상황도 있기 때문이다. 그러나 가급적이면 자신의 의견은 명확히 마음에 품고 가는 것이 중요하다. 비록 표현하지는 않더라도 나만의 중심을 잡고 가기 위한 필수적 요소가 아닐까 한다.

넷째, 세상은 비움과 채움의 순환으로 이루어져 있다. 동양 사상으로는 음양의 원리로 볼 수 있고, 서양 사상으로는 헤겔의 변증법(정반합)이나 칼 구스타프 융의 '아니마(남성의 무의식 인격 속 여성성)'와 '아니무스(여성의 무의식 인격 속 남성성)'의 개념에서 찾아볼 수 있다. 음양도, 정반합도, 인간의 속성도 서로를 보완하며 비움과 채움의 순환 작용을 한다. 권불십년에 화무십일홍이라 하였다. 모든 것은 채우고 비워지며, 그것은 또 다른 순환 속에서 역사를 도도하게 흐른다.

우리의 생활 속에서는 항상 우리의 관심을 끄는 화제가 존재하고 이는 곧 트렌드를 이루며 너도나도 그것에 동참하려고 애를 쓴다. 특히 투자시장이 이러한 면을 잘 보여준다. 소위 테마라고 하여 일순간 모두에게 꿈을 심어주고 온갖 돈을 빨아들이지만, 결국 뼈아픈 실패를 겪는 일이 비일비재 하다. 권력도 마찬가지인 것 같다. 소위 대세와 라인을 찾아다니고 있다면 한 번쯤은 생각해 볼 문제가 아닐까 싶다. 소신 없이 움직이는 사람들은 결국 어려움이 닥치면 안타까운 운명에 처하는 경우가 많다. 비움과 채움의 수레바퀴 속에서 함께 명멸해 나가는 것은 역사에서도 아주 쉽게 찾아볼 수 있으니 말이다.

우리의 마음에는 항상 그 시절에 맞는 문장들과 가르침이 강하게 자리매김할 때가 있다. 때론 사람에게 이끌릴 수도 있다. 하지만 그럴 때마다 매몰되는 삶을 선택한다면, 뜻하지 않는 낭패를 보기도 한다. 사람과의 거리도, 지식과 지혜를 선별 적용할 줄 아는 마음도, 치우침 없는 생각과 마음 역시도 우리를 좀 더 현명하게 살아갈 수 있는 길로 인도할 것이다. 내가 지금 무언가에 매료되어 있다면 반드시 내면을 점검해 봐야 한다. 중심을 잡고 인생을 살아가는 일은 그만큼 어렵지만 가치 있고 고귀한 일이다.

02

성공과 실패를 비추는 거울효과

✿

지금으로부터 10여 년 전 어느 추운 겨울날. 한 해의 마지막 날이었던 것으로 기억된다. 그해에는 유독 눈이 많이 내렸고, 눈이 그치고 나면 영하 20도까지 내려가는 날도 많았다. 당시 임대 창고에서 일하던 나는 매일 얼었다 녹았다 하는 추위 속에서 하루를 보냈다. 임대 창고 8동으로 구성된 그곳은 사각형 모양으로 창고들이 빙 둘러져 있고, 가운데 넓은 공간은 시멘트로 바닥이 울퉁불퉁하게 깔려 있는 곳이었다. 잠시 창고 안에 들어가 몸을 녹인 후 다시 지게차를 타고 바깥 넓은 공간에서 창고를 오가며 책을 날랐다. 창고 안에도 난방설비가 되어있는 곳이 아니었기에, 스토브 하나에 의지해 몸을 잠시 녹이며 위안을 얻었다. 창고 마당 한가운데는 녹이 슨 낡은 드럼통 하나에 부서진 나무 파레트를 넣고 불을 지펴서 잠시 추위를 달랬다. 실제 따뜻하기보다는 그냥 시각적으로 위안을 삼았다는 편이 더 맞을지도 모르겠다.

12월 31일인 그날은 갑자기 엄청난 양의 책들이 창고로 들어온다는 이야기를 들었다. 한 해 계약된 책들을 다 매입해서 들여보내야 하니, 지연되다가 한꺼번에 들어오는 상황이었던 것이다. 점심 무렵부터 엄청나게 큰 트럭이 들어오기 시작했다. 물건을 내리기도 바빠서 검수(물건 수량 및 상태 점검)조차 할 시간이 없었다. 그렇게 퇴근시간 직전까지 몸을 녹이지도 못한 채로 나 혼자 그 물건들을 다 받아내고 있었다. 사람들은 추워서 자신들의 창고 안에서 나오지 않고 있다가, 퇴근 시간 무렵에서야 나와서 도와주었다. 퇴근은 해야 하니, 그제야 도와준 것이다.

사람이 동사하는 기분이 이런 것이구나 싶었다. 욕조가 없는 좁은 집에서 뜨거운 물로 샤워기를 틀어놓은 채 30분 정도 맞으면서 몸을 녹였다. 얼어붙은 몸을 녹이면 사람이 흐물거린다. 정신도 마찬가지로 그렇게 몽롱한 상태로 부유물처럼 떠다니는 느낌이 든다.

'난 실패했다!'

그날 침대에 누워서 했던 생각이다. 정말 최악의 상황에서 살아보고자 선택한 자구책이긴 했지만, 정말 힘들다는 생각이 들었다. 이렇게 살 필요가 있나 싶었지만, 어느새 나의 한 해 마지막 날은 그렇게 저물어가고 있었다. 하지만 다음 날 새해 아침이 밝고 나서는 오히려 마음을 다잡을 수 있었다. 책을 읽고 어떻게 재기할까에 대하여 더 깊이 고민했다. 일적으로 더 확실히 증명해야겠다는 오기도 생겼다. 중·고교 시절에 다 불태운 줄 알았던 내 안의 오기가 다시 살아나는 것을 느낄 수 있었다. 실패라는 생각이 마음에 짙어지면 질수록 갑자기 불현듯 찾아온 오기의 불꽃은 그렇게 서슬 퍼런 색으로 빛난다는 사실을 그때 깨달을 수 있었다.

막막한 어둠 속에서 들었던 생각은 이것이었다. 성공의 결과를 꿈꾸기 이전에 성공한 사람과 같은 마인드와 삶을 먼저 닮아가자. 내가 성공할 만한 인물이 먼저 되어야 한다는 마음으로 그렇게 조금씩 생의 변화를 주기 시작했다. 때론 강하게 부딪히기도 하고, 나의 소신을 더 강력하게 말하기도 했다. 일로써 먼저 내가 확고하게 자리 잡아야겠다는 생각을 그때 마음에 확실하게 새기기 시작했다. 어쩌면 처절한 실패의 자리에 앉아서 하는 생각의 방향이 성공한 사람들의 마인드와 가깝게 닮아있는 것은 아닌지 지금에서야 느끼게 된다.

거울효과(Mirroring Effect)는 '무의식적인 모방행위'를 일컫는 심리학 용어로, 타인의 가벼운 행동부터 표정, 말투 등의 행위를 무의식중에 모방하는 것을 이르는 말이다. 어린아이가 부모의 행동을 무의식적으로 따라 하는 행위를 우리는 쉽게 관찰할 수 있다. "자식은 부모의 거울이다."라고 하는 말이 이러한 거울효과를 설명하는 대표적인 문장이다. 내가 좋아하는 사람이나 동경하는 대상을 따라 하고 싶은 마음에 그러한 행동양식을 보이게 된다. 아주 오래전부터 인간의 본성에는 그러한 마음이 자리 잡고 있다. 바로 따라 함으로써 나 또한 그런 존재가 되고자 하는 자연스러운 욕구.

극에 달하면 비로소 반대 지점의 극을 향하는 것처럼, 작용이 있으면 반작용이 있는 물리의 법칙처럼 우리 생애도 그런 변화의 주기를 맞는다. 실패의 과정에서는 지속적인 고통과 고난 속에서 살게 되지만, 그럼에도 이 상태를 벗어나기 위한 궁리를 하고 행동을 하는 것. 그 자체는 성공한 사람의 마인드에 가까워지려는 행위이다. 그렇게 자신의 삶을 유지하면 어떠한 지점에 도달하게 되는데, 그때 스스로 조금씩 느끼게 되는 것이 바로 이것이다.

'벗어나고 있다!'

세속적인 기준에서 부나 명예를 얻었다고 말할 순 없지만, 나는 점점 더 회사 안에서 나의 역할이 바뀌어 가고 무게감이 달라짐을 보면서 느끼게 되었다. 최소한 내 삶에서 잃어버렸던 것을 하나씩 되찾아가고 있다는 것. 자긍심, 자존감, 자기애, 긍정적 마인드 등등 하나둘 그런 것들이 되돌아오고 있음을 인식하기 시작했다. 그리고 중간에 이러한 것들이 찾아옴도 알 수 있었다.

'이만하면 되지 않았나?'

자신이 느끼는 성취감이 높아지면 곧 실패의 순환으로 접어들게 되기 쉽다. 특히나 안주하는 마음이 그렇다. 그간의 노력으로 인하여 자신이 이루어 놓은 것들을 흐뭇하게 바라보면서 드는 느낌. 이제 이만하면 되었다는 느낌. 그 후 책을 놓지는 않았지만, 예전처럼 불타오르던 열정으로 책을 보지는 않았다. 서서히 나태의 그늘로 들어가는 나 자신을 바라보면서 그렇게 깨닫기 시작했다. 뭔가 잘못되고 있다는 생각 말이다. 나름 만족하고 있던 내 마음에 하나둘 교만이 스며 들어오기 시작한 것이다. 직장에서도 인정받고 있고, 사내에서 이례적인 두 번의 직급 전환도 이루었다. 성과 평가도 높은 등급을 받고 있었다. 업무의 전문성도 인정받아서 그저 자리를 지키고 있는 것만으로도 충분했다. 그것에 천착하는 순간 내가 안주하고 있음을 깨닫게 되었다. 나의 본래 마음은 '독립을 이루어서 내가 원하는 일로 삶을 살고자 하는 것'이었음에도 말이다.

이렇듯 실패의 어두운 자리에 있을 때는 성공한 사람들의 마인드를 닮아가고, 오히려 무언가 성취했을 때는 실패를 부르는 마인드로 향해 나간다. 정말 신기하게도 그런 순환의 길을 따라가게 됨을 느끼게 된다. 나의 마음에 실패의 그림자를 느끼게 된 그 순간부터 마음을 달리 먹었다. '내가 세상에 어떠한 가치를 제공할 수 있을까?' 이것이 나의 화두가 되는 순간이었다.

이즈미 마사토가 쓴 책 《부자의 그릇》을 보면, 성공과 실패가 종이 한 장 차이라는 것을 확연하게 느낄 수 있다. 주인공은 추운 겨울에 자판기에서 따뜻한 음료 하나 살 돈이 없는 실패한 사업가이다. 그리고 그에게 갑자기 정체 모를 한 노인이 나타난다. 그리고 삶의 지혜를 주인공에게 들려주며 다시 실패에서 성공으로 나아가게 한다. '부자의 그릇'이란 바로 나 자신이 부를 담을 수 있는 그릇임을 의미한다. 그리고 담아야 할 부는 바로 '신용'이다. 난 이 단어를 '가치'로 받아들였다. 누군가에게 가치를 제공하는 것이 바로 부를 이루는 핵심이라는 것. 돈을 주고 물건이나 서비스를 받고자 하는 고객이 원하는 것은 자신이 원하는 '가치를 제공받는 것'이다. 바로 그 가치를 제공하는 것이 '신용'이기 때문이다. 이 말은 너무도 당연하다 여길 수 있지만, 사실 결코 쉬운 일이 아니다. 내가 이룬 것이 없을 때는 이러한 '가치'에 집중하고 '신용'

을 생명처럼 여기며 나아간다. 그렇게 성공하고자 하는 사람의 마인드는 이러한 의지로 가득하지만, 막상 어느 정도의 성공을 이룬 후에는 눈이 흐려진다. '가치 중심'이 아닌, '이익 중심'이 되어서 그렇다. 조금만 절감하면 더 큰 이익을 얻을 수 있다는 유혹에 빠지게 된다. 결국 믿음을 저버렸기에 그 사업은 날로 하락세에 접어들 수밖에 없는 것이다.

살면서 너무 많이 보았다. 이익 중심으로 돌아가는 세상이기에 수많은 사람들이 고통을 겪는다. 이것은 비단 기업만의 문제가 아니다. 개인 역시도 마찬가지이다. 교만함과 나태함이 찾아왔다고 인지하는 순간이 바로 마지막 인생의 경고라는 것을 꼭 마음에 두어야 한다. 타인이 우습게 보이는 순간이 바로 그 지점이다. 성공과 성취의 자리에 올라섰다고 느껴지면 반드시 스스로를 돌아봐야 한다. 지금 높은 산의 낭떠러지 끝에 서 있는지도 모른다. 또한 실패했다고 하여 한없이 좌절할 필요도 없다. 이미 성공할 요소는 내 안에 모두 갖추고 있다는 것만 인지하면 된다. 나아가 걸으면 바뀐다. 아주 작은 행동으로도 충분히 삶은 변할 수 있다. 이렇듯 성공과 실패는 서로를 순환하며 닮아있는 것 같다.

03

· · · · · · · ·

인간의 가면을 수용할 담담함

✿

첫 사회생활을 시작하고 2년 정도 지났을 무렵의 겨울이었다. 당시 현장을 관리하는 우리 과는 과장이 총책임자였다. 현장 인원만 해도 200명에 육박하였으니, 지금이라면 팀장이 담당해도 충분히 이해할만한 규모였다. 어느 날 과장이 휴가를 내고 며칠 자리를 비운 날이 있었다. 당시 나는 과장 밑에서 온갖 일을 도맡아 운영하고 있었지만, 명목상 내 위에는 정년을 얼마 남기지 않은 계장 한 분이 계셨다. 당시에는 정년에 임박한 분들은 현장에서 한직을 맡아서 여유롭게 대우하는 것이 관례였다. 그렇기에 현장 운영을 잘 모르시지만, 선임으로 자리에 계시니 엄연히 나의 상사였다. 과장 부재중에 나 혼자 결정을 내릴 수 없는 문제가 발생했다. 전화를 걸어 물어볼까 하다가 그냥 계장에게 보고

했더니, 의사결정을 내려주었다. 왠지 그렇게 하면 안 될 것 같아서 다시 물어보니 역정을 냈다. 그래서 일단 그렇게 진행을 했는데, 아뿔싸 현장에서 문제가 터져 나왔다. 현장 근무와 관련된 민감한 일이 생긴 것이다. 과장이 휴가를 마치고 돌아오자마자 부리나케 현장 반장들이 뛰어 올라왔다.

반장 : "아니, 일 처리를 이렇게 하면 현장에서 어떻게 일을 합니까? 이건 너무하잖아요?"

과장 : "에이, 이렇게 하면 되겠구만, 뭘 이걸 가지고 그리 난립니까?"

반장들은 과장의 반응에 미친 듯이 화를 냈다. 그러자 과장은 같이 마구 화를 내다가 나에게 버럭 소리를 질렀다.

과장 : "야! 너는 어떻게 일 처리를 이따위로 해서 일을 어렵게 만들어 놓냐?"

나 : "죄송합니다. 그런데 그게..."

과장 : "그냥 잘못했다고 말하면 되지, 뭔 말이 그렇게 많아?"

억울함이 턱 밑까지 올라왔다. 그런데 과장한테는 이미 보고를 한 상태여서 해당 상황을 알고 있었다. 그럼에도 반장들 앞에서 크게 면박을 주니 이해가 가질 않았다. 심지어 반대의 의견을 냈음에도 이렇게 의사결정을 내린 사람은 따로 있었기에 더 억울했다. 하도 크게 역정을 내니, 반장들은 눈치를 보며 슬금슬금 현장으로 모두 돌아갔다. 그 후 과장은 나에게 이렇게 말했다.

과장 : "야, 그렇게 해야 반장들이 수그러들지. 넌 눈치가 그렇게 없냐?"
"그거 OOO 계장이 시킨 거지?"

상황을 미리 다 알고 있으면서, 현재 상황을 모면하기 위해 부하직원을 제물로 삼은 느낌이었다. 치욕에 몸을 떨었던 그 기억이 지금도 생생하다. 하지만 이제 와 돌이켜 생각해 보면 내가 참 어렸고 모자람이 많았다는 생각이 든다. 지금 같았으면 웃으면서 죄송하다고 계속 쿵짝을 맞혀드렸을 수도 있었는데 말이다. 그때의 나는 분에 못 이겨서 자리를 박차고 나갔다. 그때의 과장님도 잘한 일이라고는 볼 수 없지만, 위기를 모면하고자 했을 터이니, 이해를 못 할 것은 아니었는데 말이다.

사람은 누구나 어떠한 연유에서 자신을 감출 필요가 있을 때는 가면을 쓴다. 사람마다 정도의 차이는 있겠지만, 누구나 몇 개의 가면은 마음속에 들고 다니지 않는가. 나 또한 여러 개의 가면을 들고 다닌다. 다만 그 가면을 어떻게 쓰느냐에 따라 좋은 사람과 표리부동한 사람으로 나뉘어 평가받게 되는 것이지 않을까?

자신의 이해관계에 부합하는 사람을 만나면 얼굴에 친절한 미소가 가득 피어오른다. 그러다가 취할 것을 다 취하고 나면 안면을 몰수하는 사람들을 자주 볼 수 있다. 윗사람의 비위를 맞추고자 아랫사람이 피 흘리는 모습을 못 본 채 외면하거나, 되레 윽박지르는 사람도 부지기수로 많다. 그런 사람들을 보면서 정말 인간이 싫어진다고 생각할 때가 많았다. 문득 어린 시절부터 어머니가 자주 그리 말씀하셨던 기억도 난다. '세상에서 가장 사악한 것이 인간'이라고 말이다. 그래서인지 그런 거짓된 모습을 보면 분개하고 마음속으로 선을 긋고는 했다. 그러나 나이를 조금씩 먹어가고, 읽어가는 책의 권수가 늘어가면서 마음을 조금씩 바꿔 먹게 되었다. 우린 모두 같은 면모를 지니고 있다는 것을 깨닫게 되었기 때문이다.

오늘날 인도에서 가장 영향력 있는 정신적 멘토이자 라이프 코치이며 수도승인 가우르 고팔다스. 그가 쓴 책 《아무도 빌려주지 않는 인생책》에는 우리가 이런 상황에서 어떻게 깨우치고 나아가야 하는지 잘 나와 있다. 고팔다스가 인도 남부의 해안가 최고급 아파트에 사는 거부인 아이에르에게 점심식사 초대를 받으며 이야기는 시작된다. 부잣집에 걸맞은 우아하고 비싼 집안 내부와 아름다운 아내 그리고 멋진 자동차와 최고급 음식까지. 소유한 것이 정말 많은 그이기에 부러울 것이 없어 보인다. 식사를 마치고 아이에르가 고팔다스를 직접 데려다주고자 자신의 차에 태워 떠나는 그 길에서 수많은 이야기가 펼쳐진다.

겉으로 보면 부러울 것이 없는 그이지만, 사실 온통 그만의 괴로움으로 가득한 사람이다. 이렇게 살기 위해서 수많은 것들을 희생하고, 언제 무너질지 모르는 불안감의 다리 위에서 늘 걱정하는 삶. 겉으로 보기에는 잉꼬부부 같지만, 사실 아주 깊은 내면에서부터 서로를 원망하는 부부관계. 가진 것이 많아도 더 많은 부자들을 바라보며 허탈감을 느끼는 인생. 어느새 모든 것이 텅 비어버린 자기 스스로를 바라보는 아이에르에게 고팔다스는 하나하나 거짓과 허세의 가면들을 벗겨나간다. 그 과정에서 고팔다스가 보여주는 모습은 한없이 다정하고 따스하다. 그의 허영과 위선의 가면을 부정적으로 보지 않고 수용하고 인정한다. 왜냐하면 자신도 그러한 사람이었기 때문이다.

"누군가가 왜 그런 행동을 했는지 이해하려고 하지 않았을 때, 당신 역시 그 사람을 부당하게 판단한 적이 있을 것이다. 판단하기 전에 그 행동 뒤에 숨은 의도를 이해하는 것이 중요하다. 무엇을 했는가 보다 왜 그렇게 했는가를 이해하는 것이. 나는 옳고 그름이 절대로 흑과 백으로 나뉠 수 있는 것이 아니라고 생각한다. 옳은 것이 틀릴 수도 있다. 잘못된 것이 옳을 수 있다."

하루에도 매우 여러 번 우리는 주변에서 이러한 가면을 쓰고 벗는 일을 자주 목격한다. 특히나 통찰력이 좋고 주변 분위기를 통해 많은 것을 생각해 내는 눈치 빠른 사람일수록 더욱 잘 간파하게 마련이다. 하지만 그런 모습을 그대로 수용하고 이해의 영역으로 끌어들이지 못한다면 아마 더욱 커다란 고통에 몸부림치게 될 것이다. 나의 모습에도 그러한 부분이 충분히 있다고 인정할 수 있어야 한다. 나의 행동은 어쩔 수 없다는 것이거나, 생활의 지혜로 판단하기 쉽다. 그리고 타인의 행동은 위선과 가식의 모습이라며 속으로 경멸하는 마음. 이것만큼 좋지 않은 생각도 드물다. 이러한 생각이 깊어지면 곧 교만의 자리에 오르게 되기 때문이다. 상대방에게 상처를 주지 않기 위해서 쓰는 배려의 가면. 싫은 사람이긴 하지만, 공적인 일을 하기 위해서 쓰는 공의의 가면. 하기 싫은 일이지만, 누군가를 위해 기꺼이 헌신하는 희생의 가면. 이런 모습이 나에게는 얼마나 자주 있는지 생각해 보는 것이 더 중요한 것 같다.

우리는 모두 불완전한 인간이며 그 내면에 선과 악이 공존한다. 그렇기에 어느 정도는 담담하게 수용할 수 있어야 한다. 내 면전에서 가면을 여러 개 바꾸어 쓰는 사람을 보고도 그 사람이 왜 그럴 수밖에 없는지를 이해한다면 좋겠다. 그 사람을 위해서가 아니라, 내 마음의 평화를 위해서 말이다. 요즘 세상에서는 위선조차 부리지 않는 사람들이 많다. 가면 따위는 필요 없고 내 마음대로 목소리 높여 우기는 사람들이 점점 늘어난다. 어떤 면에서는 그런 가면이라도 챙겨 다니는 사람이 그나마 나은 것은 아닐지 생각해 본다.

04

. . . .

순간을 살아야 생이 풍요롭다

✿

흐린 날이 지속되다가 하늘이 맑은 가을날의 어느 아침. 문득 지금까지 맞이했던 아침의 수를 헤아려 보았다. 대략 1만 6천 번 이상의 아침을 나는 지금껏 맞이했다. 100세 시대라고 하니, 3만 6천 번가량의 아침이 남아 있을 터. 과연 나는 그 아침을 어떤 기분으로 맞이했을까? 인생은 신이 주신 선물이라고 하는데, 나는 그 많은 아침 선물을 어떤 표정과 마음으로 받아왔을까? 거기까지 생각이 미치니, 갑자기 마음이 울컥했다. 못나고 부족한 영혼에게 선물해 주신 그 모든 시간들을 얼마나 철없이 받아왔는지 생각해 본다.

사람 간에도 선물을 받는 사람이 어두운 표정과 불만 섞인 눈빛으로 떨떠름하게 받는다면, 과연 선물을 주는 이의 마음은 어떠할까? 아마도 다시는 선물을 주고 싶지 않거나, 선물을 하더라도 좋은 것을 주고 싶은 마음은 들지 않을 것 같다. 아침의 기분이 하루의 감정을 많이 좌우하는데, 우리의 삶은 얼마나 행복했는지 돌아본다. 누군가에게는 간절했을 그 아침을 나는 자주 발로 차버린 적이 많지 않았을까? 과연 1만 6천 번의 아침 중 다만 천 번이라도 감사히 맞이했을까? 스스로의 삶을 돌아보는 순간은 이렇듯 부족함으로 다가온다. 그리고 잠시 시간이 지나면 이제라도 그 의미를 깨닫게 되었음에 마음이 따스해진다. 신이 우리 인간에게 주시는 지혜의 방식은 늘 예상하지 못한 때와 방법으로 다가온다.

헤르만 헤세의 《싯다르타》를 보면, 우리의 생이 잘 녹아 나온다. 그리고 순간의 삶이 얼마나 중요한지를 넌지시 알려준다. 제목만 보면 부처님의 일생을 그린 위인전은 아닐까 생각하게 되지만, 그렇지 않다. 석가모니의 세속명은 고타마 싯다르타이다. 이 작품에서는 고타마와 싯다르타가 다른 인물로 등장한다. 주인공 싯다르타는 인도의 가장 고귀한 계급인 바라문 사제의 아들로 태어난다. 온갖 훌륭한 현인들의 교육을 받으며 남부러울 것 없는 부유한 가문의 자제로 태어난 싯다르타. 그럼에도 그의 마음은 늘 텅 비어 있었다. 인간의 고통에 대하여, 인간의 내면에 존재한 영혼에 대하여 늘 궁금해하는 그 갈급함 때문이다. 싯다르타는 자신이 가진 모든 것을 버리고 빈자의 삶으로 유리걸식하면서 수행하는 사문들을 따른다. 마음을 비우는 일을 인생의 목표로 삼아서 스스로 고행길을 선택한 것이다. 그러다가 어느 날 소문을 듣게 된다. '고타마'라는 깨달은 자. 즉, 부처님이 실제로 나타났다는 것이었다.

'고타마'를 마주하게 된 싯다르타는 큰 깨우침을 얻는다. 바로 '스스로의 길을 걸어 깨달은 자'에 이르겠다는 결심. 그는 고타마를 떠나 어느 뱃사공의 도움으로 강을 건너 세속으로 들어간다. 그리고 그 안에서 아름답고 지혜로운 기녀인 카멜라를 만난다. 인간의 정욕을 탐닉하고 온갖 부를 거머쥐며 방탕한 생활을 이어가는 싯다르타. 그는 세속에서 가질 수 있고 누릴 수 있는 많은 것들을 체험한다. 그럼에도 그의 영혼은 늘 관찰하는 자에 머무른다. 감정, 느낌, 쾌락, 허무함, 애욕 등 모든 것들을 느끼는 자신을 바라본다. 영혼의 밝기가 어두워지고 욕망에 젖어 더 이상 관찰이 힘들어짐을 느끼던 어느 날. 싯다르타는 다시 이 모든 것을 버리고 세속을 떠난다. 처음 세속으로 들어올 때, 강을 건너게 해준 그 뱃사공을 찾아가서 고요하고 정적인 삶을 이어간다. 그리고 그 안에서 인간의 마음에서 가장 끊어버리기 힘든 자식에 대한 사랑을 깨닫는다. 그가 떠나던 날, 카멜라는 자신이 싯다르타의 아이를 가졌다는 것을 알게 되지만, 정작 싯다르타는 몰랐던 것. 싯다르타는 결국 다시 만난 자식을 놓아주게 된다. 자식에 대한 집착을 버림으로써 그 사랑을 완성시키며 종국에 깨달은 자로 다시 태어난다.

이 작품에서 진정 깨달은 자는 바로 그 뱃사공이다. 흐르는 강물의 이야기를 듣기만 한 인생. 타인의 이야기를 경청하며 조용히 상대방을 위로하고 가끔은 부담스럽지 않게 지혜를 건네는 마음. 배려와 사랑이 가득한 그 마음을 인내로 감싸 쥐고 천천히 흘려보낼 줄 아는 그 뱃사공은 사실 진정한 부처의 모습이다. 그는 싯다르타의 깨달음을 기다렸다. 그리고 마지막 깨달음의 순간에서 그는 싯다르타에게 배를 맡기고 돌연 자연으로 떠난다. 따뜻하고 홀가분한 미소와 함께.

강물은 언제나 흐른다. 하나도 정체됨이 없고 한순간도 같은 적이 없다. 미래도 없고, 과거도 없이 찰나를 흐르는 그 강물에는 사실 모든 것이 다 들어있다. 강물은 바다로 흐르고 다시 수증기가 되어 하늘로 올라 비가 된다. 비는 다시 강물로 모이니, 이 강물은 모든 것을 담고 있다. 과거의 언젠가 이 강을 지났던 강물이기도 하거니와 그 과거의 시절 입장에서는 지금의 순간이 바로 미래가 된다. 시간의 개념이 사라지고 그 안에 담긴 순간만이 남아 있는 그 강을 통하여 싯다르타는 아주 오래전 뱃사공이 깨달았던 것을 깨닫게 된다.

순간을 사는 우리는 과거에 대한 회한을 통하여 자신을 괴롭힌다. 이렇게 선택했으면 좋았을 것인데 안타까워하면서 후회를 한다. 그리고 내가 지금 이렇게 사는 것은 다 바보 같았던 자신의 과거 때문이라고 한탄한다. 이런 생각에는 동시에 미래에 대한 걱정도 담겨있다. 앞으로 무얼 먹고 살까? 더 부유하고 잘 살고 싶은데 암담해 보이기만 하는 그 미래를 지금 순간에 끌어들인다. 내가 통제할 수 있는 것은 바로 지금 순간을 사는 것이다. 그럼에도 그 찰나는 온통 과거에 대한 개탄과 미래에 대한 두려움으로 가득하다.

나의 지나온 삶을 돌아보면 그러한 순간들로 가득했다. 서른에서 마흔까지 10여 년의 기간 동안 온통 후회와 걱정으로 점철된 시간들을 살아냈다. 남들과 비교하는 생각들을 하면 잠이 오지 않은 날들도 많았다. 심지어 그런 나를 조롱하는 사람도 다수 만났다. 정년이 될 때 과장이라도 달겠냐고 말이다. 하지만 오히려 지금은 그 모든 것이 나에게 어떠한 의미인지 잘 알고 있다. 세상에 필요 없는 순간은 없다. 고통과 고난으로 다가오는 그 모든 상처가 연단이라는 것을 깨닫는다.

매 순간을 기쁨으로 채울 수는 없다. 순간을 사는 삶이 풍요로운 이유는 온갖 감정을 느끼며 나에게 무엇을 알려주고 있는지 깨닫는 과정이기 때문이다. 감정에 진정한 나를 묶지 않고 그 감정이 전하는 의미가 무엇인지 묵상하는 삶에 풍요가 녹아있다. 형편없는 사람에게도 배울 것이 있다. 훌륭한 사람에게도 걸러 들어야 할 말이 있다. 삶을 풍요롭게 하는 그 다채롭고 풍성한 순간은 우리가 어떤 마음으로 맞이하는가에 따라 달린 문제이다.

강물의 흐름으로 '나'라는 강은 침식되기도 하고 범람하기도 한다. 때론 산사태로 인해 돌덩어리들이 떨어지기도 하며, 가뭄에 물줄기가 말라가기도 한다. 그럼에도 강을 180도 꺾어서 거꾸로 흐르게 할 수는 없다. 결국 열린 마음으로 강은 그렇게 자신의 길을 유유히 흘러간다.

아파트 주방의 개수대 창문에서 보면 단지 내 어린이집이 보인다. 한참 설거지를 하고 있는데, 밖에서 어린 남자아이의 목소리가 들렸다.

"아빠, 사랑해~"

어머니에게 폭 안겨서 어머니 등 뒤로 얼굴만 빼꼼히 나온 그 아이. 고사리손을 흔들면서 잠시 정차되어 있는 차를 향해 그렇게 아이는 다정하게 말하고 있었다. 아빠의 표정을 볼 수는 없었지만, 아마도 밝은 미소로 손을 흔들고 있었으리라. 그리고 이 아빠는 오늘 하루를 매우 기분 좋게 시작했을 것이다. 아침의 순간에 아이가 말해주는 사랑이라는 그 말은 인생에서 시시때때로 아버지의 추억 속에서 살아날 것이다. 돌아보면 삶은 사소한 순간이 아닌, 감사의 찰나들로 가득 채워져 있는지 모른다.

　그간 온갖 현생의 문제들로 고뇌하며 살아왔던 인생에는 행복이 깃들기 어려움을 깨닫는다. 과거의 내가 그러한 문제를 잘 해결하지 못했더라도 상관없다. 미래의 내가 목표하는 바를 얼마나 달성할 수 있을까 염려할 필요도 없다. 결국 모든 순간에서 우린 배우며 성장하는 것이 제일 중요하기 때문이다. 그렇기에 지금을 잘 걸어가는 일에 집중하는 것이 현명한 선택이다. 과거에서 흘러와 지금에 이르렀으며, 미래는 지금껏 나에게로 계속 달려왔었다. 결국 우리 삶에는 지금 이 순간만이 존재한다는 것. 행복과 풍요 역시도 지금의 나에게 달린 문제이다.

05

·······

삶 속에 충만한 영성적 깨달음

✿

　　올해 5월의 어느 날 저녁의 일이었다. 봄비가 내리는 모습을 보고 사뭇 실망감에 젖어 있었다. 새벽 산행을 매일 40분 정도 하기에, 내일은 산에 가기 어렵겠다 싶어 마음이 조금 어두워졌다. 그래도 새벽 4시에 미라클 모닝을 하기로 마음먹었으니, 일단은 일찍 잠자리에 들었다. 다음 날 새벽에 일어나니 하늘에 구름은 가득했지만 그래도 비는 그쳐 있었다. 산길이 젖어 있어서 질퍽하지 않을까 싶었지만, 그래도 꼭 산행을 나서야만 할 것 같았다.

　　블로그에 방문하여 주신 이웃들에게 감사의 댓글을 달고 있으려니 어느새 5시가 조금 넘었다. 부랴부랴 등산화를 신고 산행길에 나섰다. 구름은 가득했지만, 그래도 날씨가 맑아지려 하는지

산 입구에 도착하여 산행길을 바라보니 그리 어둡지만은 않았다. 비가 내린 후라서 역시나 땅이 질척거리는 부분이 있었다. 등산로 군데군데 솟아난 돌을 디뎌가면서 한 걸음씩 산행에 나서는 길. 미끄러질까 조심하며 오르려니 땀이 더욱 치솟기 시작했다. 발걸음에만 집중하면서 나아가다 보니 어느새 산등성이에 이르렀다.

그곳에서부터 제법 평평한 길이 200미터 정도 이어졌기에 한결 가볍게 걸어갈 수 있었다. 그렇게 오른쪽으로 방향을 틀었는데, 하늘에 가득했던 구름 사이로 빛기둥이 내려와 등산로를 비춰주고 있었다. 멈칫하며 하늘을 바라봤을 때의 그 기분은 무어라 말로 표현할 수 없었다. 그저 경이로운 광경을 바라보며 왠지 창조주의 은혜를 느끼는 기분이랄까. 잠시 멈추었던 발걸음을 옮기는데, 길가에 자리 잡고 있던 초목들은 밤새 머금은 습기를 그 빛 사이로 안개처럼 내뿜었다. 비가 오고 난 후 먼발치에서 산을 바라보면 운무가 산을 감싸는 모습을 볼 수 있었는데, 내가 지금 그 운무 속을 머물고 있구나 하는 생각이 들었다. 하늘에서 내려오는 빛줄기의 신성함과 산속에서 마주한 운무의 신비로움이 어우러져 나도 모르게 손을 모으고 중얼거리기 시작했다. 이러한 순간을 경험하게 해주신 은혜에 그저 감사하다는 기도를 나도 모르는 사이에 드리고 있었다. 이성도 감성도 아닌, 영성을 자각하게 되는 순간이었다.

자연이 보여주는 경이로운 장면을 마주하면 인간은 그저 겸허해진다. 그러한 기분은 이성적으로 분석해서 나오는 것도 아니요, 감정으로 표현하기에는 마땅한 단어를 찾기 어렵다. 신성함, 겸허함, 경건함, 이러한 기분을 어찌 감정으로 다 표현할 수 있을까. 그러한 기분은 영성의 영역이 아닐까 한다. 창조주와 연결되어 있는 그 느낌은 무어라 말로 표현할 수 없는 울림으로 다가온다. 그리고 곧 나의 존재를 자각하게 되는 순간을 맞이하게 되는 것 같다. 왜 이렇게 아득바득 인생을 살아가고 있느냐고 영혼의 소리가 마음에 퍼져 나온다. 진정 네가 살아가야 하는 삶은 어떤 것이냐고 물어보는 것만 같다. 그 산행에서 마주한 경이로운 순간을 계기로 나는 매일 산행을 할 때마다 40분 정도의 시간을 기도를 드리며 오르기 시작했다. 처음에는 계속 물었다. 삶에 대하여 어떻게 남은 인생을 살아가는 것이 정말 맞는 것인지를 말이다.

마태복음 25장 14절에서 30절에는 달란트(Talent)의 비유가 나온다. 어느 주인이 일꾼들에게 각자의 능력만큼 금 1, 2, 5달란트씩을 맡기고 여행을 떠났다. 1달란트는 무게로 23,261kg이다. 금 값의 시세로 따져본다면 1달란트가 30억 원가량이 되는 큰돈이다. 주인이 다녀와서 일꾼들에게 다시 확인해 보니 2, 5달란트를 맡긴 일꾼들은 각자가 2배씩인 4, 10달란트를 주인에게 돌려줘서 칭찬을 받는다. 반면 1달란트의 금을 받은 일꾼은 땅에 고이 묻어두었다가 주인에게 돌려준다. 주인은 크게 나무라며 그 1달란트를 빼앗아 10달란트를 만든 일꾼에게 맡긴다.

여기서 달란트란 우리 각자가 태어나면서부터 받게 되는 재능이라 생각한다. 고이 간직해서 그대로 돌려주라고 우리에게 부여한 재능이 아니라는 이야기다. 우린 각자가 받은 재능을 활용하여 더 큰 빛으로 세상을 밝히라는 소명을 받고 태어난 것이라 생각한다. 비록 그 재능의 크기와 종류는 각자 다르겠으나, 그에 걸맞은 삶으로 인생의 목적을 삼으라는 성경의 가르침이다. 이러한 타고난 재능은 영성과도 연결되어 있다. 결국 감각과 이성 그리고 감정으로 연결되는 모든 특성들은 타고난 영혼의 성정에서 발현되기 때문이다.

최근에는 끌어당김의 법칙으로 인하여 많은 영성적 움직임이 일어나고 있다. 내가 생각하는 것은 모두 현실화된다는 것이 요체이다. 내가 바라고 원하는 바를 마음속에서 그려보고 그 꿈을 이룬 자신의 모습을 상상하는 것. 매일 100번씩 쓰고 크게 읽으며 하시라도 마음 안에서 떠나지 않도록 각인시키는 것을 이야기한다. 결국 의식적으로 무의식에 그 소망의 씨앗을 심는 작업의 중요성을 말한다.

19세기 후반에 미국의 피니어스 P. 큅비가 '신사고 운동(Higher Thought)'이라 주창하며 시작한 개념이기도 하다. 치료 목적의 신홍 종교운동으로 범신론적 경향을 특징으로 하는데, 크게 두 가지 메시지로 단순화할 수 있다. 첫째는 사람들이 그 내면 깊숙한 곳에 엄청난 힘을 가지고 있다는 것이고, 둘째는 부정적인 생각을 떨쳐버림으로써 이런 힘의 문을 열 수 있다는 것이다. 그 후로 얼 나이팅게일, 나폴레온 힐, 조셉 머피, 밥 프록터, 린다 번, 웨인 다이어 등 수많은 이들이 그 생각을 발전시켜 왔다.

명상에 대한 접근도 크게 대두되었다. 인도나 티베트에서부터 유래된 많은 불교 전통의 명상요법이나 요가도 사람들에게 영혼의 각성을 깨우치는 가르침을 많이 전해주고 있다. 50년에 걸친 영적 교사로서 요가 명상 센터를 운영하고 있는 마이클 싱어의 《상처 받지 않는 영혼》은 마음의 흘려보냄에 대한 솔루션을 잘 제공해 주는 책이다. 오랫동안 영성에 대한 수행과 가르침을 받아온 조세프 응우옌의 《당신이 생각하는 모든 것을 믿지 마라》와 같은 책도 크게 유행하였다. 명상에 대한 실질적 방법과 우리 마음의 기작을 잘 설명해 준 책으로 사람들에게 큰 영감을 주고 있다.

내가 부여받은 재능, 내가 원하는 삶과 같은 생각들을 자꾸 반추하게 되는 것은 인간이라는 존재로서의 삶을 살아가고자 하는 염원에서 나온다. 지금의 우리는 먹고 살기 힘들다고 항상 말하지만, 조선시대 왕의 생활보다 훨씬 나은 삶을 산다. 물질적인 측면에서 가져온 풍요는 나날이 성장하지만, 그에 반해 우리의 정신적 측면은 결핍을 호소한다. 점점 더 존재로서의 의의를 찾고 싶기 때문이다. 그러한 생각은 어느새 우리를 자꾸 내면에 초점을 맞추도록 이끌어가는 듯하다.

현재의 뇌 과학은 AI 발전에 큰 원동력이 되지만, 그와 더불어 인간도 자기 스스로에 대한 인식의 폭을 넓혀가고 있다. AI는 이미 이성과 감성의 영역으로 더 확대되어 발전하고 있다. 대략 5~7년 정도의 기간이 지나면 AI를 넘어 AGI라는 일반 인공지능이 탄생한다고 한다. 범용적인 인공지능으로서 특정한 통제 조건에서 작업을 수행하는 AI와는 달리 모든 영역에서 추론과 작업을 수행할 수 있는 것이 AGI다. 영화 〈아이언맨〉에 등장하는 인공지능 자비스에 가까운 존재들이 탄생한다는 것이다. 우리 인간이 설자리가 없거나, 오히려 지배당할 수 있다는 두려움이 날로 커져가고 있다.

반면 뇌 과학은 우리가 우리 스스로를 인식함으로써 영성적인 면에 눈을 뜰 수 있도록 일조하고 있다. 내면을 바라본다는 개념 자체가 영혼에 집중한다는 의미이다. 인간의 의식을 과학적으로 분해하는 학문이 역설적으로 내면이라는 자아 분리의 개념을 일깨워 주고 있는 것이다. AI는 AI대로, 인간은 인간대로 각자의 영역에서 발전하고 있는 현상을 보여주는 것 같다.

지금껏 인식하지 못하고 있는 영성적인 부분에서의 깨달음. 종교를 가지고 계신 분은 신에 대한 경외를 담은 신앙적인 면에서 접근할 수 있다. 무교이신 분들도 내면적인 존재의 본질에 집중하며 영혼을 탐색하는 방법으로 모색해 볼 수도 있다. 지금껏 살아왔던 이성과 감성의 영역을 넘어서 우리가 어떤 가치를 추구하는 존재인지, 그리고 소명은 무엇인지 깨닫는 삶. 그러한 삶은 인생에 많은 변화를 가져온다. 지금껏 단 한 번도 고려해 보지 않았던 나를 발견할 수 있기 때문이다.

06

. . . .

열등감을 넘어 존재감으로

✤

러시아의 소설가 겸 극작가로 《갈매기》, 《바냐 아저씨》, 《세 자매》, 《벚꽃동산》 등의 작품을 남긴 안톤 체호프. 그는 19세기 말 러시아의 사실주의를 대표하며 근대 단편소설의 거장으로 꼽힌다. 심지어 모스크바 대학 의학부에 입학할 만큼 수제인 그였지만, 어린 시절은 무척 어렵고 고통스러운 날들의 연속이었다. 러시아 타간로크의 낙후된 동네에서 안톤 가족은 식품점을 운영하고 있었다. 춥고 열악한 환경에서 어린 안톤은 가게의 카운터를 보며 숙제를 했지만, 추위에 손이 곱아서 제대로 글을 쓸 수조차 없었다. 더군다나 고기 썩은 냄새가 진동하는 가게에서 안톤은 온갖 추한 어른들의 술주정을 봐야 했다. 그리고 더욱 괴로운 것은 아버지의 폭력이었다. 삶이 괴로운 아버지는 이유도 없이 아들에게 폭력을 행사하고는 했다. 그러한 안톤은 매일 두려움에 휩싸여 살아야 했다.

안톤이 16세가 되던 해에 아버지의 방만한 운영으로 인하여 안톤 가족의 식품점은 파산하기에 이른다. 가족들은 모두 모스크바로 떠났으며, 안톤만 학교를 졸업해야 한다는 명분으로 타간로크에 홀로 남게 되었다. 얼마 남지 않은 가산을 정리해서 부모님께 부쳐주는 일 역시도 안톤의 몫이었다. 어린 안톤은 원래 살던 집에서 더 이상 집주인이 아닌 상태로 빌붙어 사는 신세가 되었다. 오픈된 공간 한구석에 겨우 자리를 잡고 살아갈 수 있었다. 비참했지만 어떻게든 살아남아야 했다. 안톤은 자신이 할 수 있는 최대한의 노력으로 가정교사 자리를 구했다. 그렇게 겨우 자신의 생계와 학업을 이어갔다.

온 가족에게서 버림받듯 버려진 안톤의 마음은 아버지에 대한 원망과 더불어 자신의 처지에 대한 열등감으로 가득 찼다. 그러던 어느 날 안톤은 의사가 되기로 결심한다. 가족을 다시 먹여 살려야만 했기에, 의사의 길을 걷기로 한 그는 더욱 미친 듯이 공부했다. 그 꿈을 마음에 품는 순간부터 안톤은 가족에 대한 원망과 분노 그리고 자신의 처지를 비관하던 마음이 잔잔해짐을 느꼈다. 또한 그토록 원망하던 아버지를 이해하게 되었다. 아버지는 폭력을 행사하는 악당이 아닌, 처절한 희생양이라는 것을 깨닫게 되었다.

안톤의 집안은 농노출신으로 안톤에게 아버지가 그랬듯, 할아버지도 자신의 아버지에게 그리하셨음을 기억해 냈다. 어느새 안톤의 마음은 연민으로 가득 차서 가족 모두를 이해하기 시작했으며, 긍휼의 시선으로 그들을 구해내고자 마음먹는다. 현실은 비록 프라이버시가 없는 공간이었지만, 늘 깨끗하게 정리해 놓고 공부에 매진하며 그의 삶을 서서히 정돈해 나갔다.

결국 안톤은 모스크바 의학부에 합격했다. 그러나 기쁜 마음으로 모스크바의 가족들을 만나러 간 안톤은 처참한 광경을 목격했다. 온 가족들이 하숙집보다 못한 공간에서 함께 지내고 있었으며, 철저한 패배자로서 알코올에 찌든 삶을 살고 있었다. 안톤은 그 공간에 뛰어들어 가족을 구해내고자 결심한다. 어린 형제들의 공부를 살펴주고, 이상한 직업을 전전하던 아버지와 힘을 합쳐 알뜰히 돈을 모았다. 거의 방치해 두고 있던 집안일도 도맡아 하면서 좌절해 있던 어머니를 다시 일으켜 세웠다. 결국 안톤은 고생 끝에 번듯한 아파트로 가족 모두와 함께 이사하게 되었다. 그러던 안톤에게 어느 날 폐결핵이 찾아왔다. 안타깝게도 폐결핵은 평생의 지병으로 안톤이 사망할 때까지 따라다니게 된다. 그는 어린 시절 살았던 동네를 다시 기억해 내면서, 그 형편없는 동네에 사는 불쌍한 인간 군상들을 다시 떠올리게 된다. 그리고 그들의 삶을 글로 풀어내면서 위대한 작가로의 삶을 향해 나아간다.

위의 내용은 로버트 그린의 《인간 본성의 법칙》에 실린 안톤 체호프의 삶에 대한 내용을 축약한 것이다. 인간이 어려운 환경 속에서 어떠한 태도로 살아나가야 되는지를 소개하는 일화로, 안톤 체호프의 삶을 조명한 이 내용은 마치 소설과도 같다. 인생에서 감당하기 힘든 어려움이 닥치면 좌절하고 분노한다. 그리고 가정폭력에 시달리는 어린 시절의 트라우마는 스스로를 가치 없는 존재로 낙인찍게 마련이다. 그럼에도 안톤 체호프는 자신의 그 상황들을 어린 나이라고는 믿기지 않는 정신으로 극복해 낸다.

우리는 나에게 닥친 어려움과 고난 속에서 나락으로 떨어지면 위축되고 숨어버리게 된다. 세상 모든 사람들이 나보다 낫다고 여기면서 열등감 속으로 한없이 빨려 들어간다. 열등감에 계속 빠져 있으면 세상을 원망하게 되고, 타인과 비교하며 시샘과 질투를 마음에 가득 품을 수밖에 없다. 그 아픔과 고통을 내적으로 품을 자신이 없기에, 자꾸 외부 탓을 하며 그 아픔을 던져버리려 한다. 그러나 부메랑과도 같은 열등감은 멀리 던지면 던질수록 더욱 큰 아픔으로 돌아오게 된다. 이런 상황은 사람의 사고 체계를 한없이 부정적으로 만들면서 끝도 없는 어둠 속으로 스스로를 가두게 만든다.

지금까지의 삶에서 나는 끝없는 내면의 감옥에 갇혀있었다. 좋은 대학을 나와서 부모님들이 바라던 그 코스를 밟았으면 될 것을 낙오자가 되었다고 여긴 적이 많았다. 대기업에 취업해서 잘 버티고 결혼하면 되었을 것을 무엇 하러 이리 살아왔는가? 현실적인 기준에서 바라본다면, 나의 대학동기들에 비해서 너무도 이룬 것이 없다고 생각했다. 아르바이트를 해서 다시 대기업에 들어가게 되는 순간. 나는 내 동년배들에 비해 10년 이상의 차이가 날 수밖에 없었다. 내가 원하는 삶이 아니라며 박차고 나온 결과는 꽤나 참혹했다.

하지만 그 열등감에 가득 찬 생각에만 머물러 있지는 않았다. 오히려 그러한 열등의식은 비록 안개가 자욱한 상태에서도 책을 놓지 않게 만들었다. 책을 읽어가면서 한편으로는 신앙적인 마음을 키워나가기 시작했고, 어느새 하나둘 나의 생활에 가득했던 나쁜 마음이 사라지기 시작했다. 더 이상의 비교를 멈추고 내가 해야 할 것들에 집중하게 만들었다. 나의 삶은 결코 끝난 것도 아니고, 서로의 삶을 견주며 나가는 그 관점에서 벗어나야 마음에 평온이 온다는 것을 깨닫게 되었다. 열등감은 결코 쉽게 빠져나올 수 있는 것이 아니다. 누군가와 비교할 수밖에 없는 상황에서는 충분히 다시 느낄 수 있는 감정이기 때문이다.

그래서 직장에 다니면서는 일에 집중했고, 퇴근 후 개인의 삶으로 돌아와서는 계속 미래를 모색하기 시작했다. 앞으로 내가 살아가야 할 길에 대해서 계속 생각했다. 안톤 체호프의 일화를 떠올리면서 어떻게든 나 자신에게 희망을 줄 수 있는 그 무엇을 찾아야만 한다고 생각했다. 일반적인 삶에서 이탈하고 나면 큰 어려움에 봉착하지만, 한 가지 좋은 점이 있다. 바로 다른 방식의 삶이 보인다는 점이다. 누구나 걷고 있는 길에서 벗어나 있으면 새롭고 다양한 삶들이 하나하나 눈에 들어오기 시작한다. 책만 읽는 갇힌 사람이라고 생각할 수도 있지만, 오히려 그 안에서 새로운 삶의 방식을 발견하게 된다. 상식적으로 여겨지는 길에서 이탈했다가 다시 그 길로 복귀하면서 잃어버린 시간을 매울 수는 없기에, 일에서 자유를 찾기 시작했다.

책을 계속 읽어나가면 일에서도 비약적인 성장을 이루게 된다. 아르바이트로 상품을 분류하다가 어느새 기획과 관련된 일들을 하게 되고, 전사의 상품에 관련된 결산 담당자가 되었다. 그리고 상품의 수요를 예측하는 방식에 AI를 도입하는 기획자로서의 일도 경험해 보게 되었다. 나이 많은 하급직원은 결국 일로써 자신을 증명할 수밖에 없다는 마음을 품었기 때문에 가능한 일이었다. 어느새 A+과 S급 성과평가를 받으면서 일적으로 인정을 받는 순간, 다른 모든 것들에서 자유가 찾아왔다. 일적인 것 외에 크게 눈치 볼 일도 없었다. 비록 일은 많았지만, 마음속 열등감은 하나의 존재감으로 점차 대체되는 것을 알 수 있었다. 그렇게 잃어버렸던 나의 자존감은 조금씩 내면에서부터 회복되기 시작했다.

집에 돌아와서는 더 폭발적으로 책을 읽기 시작했다. 연간 최소 50~100권가량의 책을 읽어나가니 머릿속이 터질 것 같았다. 그렇지만 왠지 더 마음이 분주했다. 나의 길을 찾기 위한 몸부림이 었는지도 모르겠다. 그리고 인풋이 터질 것 같을 무렵, 블로그를 통하여 글로써 풀어내기 시작했다. 한결 머리가 가벼워진 느낌을 받았다. 블로그 생활을 하다 보니 수많은 이웃분들의 응원도 받게 되었고, 특히 책을 써보라는 권유도 많이 받았다. 더욱 충실히 블로그에 도전하기 위해서는 나의 시간을 확보해야 했다. 산을 오르며 느꼈던 그 영성적 기분을 이어가기 위해서 매일 기도를 쌓아나가다 보니, 어느새 내가 하나의 존재로 살아가야 할 소명이 무엇인지도 깨닫게 되었다. 이제 다시 도전해야 할 시기가 오고 있음을 느꼈다. 나라는 존재로서 살아가기 위한 두려운 도전 앞에 그렇게 다시금 서야 했다.

열등감에 휘감겨 살고 있다면, 다시금 나를 제대로 바라보아야 한다. 아인슈타인에게 라흐마니노프를 연주하라고 시키면 과연 열등감에 빠지지 않겠는가? 자신의 달란트를 발견하는 일이 쉽지는 않지만, 그 길을 발견하기 위한 부단한 노력이 필요하다. 기왕이면 그 노력은 내가 좋아하는 것에 있었으면 좋겠다. 우린 그렇게 하나의 가치를 나 스스로가 인정하게 되면서부터 열등감에서 조금씩 해방될 수 있다. 그리고 우월감이 아닌 존재감으로 나아가

야 한다. 각자의 존재로서 우린 존중받아야 하는 하나의 인간임을
마음속에 상기하면서 말이다.

07

그대는 누군가의 찬란한 빛이다

✿

  인생에서 마주한 당황스러운 모든 일들도, 넘치는 기쁨으로 가슴이 벅찬 순간도 그렇게 하나의 순간과 장면임을 느끼게 된다. 누군가는 지금 성공의 과정을 달릴 것이고, 또 어떤 사람은 실패의 늪에 들어서 있을 것이다. 세속적인 기준의 성공과 실패는 우리를 늘 불안하게 하거나 조급하게 만든다. 물론 물질적 풍요로움이 곁들여진다면 더할 나위 없이 좋겠으나, 결국 인생의 의미는 내가 어떤 존재로서 삶을 살아가느냐에 그 중요성이 달린 문제가 아닐까 한다.

  비록 어렵게 생을 유지하는 분들도 계시겠지만, 그들 역시 그의 가족들에게는 세상이고 우주이다. 어떤 후배에게는 그들의 모습이 존경의 대상이 될 수도 있다. 나의 존재를 스스로 폄훼하면서 살면 그 모든 사람들에게 죄를 짓는 것과 마찬가지이다. 그리고 나 자신에게 가장 큰 죄를 짓는 것 같다. 누구보다 심한 자괴감 속에서 살았던 나였다. 알량한 자존심으로 스스로의 생을 나락에 빠뜨려서 방치해 온 그런 사람이었다. 그렇지만 어느새 이러한 글을 쓰면서 독자 여러분들에게 내가 걸어온 삶을 전하고 있다. 이는 내가 처음 마음먹었던 인생의 목적에 가장 가까이 부합하는 첫 글이다.

'누군가에게 희망과 용기를 주는 가치 있는 삶을 살아내자!'

혼란스러운 세상 속에서 우리의 흔들림을 막아 줄 가장 중요한 시작은 바로 '나'를 철저하게 알아가는 일이다. 내가 지금 처한 상황에 대하여 잘 인식하는 것. 그리고 나는 과연 어떠한 사람인지 깊이 숙고하는 것. 나아갈 길을 찾아가기 위한 한 걸음을 내디뎌 보는 것이 나로서 바로 설 수 있는 시작이 될 것이다. 나의 마음 프로세스를 잘 발견하고 알아가기 위해서는 그간 내가 어떻게 살아왔는지 돌아보아야 한다. 무엇이 잘못되었고, 또 어떤 것이 내 마음속에 트라우마로 남겨져 있는지 깊이 인식해야 한다. 스스로를 고쳐나가는 일은 정말 어려운 일이다. 마치 이미 깔린 8차선 대로를 다 부수고 다시 만들어야 하는 일처럼 번거롭고 고될지도 모른다. 하지만 이 과정을 수행해 나갈 마음을 먹고 조금씩 실행한다면 분명 나만의 빛은 어떠한 색깔인지 발견할 수 있을 것이다.

내 안에 있는 내면의 빛을 발견한다는 의미는 나만의 고유한 영혼의 특성을 파악한다는 것이다. 일상적으로 우리가 마주한 삶은 언제나 나의 눈을 흐리게 한다. 나를 혼탁하게 하는 것은 세속적 욕심일 수도 있고 잘못된 신념일 수도 있다. 살아남기 위해서 생을 살아간다는 것은 그만큼 우리를 불행하게 만드는 것일지도 모른다. 나의 본모습을 잘 찾아서 영혼이 기뻐하는 것을 찾아 발현시키는 삶이 진정한 행복이 아닐까 싶다. 각자의 달란트는 모두가 다르고, 우린 저마다의 아름다운 꽃을 피울 수 있는 존재이기 때문이다. 삶을 비관하거나 희망 따위에 관심 없이 현실을 하루하루 살아가기에도 바쁘다고 말할 수 있다. 나의 현실이 가혹하여 어쩔 수 없다고 말할 수도 있겠으나, 이 사람보다는 그래도 낫지 않을까 싶다.

서기 55년경, 로마 동쪽 변방에서 노예 신분으로 태어난 에픽테토스. 그는 한쪽 다리를 쓸 수 없는 불구의 몸으로 태어났다. 혹자는 주인에게서 구타당하여 다리를 쓸 수 없게 되었다고도 한다. 두 번째 주인인 에파트로디토스에 의하여 에픽테토스는 재능을 인정받고 해방노예로 풀려나게 된다. 또한 당대 최고의 스토아학파 철학자로 알려진 무소니우스 루푸스에게 철학을 배울 수 있게 된다. 그는 평생 독신으로 살면서 스토아 철학을 가르치다가 서기 135년경에 사망하게 된다. 스토아 철학의 대표적 철학자인 그의 삶을 보면, 지극히 불행해 보일 수도 있겠다. 그러나 그는 자신의 빛을 발견했으며, 그 빛을 잘 키워나가 아직까지도 많은 사람들에게 그 빛을 전하고 있다. 그가 전하는 스토아 철학은 지금을 살아가는 우리에게도 충분히 적용할 만한 이야기들로 가득하다.

나의 내면에 집중하여 내가 할 수 있는 것들을 잘 해내는 것. 내가 어쩔 수 없는 외부의 영향에 대해서는 흘려보내는 것. 짧게 축약한다면 이 두 가지로 말할 수 있다. 특히 내가 어쩔 수 없는 것에 대하여 미련을 두거나 동경하고 있다면 삶이 피폐해진다고 그는 말한다. 지금의 현실과 너무도 잘 부합하는 말이지 않은가? 우리가 흙수저로 태어났다고 비관한다면, 그는 수저조차 없는 것일지 모르겠다. 사지육신이 멀쩡한 것만 하여도 어쩌면 크게 감사한 일이 아니겠는가.

나는 내 인생이 나태와 안락함에 젖은 것을 느끼는 그 순간부터 퇴사를 결심했다. 언제가 될지는 모르겠지만, 꼭 그 인생을 살아내겠다고 나 스스로를 시험하는 테스트 기간을 주었다. 독서와 글쓰기에 몰입할 수 있는지 1년간 지켜보기로 했다. 그냥 그렇게 몰입하면서 고립의 시간을 담담히 마주했다. 그 안에서 쇼펜하우어가 이야기한 고독의 의미를 깨달을 수 있었다. 진정한 고독과 고립의 시간이 얼마나 우리에게 축복이며 귀한 것인지를 말이다.

첫 직장에서 퇴사한 후, 나에게 주어진 시간에서 마주한 고독과 홀로 무언가 열심히 해나가면서 느끼는 요즘의 고독은 그 속성이 완전히 달랐다. 시간의 바람에 방치되어 나를 잊어가고 희미하게 만들어가는 고독은 말 그대로 '독'이 된다. 그러나 나를 세우고 만들어가면서 점검해 나가는 그 혼자만의 시간은 고독이 아니다. 절대적으로 필요한 시간으로써만 존재한다. 시험을 잘 보겠다고 학원만 다니는 시간이 가득하면 오히려 시험을 망치게 된다. 충분히 내 것으로 지식을 소화시킬 수 있는 절대 시간이 반드시 필요하다. 인생도 이와 마찬가지임을 뼈저리게 느꼈다.

이제 나는 회사에서 벗어나 글을 쓰는 사람이 되었다. 누군가는 무모하다고 할 수 있고, 또 누군가는 용기 있는 선택이라고 할 수도 있겠다. 하지만 그 어떤 평가보다도 중요한 것은 내 삶의 본질을 찾아가고자 하는 나의 의지일 것이며, 이 책이 아마 그 의지를 드러내는 첫 징표가 될 것이다.

요즘의 젊은 세대들을 보면서 마음이 많이 아팠다. 갈수록 취업의 문은 좁아지고, 이미 희망을 잃어버린 세대들로 세상에서는 이야기한다. 물론 블로그에서 만난 멋진 청년들도 많지만, 각자 나름의 고충이 얼마나 많을지 깊이 공감한다. 나 역시도 그러한 과정 속에서 정신적인 트라우마와 신체적 고통을 느끼며 살았기 때문이다. 그래도 이제는 기술이 발달해서 누구나 자신만의 세계를 구축할 수 있다. 마음만 먹으면 전 세계와 연결되어 있는 세상이기에 자신의 가치를 드러낼 창구는 충분하다.

현실이 고되고 힘들 수 있다. 또 그럴 때는 잘 살고 있는 친구들이나 부유한 또래들의 삶이 눈에 들어오기 마련이다. SNS에 있는 멋진 사진 한 컷을 보고 그것이 보편화된 삶이라며 뇌리에 각인하는 우를 범하지 않았으면 좋겠다. 이제는 고군분투하며 걸어가는 사람들에 더욱 집중해야 할 때이다. 그들의 노력과 집념에 나의 마음과 정신이 맞닿을 수 있도록 해야 한다. 부러움을 시샘으로 연결하지 말고 성장하려는 행동으로 옮겨서 내 삶의 변화를 이끌어내는 것이 훨씬 멋진 해법이다.

난 모든 이의 삶이 찬란하다고 생각한다. 비록 한때 실수를 할 수도 있다. 좌절에 빠져있거나, 때론 오만의 자리에 앉아있거나, 다양한 상황에서 삶을 이어갈 때도 있다. 하지만 모든 삶은 순간의 연결이요, 그 연결은 우리에게 약속된 기한만큼 이어질 것이다. 늦지 않았다는 말. 우리에겐 가장 큰 희망과 같은 문장이다. 그 마음을 품은 사람에게는 빛이 난다. 사람마다 가지고 있는 영혼의 빛깔은 모두 다르다. 아직 발현되지 않은 내 영혼의 빛을 찾아 나서는 것이 바로 인생이 아닐까 싶다. 그 여정. 신이 주신 선물과도 같은 이 여행을 충실하게 살고자 하는 많은 분들에게 이 책이 조금이나마 도움이 되었으면 하고 바라본다. 나와 같은 우를 범하지 말기를, 그리고 아직 늦지 않았음을 꼭 이야기해 주고 싶다. 우리가 우리 자신의 빛을 찾으면, 우리 주변의 누군가에게도 빛을 찾아줄 수 있다. 굳이 노력하지 않아도 그 밝기로써 주변을 비추기 때문이다.

아주 작은 하나의 긍정적 변화가 인생 전체를 바꾼다

이 책을 집필하기 시작한 시점은 24년 9월이다. 그리고 올해의 마지막 시점에 이르기까지 집필을 이어오면서 세상이 참으로 급격하게 변화하는 것을 목도했다. AI의 발전 속도도 놀라웠지만, 그 파급력과 확산하는 범주가 하루가 다르게 팽창하고 있었다. 앞으로의 미래는 '멀미의 시대'라고 한다. 인간이 기술을 따라갈 수 없어서 온통 혼돈 속에 흔들릴 수밖에 없는 그러한 시대. 그래서 대다수의 사람들이 마음 속 한 구석에 일자리를 잃을까 싶어서 두려움과 걱정으로 삶을 걸어가게 되는 요즘이 아닌가 한다.

올해 12월. 대한민국에도 큰 위기가 발생했다. 민주주의가 극단적으로 위협받는 사건이 일어났고, 많은 분들이 두려움과 걱정 그리고 분노로 잠을 이룰 수 없었다. 세계의 정세도 마찬가지여서 온통 전쟁의 참상으로 말미암아 수많은 이들이 고통 속에서 삶의 빛을 잃어버렸다. 탈세계화가 더욱 빨라질 것이고 보호무역주의가 더욱 극대화 될 것으로 전망하고 있다. 이러한 세상의 변모는 기후위기에도 치명적이다. 각국이 각자 도생으로 분열될 때에 범지구적 합의는 더욱 요원해질 수밖에 없기 때문이다. 매년 여름 기온이 최고치를 경신하는 것만 보아도 우리가 어떤 길 위에 놓여있는 것인지 느낄 수 있다. 이처럼 우리가 사는 세상의 미래는 자꾸 암울한 모습으로 온통 어둡게 변화하고 있는 것만 같다.

그러나 가득한 어둠 속에서 빛이 잉태되는 법이다. '물극필반'이라고 하듯, 세상은 언제나 작용과 반작용의 원리에 의해 흘러간다. 인간은 그렇게 지금껏 세상을 지혜롭게 헤쳐 나왔으며, 그 선택의 옳고 그름을 넘어서 아직 존재하고 있다. 무언가 큰 고난이 찾아왔을 때, 비로소 우리는 그 근본 원인까지 고찰하게 된다. 그것이 개인이든 국가든 세상이든 다 마찬가지가 아닐까 싶다. 탐욕이 활개를 치고 세상의 절대가치로 숭배를 받는 그 와중에, 어느 한 구석에서는 새로운 생각들이 탄생하기 시작한다. 우리를 살리고 세상을 정화시킬 선한 빛을 닮은 생각들이 저 황량한 지면 아래에서 꿈틀거리며 싹을 틔울 것이다.

우리가 할 수 있는 가장 우선시 되어야 할 일은, 개인이 각자의 내면을 바로보고 빛을 찾으며 스스로 행복을 경험하는 일일 것이다. 그리고 내면이 충만한 기쁨으로 가득 차오를 때, 누군가를 돌보고 다시 안아줄 수 있게 될 것이다. 세월이 흐르면 흐를수록 우리는 홀로 외롭게 고립될 확률이 높다. 기술적 발전, 시대정신의 변화로 인해 이러한 상황은 더욱 빠르게 심화될 것 같다. 그렇기에 가장 인간적인 사람. 이성과 지성 그리고 영성의 영역까지 조화롭게 내면에 자리 잡은 사람의 가치는 더욱 빛날 것이다. AI에 대체되는 걱정을 넘어서 가장 나다운 모습을 발견하고 그 아름다운 영혼의 꽃을 피워내는 사람이야 말로 진정한 고귀함을 드러낼 것이라 생각한다.

개인적으로 마주했던 많은 어려움들 속에서 빛을 찾고자 고뇌했고, 그 시절마다 필요했던 생각들. 나에게 빛을 보여주었던 영감들을 정리해서 이 책으로 담아내려 노력했다. 각자의 생각은 모두 다를 수밖에 없기에 어떤 느낌으로 독자에게 전해졌을지 궁금하기도 하고 마음 한 편에는 걱정이 되기도 한다. 다만 한두 가지 만이라도 깊이 마음속에 와 닿을 수 있다면, 생의 어둠에서 빛을 발견할 수 있는 계기가 되었다면 참 감사하고 기쁜 마음일 것 같다.

제2의 인생을 살고자 용기를 낼 수 있게 해준 가장 든든한 후원자는 바로 나의 아내이다. 나의 삶을 가장 잘 지켜본 사람이 보내주는 응원은 각별한 의미를 가진다. 무엇보다도 깊은 신뢰를 표현해준 것임을 잘 알기에, 내 삶의 걸음을 더욱 신중하고 신실하게 걸어 나갈 것임을 다시금 다짐해본다. 집필하며 보낸 시간 동안 오롯이 나의 시간을 존중해주고 기다려 준 아내의 마음에 깊은 감사를 표하고 싶다.

나의 선택에 대하여 우려의 마음을 가득 안고서도 표현하지 않으시고 아들을 응원해주신 부모님께도 감사의 말씀을 전하고 싶다. 살아오면서 겪은 우여곡절을 목도하시면서도, 스스로 일어날 수 있게끔 바라보신 그 마음이 어떠하실지 그저 죄송한 심정이다. 다시 이어나갈 나의 삶으로 그 마음을 잘 위로해드리고 성숙된 영혼으로 오롯이 서는 길만이 그 불효에 대한 작은 보은일 것이다.

블로그에서 나의 글을 읽어주시고 책을 쓰라고 권유해주신 많은 이웃님들에게도 진심으로 감사의 마음을 전하고 싶다. 그저 삶의 단상 속에서 깨달았던 영감들을 소소히 표현하는 글을 썼다. 그런 글들을 읽어주시고 나에게 용기와 위로를 주신 이웃님들의 감사한 사랑과 응원 덕분에 책 쓰기에 도전할 수 있었다. 마음에 막연히 품은 생각을 어느새 현실이라는 껍질을 깨고 나오도록 해주신 그 격려에 그저 감사할 뿐이다.

또한 버킷리스트로만 담아 놓았던 책 쓰기의 꿈. 그것을 현실로 발현할 수 있게 해주시고, 지금에 이르기까지 인도해주셨던 허지영 작가님께도 깊은 감사를 표하고 싶다. 7월부터 작가님께 책

쓰기 코칭을 받으면서 어떻게 나아가야 할지 한 마음으로 고민해 주시면서 함께 걸었던 8주간의 시간이 참 든든하고 고마웠다. 그녀의 헌신적 노력이 없었다면, 아마 나는 책을 집필하지 못했을 것이다.

나의 글을 선택하여 주시고 책으로 탄생시킬 수 있도록 지원해 주신 프로방스 출판그룹 조현수 대표님과 더 로드 출판사 직원 여러분께도 감사의 말씀을 전하고 싶다. 오랜 세월 출판계에 몸담으신 베테랑 전문가의 선택이기에 더 영광스러운 마음이다. 신인 작가로서 발돋움할 수 있도록 길을 열어주신 고마운 인연. 앞으로 나아가는 길에도 언제나 내 마음 속에 깊이 간직할 수 있을 것 같다.

그리고 이 모든 것을 아우르는 주님의 인도하심이 가장 고맙고 감사함을 밝히고 싶다. 나의 길이 어디인지, 또한 나의 소명이 무엇인지 길을 잃고 헤매던 모든 순간. 그분의 인도하심과 메시지가 없었다면 나라는 사람 자체는 존재하지 못했을지도 모른다. 나 자신이 모든 것을 결정하고 이룬다는 생각으로 가득 찼던 나. 하지만 그 뒤에 무언가 있다는 영감을 계속 받게 하시고, 영적 민감성을 키워주신 은혜에 그저 감사할 따름이다. 모든 인연을 준비하여 주시고 그 길로 넘어지고 쓰러지더라도 포기하지 않도록 이끌어 주심이 얼마나 감사한 생의 선물인지 절절히 느끼며 살아가고 있다.

한 개인의 삶은 거대한 세상의 파도 앞에서 보잘 것 없는 것이 아닐까 생각한 적이 많았다. 하지만 삶을 살아보니 아주 작은 하나의 긍정적 변화가 인생 전체를 바꾼다는 것을 마음 깊숙이 깨달았다. 우리 개인의 현명함과 지혜가 이 어두운 세상을 빛으로 물들일 것임은 너무도 자명한 진리일 것이다. 독자 여러분 개인의 삶. 세상 무엇보다 귀하고 커다란 힘을 가지고 있음을 마음에 꼭 간직하셨으면 한다. 그렇게 우리 모두는 누군가에게 찬란한 빛이 되어줄 것임을 확신한다.

우리가 우리 자신의
빛을 찾으면, 우리 주변의
누군가에게도
빛을 찾아줄 수 있다.
굳이 노력하지 않아도
그 밝기로써 주변을
비추기 때문이다.